KB236608

세월

歲月

세월
歲月

조현상 에세이

선우미디어 sunwoomedia

작가의 말

　해가 서산을 기웃거린다. 붉게 타들어가는 저녁노을이 아름답다. 새아침을 열기 위하여 저리도 장엄한 떠남을 하는가. 이 저녁 마음이 횡하니 허전하다. 허리를 굽혀 숨 가쁘게 달려 온 인생길에 떨어진 낟알을 하나씩 둘씩 다래끼에 주워 담고 싶다.

　수필은 도를 닦는 마음으로 쓰는 글이라고 했듯이 내 삶의 뒤안길을 성찰해 보는 심정으로 썼다. 소재를 미화시키지 않고 진솔하게 쓰려고 노력했다. 감미로운 감동과 재미를 가미시키지 못한 게 자전적 수필의 한계라고 핑계대고 싶지만 사실 그건 아니다. 나는 그렇게 쓸 재주도 없지만 그렇게 쓰고 싶지도 않다. 소용돌이치는 역사의 흐름 속에 33년간 지방행정에 몸담았던 경험과 시대적 배경들을 서툰 솜씨로 군더더기 없이 적었다. 사실 수필이라고 하기엔 그리 적합하지 않다. 하지만 일선 말단행정의 단면과 한 시대의 생활상을 엿볼 수 있는 기록이 되기를 나는 더 원했는지 모른다.

　해방 이태 전부터 오늘까지 칠십 평생 달려 온 길은 역경과 격동의 세월이었다. 그동안 나라가 몰라보게 발전했다. 정치 경제 사회 문화적인 측면과 국민의 의식구조가 많이 변모했고 나 자신의 삶의 환경도 큰 변화를 가져왔다. 천지개벽이었다고 해야 할 것 같다.

나는 짚신에 바지저고리를 입고 새끼줄을 얽어 만든 공을 차며 놀았다. 소가 끌어주는 끌겡이만 타도 마냥 즐거워하던 시골소년이 자가용으로 고속도로를 달리고, 지하철을 타고 땅속을 두더지처럼 드나들고, 비행기를 타고 세계 여러 나라를 기웃거리고 있다. 촉촉하게 물오른 버드나무 가지를 꺾어 호드기 만들어 불며 모닥불에 감자 구워 머던 그 손으로 컴퓨터 자판을 두드리고 스마트폰으로 인터넷을 검색하고 있다. 이런 사회적 변화에 비례하여 우리들의 의식주는 물론 의식구조와 생활풍습이 빠르게 변화하면서 우리 주변에서 새롭게 생겨나고 사라지기도 한다.

나의 이 작은 수필집을 만약 십년 아니 오십년 백년 후에 누가 읽게 된다면 "아하! 이런 옛날이야기도 있었네." 할 것만 같다.

한 권의 수필집을 묶을 수 있도록 9년 동안 지도해 주신 임헌영 교수님께 진심으로 감사를 드리며, 함께 동문수학한 한국산문 문우들께도 고마운 마음을 전하고 싶다. 그리고 이렇게 단아한 책으로 엮어 주신 선우미디어 이선우 사장님께도 감사를 드린다.

수필을 배운다, 시를 쓴다, 사진을 찍는다며 혼자 밖으로 나돌 때 지극정성으로 내 뒷바라지를 해준 아내가 고맙다. 그리고 멀리 해외에 나가 근무하면서도 아버지의 책 발간에 힘을 보태준 아들과 며느리, 그리고 늘 곁에서 첫 번째 독자이자 비평가가 되어준 장녀, 두 아들을 키우면서 세심한 관심을 가져준 작은 딸과 사위 그리고 막내 딸에게도 고맙다는 말을 전하고 싶다. 또한 재롱둥이 4명의 손자들이 무럭무럭 커줘서 한없이 기쁘다.

하늘에 계신 박꽃 같은 어머니께 이 책을 바친다.

2012년 여름   저자 조현상

차례

끌겡이 타던 소년

세상구경

1943년(癸未年) 7월 12일(陰), 늦더위가 막바지 기승을 부리던 정오가 조금 지난 시각에 내가 태어났다. 대가족의 맏며느리인 어머니는 그 날도 만삭의 몸이지만 절구질과 물 긷기, 빨래하기 등의 힘든 일을 평소와 다름없이 하시다가 산기(産氣)가 있은 지 한참 만에 나를 낳으셨다고 한다. 우리 집에 장손(長孫)이 태어났으니 큰 경사였다. 유난히 큰소리로 우렁차게 울어대는 나를 바라보시던 어른들은 이 녀석은 죽지 않고 사람노릇 할 성싶은 예감이 들었다고 한다.

할아버지는 숯과 고추를 주렁주렁 매달은 금줄이 잘 보이도록 대문 위에 내걸고 삼칠일 동안 외부인의 접근을 막아 부정 타지 않도록 정성을 다하셨다. "조 생원 댁 손자 봤다."는 소문은 좁은 동네에 금세 퍼져 모르는 사람이 없었다.

지나칠 만큼 과묵하신 아버지는 출산한 어머니에게 수고했노라는 따뜻한 위로 말씀 한마디 없으셨던 모양이다. 어머니는 그런 무뚝뚝한 아버지에 대해 섭섭해 하시며 "너의 아버지는 한학(漢學)공부를 많이 한 탓인지 부부임에도 그 속마음을 헤아리기 어려웠다."고 내게 늘 말씀하셨다.

평양조가(平壤趙家) 28세손(世孫)인 내 이름은 아버지께서 ‘나라의 어질고 현명(賢明)한 재상(宰相)이 되라’는 여망에서 현상(賢相)이라고 지어주셨다. 나는 아버지의 혼이 담긴 내 이름에 대하여 항상 자부심을 갖고 있다.

당시 우리 집 가족으로는 조부모님과 부모님, 그리고 세 아재와 숙모 한 분이 계셨다. 나는 아홉 번째 가족이 되었다.

경신(庚申)생인 어머니는 열여섯 살에 동갑내기 아버지와 결혼하여 내 위로 첫 딸에 이어 아들, 그리고 밑으로 세 딸을 더 낳으셨으나 홍역 등의 역병으로 넷씩이나 되는 어린 자식을 가슴에 묻고 사셨다. 어렵게 나와 여동생이 살아남아 어머니 옆을 지켜드렸다.

그때는 의학이 발달되지 않은 때여서 출산에 비하여 생존율이 매우 낮았다. 반만 길러도 다행스럽게 생각할 때였으니, 내가 혹시 잘못될까봐 항상 불안하셨다는 어머니의 그 마음을 이해할 수 있다.

아주 잘생긴 스님 한 분이 예쁜 동자승(童子僧)을 안고 들어와 어머니에게 안겨주는 태몽을 꾸시고 내가 잉태되었다고 한다. 어머니는 그런 꿈을 인연으로 아들을 얻었다 하여 그 후로 불교에 연(緣)을 두고 절에 열심히 다니셨다.

내가 태어난 곳은 경기도 연천군(漣川郡) 미산면(嵋山面) 백석리(栢石里) 독재라는 조그만 마을이다. 삼 면이 나지막한 산으로 병풍처럼 드리워져 있고, 그 산기슭 아래로 50여 호의 초가집과 몇 채 안 되는 기와집이 옹기종기 모여 있는 조용하고 아담한 농촌마을이다.

마을 앞엔 졸졸 흐르는 개천이 있어 그곳에서는 늘 빨래하는 아낙네들이 이야기꽃을 피웠다. 조약돌만 들추면 통통하게 살찐 가재가 슬금슬금 뒷걸음질을 치고, 조그만 물웅덩이에서 미꾸라지 한 주발 건지는 것이 식은 죽 먹기였다. 동리 앞에는 문전옥답(門前沃畓)이 가지런히 놓여 있고, 굽이굽이 산기슭마다 사래 길지 않은 밭들이 쫄망쫄망 누워 있었다.

우리 동네는 경주 정씨 집성촌으로 타성(他姓)은 두서너 집에 불과한데 우리가 그 중의 하나였다. 우리는 원래 포천에서 누대를 살았다. 적지 않은 토지(참깨 삼백 석지기)와 재산을 소유하고 비교적 여유로운 생활을 해오다가 고조부(生家)께서 사이비종교 꼬임에 빠져 전 재산을 탕진한 뒤 이곳에 이주하여 살게 되었다. 하지만 타성의 집성촌에서 정착한다는 것이 그리 녹록하지만은 않았다고 한다.

증조할머님은 어린 양자(養子)를 들인 후 가세를 일으켜 세우기 위해 밤낮을 가리지 않고 길쌈을 하시면서 허리띠를 졸라매는 내핍생활로 시나브로 농토를 사들이셨다. 이렇게 자수성가(自手成家)의 꿈을 차근차근 이뤄놓으신 덕에 할아버지 대에서는 생활도 점차 꽤 여유로워지고 자손도 날로 번성해졌다.

세상구경 나오던 날, 초롱초롱 반짝이던 내 눈을 자애롭게 바라보시던 그리운 얼굴들, 지금은 모두 내 곁을 떠나셨다. 첫 울음을 쏟아붓던 태(胎)자리에 두런거리던 인기척대신 도랑물소리만 졸졸거린다.

감자와 동침

일곱 살 때인 1949년 여름에 감자를 먹고 체해서 혼이 난 적이 있었다. 주전부리할 게 없었던 그때는 감자와 옥수수가 아이들의 유일한 여름철 간식거리였다. 우리 동네에는 고만고만한 또래의 친구들이 대여섯 명이나 있었다. 여름이면 반 벌거숭이로 땅거미 질 때까지 온 동네와 들판을 몰려다니며 갖은 말썽은 다 부렸던 생각이 난다. 톡톡 튀는 메뚜기 잡는 재미에 푹 빠져 황금빛으로 일렁거리는 논틀길을 헤집고 다녔고, 잡힐 듯 말 듯 조롱하는 고추잠자리의 유혹에 이끌려 빨갛게 익어가는 고추밭을 놀이터로 삼았었다. 달착지근한 목화다래 맛에 홀려 애써 가꾼 목화밭을 누비다가 밭주인에게 들켜 눈물이 쏙 빠지게 혼쭐도 나고, 덜 익은 옥수숫대를 잘라 입안이 헐도록 단물을 빨아 먹던 일들이 아직도 눈에 밟힐 듯 선하다.

농촌살림이 아무리 어렵다 해도 여름 한철 감자는 어느 집이나 흔했다. 나와 친구들은 제각기 집에서 감자를 한 움큼씩 들고 마당 섶 모닥불로 모였다. 매캐한 연기가 코끝을 쏘며 화끈거리는 모닥불에 감자를 수북하게 파묻어 놓고 군침을 꼴딱꼴딱 삼키며 빨리 익기만을 기다렸다. 더러는 조급증에 불속을 이리저리 헤쳐 보다가 덜 익어 설 겅거리는 감자를 꺼내 서로 뒤질세라 먹기 일쑤였다. 그것은 배가 고 파서라기보다는 군것질감이 없던 때 일종의 놀이나 마찬가지였다.

어른 모르게 감자 구워먹기를 계속하던 어느 날부터 배가 살살 아 프기 시작했다. 얼굴이 차츰 빛바랜 창호지처럼 누래지고 배는 북통 처럼 불러 올라왔다. 단순한 체기가 아니란 것을 아시게 된 어머니께 서는 이런저런 상약(常藥)을 만들어 먹여 주셨다. 따끈하게 데운 놋대 접에 구운 감자를 담아 배에 올려놓고 쓸어내리고, 태운 감자를 곱게 빻아 길금 물에 타서 먹어도 보았지만 별 효험이 없었다. 결국 할아버 지 손에 이끌려 이웃동네에 있는 침집에 갔다.

꼬질꼬질한 침통을 들고 나온 이 주부(李主簿)는 툇마루에 나를 눕 히고 배를 동서남북으로 이리저리 누르고 두드려 보더니 침통에서 긴 동침(−鍼)을 꺼내들었다. 난생 처음 동침을 본 나는 겁에 질려 두 눈이 휘둥그레졌다. 침이 돗바늘처럼 컸기 때문이었다. 도망가고 싶었지 만 할아버지가 무서운 수문장처럼 내 옆을 딱 지키고 계셔서 그럴 수 도 없었다. 움직이지 못하도록 양팔을 붙잡힌 채 배에 침을 맞았다. 그 큰 침이 뱃속 깊이 거의 다 들어갔다. 처음에만 따끔했을 뿐 침의 크기에 비해 생각보다는 많이 아프지 않았다. 그러나 침을 놓는 자리 로 전신(全身)이 빨려들어 가는 느낌이 들었다. 동침이 꽂힌 위치를 정확히는 알 수 없지만 명치끝 조금 아래인 것 같았다. 한참 만에 노 인은 침을 뽑고 나를 자리에서 일으켜 앉혔다. 그리고 한약과 놋그릇 을 줄칼로 곱게 갈아 그 가루를 꿀에 개어서 먹게 하였다. 그렇게 두 세 번 침을 더 맞았다. 침의 효능인지는 알 수 없지만 그 후 감자로 얻은 체기는 말끔히 나았다.

'땅에서 나는 사과'라고 불리는 감자의 원산지는 페루, 칠레 등 안데스산맥의 온대지방이다. 우리나라에는 1824년경에 만주지방에서 들어온 것으로 추정하고 있다. 일명 북감저(北甘藷), 마령서(馬鈴薯), 하지감자 등으로 불리기도 한다.

이른 봄, 씨감자를 잘라 밭이랑에 골을 켜고 심으면 더위가 무르익는 하지쯤에 하얀 꽃에는 하얀 감자가, 보라색 꽃에는 자주감자가 투실투실 몸집을 불리며 여문다. 요즈음엔 조직배양으로 도토리만한 크기의 '바이러스 없는 씨감자'를 개발하여 심기 때문에 예전보다 수확량이 늘고 질도 좋아졌지만 '자주감자'가 점점 우리 곁에서 사라져가고 있어 아쉽기도 하다.

식량이 절대적으로 부족했던 시절, 농촌에선 여름이면 감자를 수북하게 캐다가 그늘진 곳에 두고 주식이나 간식으로 많이 먹었다. 끼니 때마다 감자 까는 일도 큰 일거리였다. 아이들까지 앙탈을 부려가며 감자 까는데 한 몫을 거들어야 했다. 감자 까는 숟갈치고 무지러지지 않은 집이 없었으니 감자가 우리의 식생활에 얼마나 많은 기여를 했는가를 가늠할 수 있다.

깐 감자와 갓 따온 강낭콩을 푹 삶다가 맷돌에 갈은 뽀얀 햇 밀가루를 넣어 한 번 더 끓이면 묵직한 철 솥뚜껑을 비집고 나오는 구수한 '밀범벅' 냄새는 군침을 스르르 돌게 했다. 여름 내내 먹어야 하는 밀범벅은 금세 싫증이 났지만 이게 없었으면 추수 때까지 어떻게 끼니를 이었겠는가. 그뿐인가? 감자는 조림해서 반찬으로 먹거나, 생감자를 강판에 갈아서 야채를 넣어 전을 부쳐 먹기도 한다. 먹고 남은 감자는 큰 독에 넣고 고약한 냄새가 나도록 썩혀 만든 전분으로 만든 감자떡은 쫄깃한 맛이 아주 일품이다.

버릴 것이 하나도 없는 감자는 이렇게 주, 부식뿐만 아니라 알코올의 원료로도 사용되는 효자식물이다. 비타민과 미네랄 등 영양소가 풍부한 감자는 칼륨 함유량이 밥의 16배나 된다고 한다. 칼륨은 몸 안의 나트륨(소금성분)을 배출시키기 때문에 고혈압 환자에게 특히 좋다. 우리 민족에게 해마다 찾아오던 힘겨운 보릿고개를 헤쳐 넘을 수 있도록 늘 우리들의 밥사발 한쪽을 둥글둥글 채워주었던 감자가 요즘은 감자튀김(프렌치프라이) 같은 간식용 인스턴트식품으로 탈바꿈하였다. 튀김 식품에는 암을 유발시키는 '아크릴아미드'가 있어 우리 몸에 해롭다는 것을 뒤늦게 알게 되면서 기름에 튀겨먹지 않고 삶거나 굽고 쪄먹던 우리 선조들의 지혜를 새삼 깨닫게 되었다.

어린 시절 감자를 구워먹다 체해 동침을 맞고부터 나는 감자를 멀리했다. 뱃속 깊은 곳까지 파고들던 동침의 공포 때문일까. 그렇게 즐겨먹던 감자가 싫어져 담을 쌓고 살아왔다. 그래도 감자만 보면 고향집 모닥불 가에 쭈그려 앉아 검댕이 묻은 얼굴로 감자를 구워먹던 개구쟁이 친구들 모습이 모닥불 연기처럼 모락모락 피어오른다.
　감자와 앙숙이었던 오십 년 묵은 고리를 이제는 풀고 화해를 해야겠다.

개구리참외

원두막을 볼 때마다 어릴 적 아버지와 참외밭에 갔던 생각이 문득 문득 떠오른다. 그 날 내가 맛있게 먹은 참외는 못생긴 개구리참외였다. 그러나 생김새와는 달리 달콤한 그 맛은 일품이다. 껍질이 청개구리처럼 푸르고 얼룩얼룩한데다 몸통은 울퉁불퉁하고 배꼽이 유난히 볼록 튀어 나왔다. 우리나라에는 1850년경 중국을 통해 들어왔다고 조선농회보에 기록되어 있다.

각 지방에서 재배하던 참외의 종류에는 강서참외, 감참외, 골참외, 꿀참외, 배사과, 청사과, 성환참외, 개구리참외, 줄참외, 노랑참외, 수통참외 등 수없이 많았다. 그러나 1960년대부터 멜론을 비롯해 춘향, 금천, 금싸라기참외 등의 새로운 품종이 보급되면서 개구리참외는 물론 재래종참외 재배가 급격히 줄어 단종(斷種) 지경에까지 이르렀다. 요즘 신토불이의 바람을 타고 성환(成歡)을 비롯한 일부 지역에서 이 추억의 개구리참외 재배면적을 늘리고 있어 다행히 향수를 달랠 수 있게 되었다.

내가 일곱 살 되던 해(1949년)의 어느 여름날이었다. 내리쬐는 태양의 위력에 바람마저 주눅이 든 그 날, 아버지와 나는 아재*들과 함께 인근 풍석골(風石洞)로 참외를 사러갔다. 원두막까지 가는 동안 나는 우리 집 소가 끄는 끌겡이*를 타는 재미에 더욱 신이 났다. 아직 길들여지지 않은 중 소(中牛)가 씩씩거리면서 끌어주는 끌겡이는 동구 밖 서낭당과 상여도가가 있는 산모퉁이를 돌아 시골길답지 않게 시원스레 뻗은 길에 희뿌연 흙먼지를 일으키며 내달았다. 그 시절에는 수레나 끌겡이가 아니면 소잔등에 올라타는 게 고작이었다. 그것들은 지금의 롤러스케이트나 자전거, 오토바이 타는 것 이상의 짜릿한 쾌감을 안겨주었다.

집에서 한 마장도 안 되는 원두막까지 정중거리는 소걸음 때문에 눈 깜짝할 사이에 도착했다. 엉성한 원두막 밑은 유난히 시원했다. 참외 익어가는 달콤하고 향긋한 냄새가 코끝을 콕콕 찔러 군침을 슬슬 돌게 했다. 주인은 참외밭을 이리저리 살펴 잘 익은 걸 골라 따더니 돈 대신 가져간 쌀값에 맞게 한 자루 가득 담아주었다. 까먹을 참외와 창칼도 내어주었다. 아버지께서 맛있어 보이는 개구리참외를 골라 껍질을 훌훌 벗기는 동안에도 나는 그새를 못 참아 꼴딱꼴딱 군침을 삼키며 아버지의 손놀림에 정신이 팔렸던 생각이 난다. 깐 참외를 받아들기 무섭게 한 입 덥석 깨물었다. 뻥 뚫려 내보인 속살은 붉은색을 띠었는데 꿀맛처럼 달고 맛있었다. 순식간에 참외 두어 개를 게눈 감추듯 먹고 나니 내 배는 맹꽁이배처럼 볼록해졌다. 주인은 자꾸 더 먹으라고 권했지만 더는 먹을 수가 없었다.

원두막을 나서려는데 주인이 "할아버지께 갖다드려라"면서 큼직한 개구리참외 하나를 내게 안겨 주었다. 내 힘에는 부담스러울 정도로 크고 무거웠지만 나는 힘자랑이라도 하듯 낑낑거리며 두 손으로 꼭 끌어안은 채 참외밭을 걸어 나오다가 큰 낭패를 당했다. 큰길을 코앞에 두고 길게 자란 바랭이 풀에 발이 걸려 고꾸라졌다. 가슴에 안았던 참외는 퍽 하는 투박한 소리를 내며 여러 쪽으로 박살이 나버렸다. 산산 조각난 참외는 주르르 눈물을 흘리며 나를 원망하는 것만 같았다.

다치거나 아픈 데는 한군데도 없었는데 응석인지, 아니면 아까워서였는지, 실수를 탕감받기 위해서였는지 나는 그 자리에 털썩 주저앉아 눈물을 펑펑 쏟으며 큰소리로 울었다. 큰일이라도 난 줄 알고 아재들이 달려와 보고 별거 아니라는 듯 피식 웃었다. 놀래신 아버지는 "괜찮아, 사내는 그만한 일로 울면 못 쓰는 거야."라며 양 볼에 흐르는 눈물을 손으로 닦아주셨다. 그리고 자루에서 큰 참외 한 개를 꺼내 내 손에 쥐어주셨다.

그 날 밤 대청마루에는 삼 대가 한자리에 모여 앉았다. 어머니는 내가 안고 온 개구리참외와 잘 생기고 달아 보이는 참외를 골라 사각사각 껍질을 벗겨 할아버지와 할머니에게 드렸다.

"우리 손자가 할아비 주려고 가져 온 참외가 제일 맛있구나."라는 할아버지의 칭찬에 나는 그저 신바람이 났다. 열한 명의 우리 가족들은 물씬 풍기는 참외 향에 푹 빠졌다. 낮에 깨뜨렸던 개구리참외를 시작으로 이런저런 이야기꽃을 피우는 사이 소쿠리에 수북했던 참외가 허룩해지고 못생긴 뽀뎅이 몇 개만 소쿠리를 차지하고 있었다. 살금살금 대청뒷문으로 스며드는 시원한 바람이 별빛 초롱초롱한 무더운 여름밤을 식혀 주고 마당에는 쑥을 태우는 모깃불이 모락모락 연기를 피워내고 있었다.

　요즘 길을 가다가 '개구리참외 팝니다'라는 푯말만 보면 반세기를 훌쩍 뛰어넘은 세월 속에 묻혀버린 추억이 주마등처럼 눈앞을 스쳐간다. 저 하늘에 계신 아버지도 그 날의 추억을 회상하고 계실까?

　*끌겡이: 두 가지로 뻗은 나무를 잘라 그 위에 송판을 깔고 줄을 매어 소가 끌게
　　만든 소의 일 연습용 기구
　*아재: 장가가지 않은 삼촌을 일컬은 말

끌겡이 타던 소년

송아지가 어느 정도 자라면 코를 뚫는다. 일종의 성우식(成牛式)이라고 할 수 있다. 코가 뚫린 소는 그 날부터 죽을 때까지 사람이 이끄는 대로 순종하며 살아야 한다. 그리고 그때부터 본격적으로 일을 배우기 시작한다. 소의 입장에서 보면 고생문이 훤히 열리는 시점이다. 향후 힘든 쟁기질을 잘 해내는 좋은 일소로 키우려면 제일 먼저 목덜미에 튼튼한 멍에 자리를 내는 일이다. 그러기 위해서 무거운 물건 끌기 훈련을 시켜 힘도 키우고 멍에 멜 자리에 굳은살이 잘 지게 해야 한다.

내가 예닐곱 살 때쯤 우리 집에서는 이렇게 일을 가르쳐야 할 중송아지를 기르고 있었다. 할아버지께서는 시간만 나면 그 송아지에게 끌겡이를 끌게 하셨다. 끌겡이는 V자로 된 굵은 나뭇가지를 잘라다가 그 위에 송판을 깔고 묵직하게 짐을 싣거나 사람을 태워 송아지가 끌게 하는 도구였다.

할아버지는 가끔씩 그런 소 훈련을 장성해 가는 아들들에게 맡기셨다. 그건 소뿐만 아니라 소 다루는 사람도 함께 연습을 시키기 위해서였던 것으로 짐작된다. 어느 해 봄이었다. 초등학교 선생님이셨던 큰삼촌이 공휴일을 맞아 나와 친구들에게 끌겡이를 태워 주겠다고 하셨다. 우리들은 기뻐서 어쩔 줄 모르고 강중강중 뛰었다. 그 시절엔 애들이 가지고 놀 번번한 장난감이나 탈 것도 없었을 때였으니 우마차나 끌겡이를 타는 것만도 최상의 즐거움이었다.

나는 세 명의 친구와 함께 삼촌이 이끄는 끌겡이에 올라탔다. 바닥에 엉덩이를 바싹 붙이고 두 손으로 널빤지를 꼭 붙잡았다. 끌겡이는 이내 우리 집 마당을 벗어나 동구 밖을 향해 미끄러지듯 달려 나갔다. 땅바닥을 부직부직 긁으며 제법 빠른 속도로 달려가자 우리들은 '와아 와아' 큰소리로 환호성을 지르며 좋아했다. 신나게 한참을 달리던 송아지가 갑자기 꾀가 났는지 심통을 부리기 시작했다. '나는 힘들어 죽겠는데 너희들은 뭐가 그렇게 재미가 있냐.'는 듯 멍에 멘 목을 좌우로 흔들며 뒷발을 높게 쳐들면서 경중경중 뛰기 시작했다. 삼촌은 송아지의 갑작스런 발광에 당황한 나머지 손에 잡고 있던 고삐를 놓치고 말았다. '고삐 풀린 망아지'라더니 자기 목에 걸려있는 멍에가 귀찮은 듯 도리질을 해대며 우리들을 땅바닥에 내팽개쳤다. 홀가분해진 빈 끌겡이만 매단 소는 뽀얀 흙먼지를 풍기며 미친 듯이 들판 길을 뛰어갔다.

서투른 마부 탓도 있겠지만 소의 꾀부림으로 인해 우리들은 흙바닥에 뒤웅박처럼 나뒹굴었고, 소는 혼자 경중경중 저 멀리 사라져버렸다. 놀란 삼촌은 내동댕이쳐진 우리들에게 달려와 "괜찮으냐?"며 걱정스럽게 살폈다. 먼지에 뒤범벅이 된 바지저고리를 툭툭 털며 놀란 토끼처럼 눈만 껌뻑거리는 우리들이 아무 탈 없자 삼촌은 그때서야 달아난 송아지의 뒤를 쫓아 번개같이 달려갔다.

한참 만에 송아지 고삐를 꼭 틀어잡고 돌아온 삼촌의 얼굴엔 땀이 흥건했다. 우리들에게 다시 끌겡이를 태워줬지만 삼촌의 그 날 마부 수업은 완전 실패였다. 나는 그 뒤에도 할아버지와 삼촌을 졸라 수시로 끌겡이 타는 호강(?)을 누렸다.

그렇게 조련시킨 우리 집 송아지는 할아버지의 정성어린 보살핌으로 살이 포동포동 찌고 아주 일 잘하고 온순한 성우로 커서 농사일은 물론 재산목록 제 1호로서 손색이 없었다.

6·25전쟁은 사람뿐만 아니라 말없는 가축들에게도 큰 피해를 입혔다. 내가 탄 끌겡이를 씩씩거리며 힘차게 끌어 주던 우리 집 소는 전쟁의 희생물이 되고 말았다. 허기진 중공군들은 집에서 기르던 닭을 다 잡아 콩기름에 튀겨먹더니 나중에는 소까지 끌어내다 잡아먹었다. 할아버지께서는 그 날 텅 빈 외양간을 물끄러미 바라보시며 소리 없이 눈물을 훔치셨다. 가족처럼 애지중지하시던 소를 잃고 허탈해 하시던 할아버지의 모습이 아직도 아련하다. 그 날 할아버지의 뜨거운 눈물은 은연중에 나의 어린 가슴속으로 전염되어 훌쩍거리며 서럽게 우는 나를 달래시던 어머니의 눈에서도 눈물을 글썽이게 하고 말았다.

끌겡이를 타다가 뒹굴어도 마냥 기쁘기만 했던 그 날이 엊그제 같은데 벌써 육십여 년의 세월이 빗겨갔다. 지금은 볼 수도 없고 설사 있어도 거들떠보지도 않을 탈거리 끌겡이! 그렇지만 그 시절, 그 사람, 그 물건들이 그립기만 하다.

나를 살린 세 번의 실수

6·25전쟁이 치열하게 전개되던 1950년 늦가을, 초등학교 1학년이었던 나는 어머니와 함께 장단군 강상면 임강리 범골에 있는 외할아버지 댁으로 피란을 갔다.

외할머니는 전쟁 중 장질부사로 돌아가시고 외할아버지와 외삼촌 내외, 두 이모, 그리고 막내 외삼촌과 외사촌이 살고 있을 때였다. 피란 간 그곳에도 포탄이 쉴 새 없이 굉음을 내며 터졌고. 그때마다 무고한 촌민(村民)들의 인명은 추풍낙엽처럼 떨어지고 있었다. 특히 야간에는 조명탄으로 대낮처럼 불을 밝히고 포격과 폭격을 퍼부었다. 우리들은 음침한 방공호(防空壕) 속에서 몸을 움츠린 채 불안에 떨었다. 방공호천장에서 쉴 새 없이 뚝뚝 떨어지는 낙수(落水) 소리가 눅눅한 밤의 장적을 깰 때 B-29기의 윙윙거리는 야간 비행소리는 더 큰 공포와 스트레스를 안겨 주었다. 지금도 밤에 비행기 소리만 들으면 그때의 악몽 같은 환청이 내 귓가에 맴돈다.

밭에는 콩, 수수, 조 등 오곡이 알알이 익어가고, 논에는 고개 숙인 벼이삭이 황금빛으로 일렁거릴 때였다. 포동포동 살찐 메뚜기들이 제 세상 만난 듯 톡톡 뛰노는 어느 가을 오후, 나는 이모들과 메뚜기 잡기에 열중이었다. 잠깐 사이에 길게 자란 바랭이 풀로 만든 꾸러미에 잡은 메뚜기가 꽉 차가고 있었다. 멀리서 간간이 대포소리가 들려왔지만 아랑곳하지 않고 메뚜기 사냥에 정신이 팔려 좁은 논두렁을 이리저리 뛰어 다녔다.

바로 그때였다. 가까운 곳에서 꽝꽝거리며 서너 발의 포탄이 터지는 소리가 들리더니 이번에는 아주 가깝게 "스르륵"하는 소리가 간담을 서늘하게 했다. 옆에 있던 이모가 위험을 감지하고 우리들에게 "엎드려"라고 큰소리로 외쳤다. 나는 그 말에 논둑에 납작 엎드렸다. 순간 "철석" "철석"하는 소리와 함께 두 발의 포탄이 바로 옆 논배미에 곤두박질했다. 그렇지만 그 두 발의 포탄은 모두 터지지 않았다. 파편 대신 개흙만 온 몸에 잔뜩 뒤집어 쓴 나는 애써 잡은 메뚜기 꾸러미도 내던지고 혼비백산, 집 근처 방공호로 내달렸다. 포탄 제조과정에서 어느 기술자의 실수로 불발탄이 만들어졌는지는 몰라도 그 고마운 실수가 우리들을 살렸다.

철부지 아이들이라고는 하지만 그 일이 있은 지 며칠 뒤 또 이모들과 같이 아랫마을에 놀러갔다 집으로 돌아오는 길이었다. 먼 곳에서 포 쏘는 소리가 쿵쿵 들리는가 싶더니 불과 몇 초 뒤 바로 옆에서 벼락치듯 육중한 물체가 쿡 하고 떨어지는 소리가 들렸다. 소스라치게 놀란 우리들은 숨을 헐떡거리며 집으로 달려가 자랑하듯 어른께 말씀드렸다가 꾸중만 실컷 들었다. 한참동안 퍼붓던 포격이 멎은 뒤에 외할아버지께서 확인하신 그 물체는 우리가 지나던 길에서 불과 5m도 안 되는 조밭에 떨어진 불발탄이었다. 비스듬히 처박힌 새우젓 독만큼이나 큰 포탄이 터지지 않은 것은 또 하나의 기적이었다.

그 뒤 고향에서 세 번째의 실수가 이어졌다. 나는 외가를 다녀온 후 한 달여 동안 장질부사를 심하게 앓았다. 고열 때문에 음식도 제대로 먹지 못하고 머리는 다 빠져 몰골이 흉측스러웠다. 어머니의 지극한 정성으로 간신히 살아났다. 오랫동안 방안에만 갇혀 있던 어느 날 집 뒤에서 친구들이 왁자지껄 떠들며 놀고 있는 소리가 들렸다. 오랜만에 그들을 만나러 집밖으로 나갔더니 친구들이 반갑게 맞아주었다. 그들은 큰 뽕나무에 굵은 새끼줄로 그네를 매어놓고 그것을 타고 있었다. 나는 가지고 간 다식가루를 그들의 손바닥에 골고루 나누어 주었다. 친구 우춘이가 잘못된 그네 줄을 고쳐 매기 위하여 나무 위로 올라갔다. 그가 줄을 고쳐 매는 동안 우리들은 땅바닥에 쪼그리고 앉아 위를 빤히 바라보고 있었다.

그때, 남쪽 하늘에서 꽁무니가 사다리처럼 생긴 빨간색을 띤 폭격기 두 대가 요란한 소리를 내면서 우리 마을을 한 바퀴 빙 선회했다. 우춘이 어머니가 제일 먼저 위험을 직감하고 "우춘아! 빨리 방공호로 들어가라"고 다급하게 소리쳤다. 나도 그에게 "야, 빨리 내려와"라고 손짓을 했다. 하지만 그는 오히려 나더러 먼저 가라며 내려올 생각을 하지 않았다. 우리들은 "빨리 와" 소리치며 인근에 있는 방공호로 달렸다.

젖 먹은 힘을 다해 뛰던 나는 어느 집 뒤뜰의 흙바닥에 미끄러져 뒤로 발랑 자빠졌다. 그 순간 내 눈에 비친 맑은 하늘에는 비행기에서 투하한 노란색의 휘발유통(폭탄) 서너 개가 마치 곡예를 하듯 갸우뚱거리며 내 머리 위로 점점 가까이 곤두박질하고 있었다. 순간 폭격기에서 귀를 찢는 요란한 기총사격이 가해졌다. 총알은 공중에서 낙하하는 휘발유통에 불을 붙인 뒤 내가 넘어져 있는 집 흙벽 추녀 밑을 사정없이 뚫고 내 옆에 퍽퍽거리며 처박혔다. 흙벽에서 쏟아져 내린 흙덩이가 화산재처럼 내 얼굴을 덮었다. 넘어진 탓에 사각에서 벗어나 총알받이를 면할 수 있었다.

사격이 멈추자 나는 자리를 박차고 일어나 집 뒤 산기슭에 있는 방공호를 향하여 다시 뛰었다. 방공호 입구에 거의 다다르는 순간 휘발유통이 아주 가까운 거리에서 쾅쾅하는 요란한 폭음과 함께 화염을 내뿜으며 폭발했다. 잔등이 열기에 후끈했다. 나는 그 순간 방공호 속으로 몸을 던졌다.

불 폭탄세례를 받은 우리 마을은 일시에 불바다로 변했다. 곳곳에서 집을 나가 놀던 자기 자식들의 이름을 부르며 애타게 찾아 헤매는 어머니들의 절규로 가득했다. 사람들은 타들어가는 불길을 잡으려고 쓰다 남은 개숫물과 채마밭 거름으로 모아 두었던 오줌독까지 싹싹 비워 보았지만 역부족이었다. 점점 번져가는 불길로 한 치 앞이 보이지 않았고 자욱한 연기와 숨을 고를 수 없는 매캐한 냄새가 온 동네를 집어 삼켰다. 마을은 그야말로 아비규환이었다.

큰 맘 먹고 지은 지 얼마 되지 않은 우리 집은 물론 온 동네의 집들이 이 닐 대부분 소실(燒失)되었다. 비록 전쟁 중이었지만 평온하게 살던 우리 마을은 한 순간에 엄청난 전화(戰禍)를 입고 쑥대밭으로 변해버렸다. 그 날의 폭격으로 인해 나의 다정했던 친구 우춘이는 큰 화상을 입고 이틀 만에 저 세상으로 떠났다.

우연이라고 하기엔 너무나 기적 같은 세 번의 실수! 그 중 두 번은 포탄(砲彈)을 잘못 만든 사람들의 고마운 실수였고, 하나는 내가 멀쩡한 평지에서 넘어지는 실수였다. 이 세 번의 실수가 있었기에 오늘 내가 이 글을 쓴다.

톱질 전쟁

인천상륙 작전으로 전세(戰勢)를 역전시킨 국군과 연합군은 빠른 속도로 북으로 진격을 했다. 그러나 미처 예기치 못한 중공군의 참전으로 한반도에서는 더 진한 화약 냄새와 피비린내를 풍기는 전투가 계속되었다. 밀고 당기는 혼전(混戰)이 거듭되는 동안 내 고향 연천은 전장의 중심에 있었다. 오십여 호의 농가가 농사를 천직으로 알고 오순도순 평화스럽게 살던 마을이 전쟁의 소용돌이 속에서 휘청거리고 있었다. 날카로운 톱날이 앞뒤로 밀고 당겨질 때마다 나무토막이 슬금슬금 잘려나가는 것처럼 톱질전쟁은 무서운 전쟁이었다. 어제까지 멀쩡했던 사람들이 쉴 새 없이 퍼붓는 포격에 무참하게 희생되고 사랑하는 가족들은 사방으로 풍비박산되었다.

붉게 물든 석양이 산허리에서 서성거릴 때쯤이면 하루의 전투를 마무리한 연합군들은 북쪽으로 열었던 포문을 서둘러 접고 남으로 퇴각하기 시작했다. 수십 대의 탱크들이 일정한 간격으로 줄지어 지축을 흔들며 뿌연 흙먼지를 뿜어내면서 동네 모퉁이를 돌아 점점 멀어져 가면 어느새 어둠이 밀려오고, 이를 기다렸다는 듯이 마을엔 인민군들이 떼지어 들어왔다. 붉은 견장과 별이 그려진 누르께한 군모를 쓰고 따발총을 둘러 멘 그들은 집집을 샅샅이 뒤지며 낮 동안 국군이나 연합군에 협조했거나 월남한 사람은 없었는지를 정탐하면서 때론 총부리를 들이대며 무조건 북으로 피란가라고 위협했다. 그럴 때마다 얼른 피난봇짐을 꾸려 집을 떠나는 게 상책이었다.

이튿날 새벽이면 다시 집으로 슬그머니 되돌아오곤 하였는데 어떤 때는 전날의 그들과 다시 마주치기도 했다. 자기들의 말을 듣지 않고 되돌아 왔다고 독기서린 눈을 부라리며 호통을 치면 어른들께서는 먹을거리와 옷가지를 가지러 잠시 왔다고 핑계를 대면서 아슬아슬하게 위기를 모면했다. 아무리 무서운 전쟁중이라도 누대를 살아오던 고향 땅을 쉽게 떠날 수 없는 게 너나 할 것 없이 한결같은 마음인 것 같았다.

뒤숭숭하고 불안한 밤이 지나고 앞산 너머로 아침햇살이 불끈 솟아오르면 어제 저녁에 퇴각했던 연합군이 요란한 탱크소리를 내며 동네 앞에 다시 들어와 진을 쳤다. 이들과 함께 온 보병부대 수색대원들이 긴장된 모습으로 사방을 두리번거리며 집집을 수색해 보지만 인민군은 한 명도 없고 촌로들과 부녀자들만이 집을 지키고 있을 뿐이었다.

세상에 태어나 처음 보는 서양 군인들! 장대같이 큰 키에 콧날은 산처럼 오뚝하고 움푹한 눈은 파랬다. 짐승처럼 긴 털은 노랗고 곱슬곱슬한 것이 사람이 아니라 외계인 같았다. 피부색깔이 새까만 흑인 병사가 하얀 이빨을 드러내 헤죽헤죽 웃으면 마치 귀신을 보는 것처럼 소름이 끼쳤다. 소총을 옆구리에 끼고 빠끔하게 뚫린 총구를 이리저리 휘두르며 성큼성큼 마을을 헤집고 다니는 그들은 그야말로 공포의 대상이었다. 그들은 적군을 수색하는 긴박한 순간에도 부녀자만 보면 서슴없이 희롱하고 겁탈을 자행하려고 했다. 그렇기 때문에 그들이 마을에 들어오면 부녀자들은 나이에 상관없이 꼭꼭 숨는 게 상책이었다. 일부러 얼굴에는 숯검정 칠을 흉물스럽게 하고 된장이나 간장을 몸에 발라 악취가 풍기도록 꾀를 써보지만 이 방법도 그들의 성적 욕구를 막아 낼 수 없었다.

어느 날 그들은 동네를 수색하다가 미처 몸을 숨기지 못한 중년 부인을 발견하고 광으로 끌고 들어가 겁탈을 하려고 했다. 너무 놀란 여인이 얼떨결에 똥을 싸는 바람에 극적으로 위기를 모면할 수 있었다. 봉변을 간신히 면한 그의 가족은 그 날 이후 영원히 고향을 버리고 떠났다.

중공군도 여러 차례 마을을 휩쓸고 지나갔다. 그들은 타고 온 말을 우리 집 외양간과 마루에 들여 매고 집에서 기르던 소, 돼지, 닭 등의 가축과 곡식을 식량으로 모두 약탈해 먹었다. 그러나 신기하게 여자들에 대해선 초연했다. 부녀자를 희롱하거나 농락하면 총살형에 처한다는 그들의 군율 때문인 듯했다. 그렇게 주야(晝夜)로 점령군이 뒤바뀌는 톱질전쟁이 반복되는 동안 그들의 갖은 횡포로 마을 주민들의 고통과 피해는 여간 큰 게 아니었다.

산과 들이 점점 푸르게 물들어가는 어느 봄 아침, 마을 뒷산에 연합군의 방어선이 구축된지 얼마 안 되어 치열한 전투가 벌어졌다. 후방에서 장거리포 지원사격이 이어지고 마치 콩을 볶듯 갖가지 무기들이 앙칼진 소리를 토해내며 꽤 여러 시간 동안 불꽃 튀는 공방전이 벌어진 뒤였다. 동네가 갑자기 부상병들의 신음소리로 가득찼다. 뒷산 오솔길로 부상병들이 들것에 실려 줄줄이 내려오고 있었다. 천으로 얼굴까지 덮어버린 전사자도 있었고 머리를 다치거나 한쪽 팔을 잃은 병사, 다리를 크게 다친 병사 등 부상 부위와 정도가 여러 형태였다. 참기 힘든 고통에 몸부림치며 절규하는 그들의 모습이 너무 처절하고 불쌍해부였다.

그 전투가 있은 지 며칠 동안은 대포와 소총소리만 간간히 들리는 전쟁 중의 적막이 이어지던 어느 날, 우리 마을을 사이에 두고 야간 전투가 또 벌어졌다. 어둠이 짙어지면서 점점 요란해지는 대포와 총소리에 불안감을 감출 수 없었지만 야간전투 광경을 보고 싶은 호기심이 생겼다. 나는 밤하늘을 수놓고 있는 크고 작은 불빛이 수평선과 포물선을 그으며 뻗어가는 신기한 모습에 홀린 듯 빠져 들었다. 머리 위로 수없이 교차되는 탄환들이 언제 내 몸에 쑤셔 박힐지 모르는데 건넌방 아궁이 앞 부뚜막이 무슨 큰 방패라도 되는 줄 알고 그곳에 쪼그려 앉아 한동안 넋 나간 사람처럼 교차되는 불꽃에 취해 있었다.

달빛 한 점 없는 칠흑 같은 밤이어서 갖가지 무기들이 뿜어내는 섬광이 더욱 강렬하게 나의 눈을 현혹시켰다. 하얗다 못해 파랗게 질린 조명탄 불빛은 지글지글 수직으로 하강하며 주변을 대낮처럼 밝혀 주었다. 찢어지는 고음을 내며 포물선을 그린 뒤 팍팍 튀는 폭발음을 내는 박격포탄, 개미가 줄을 잇듯 불빛을 촘촘히 이어주는 기관단총, 도깨비불처럼 긴 불꼬리를 물고 가는 소이탄, 저마다 다양한 소리와 불꽃을 연출해 내던 그것들은 요즘의 불꽃놀이를 방불케 했다. 처음 보는 이 야간 전투의 영롱한 불빛에 도취된 나는 위험에 빠져있는 것조차 까맣게 잊고 있다가 한참 후에야 눅눅한 방공호로 피신하였다.

톱날 밑에서 언제 베어질지 모르는 나무토막처럼 아슬아슬하게 보낸 6·25전쟁! 동족끼리 남북으로 나뉘어 톱질하듯 수없이 휩쓸고 간 톱질전쟁의 처참했던 모습들이 아직도 내 머릿속에서 또렷하게 맴돌고 있다.

송진이 있어 소나무답다

세상에는 많은 나무들이 있지만 소나무처럼 우리 생활과 밀접한 나무도 드물 것 같다. 건축자재, 농기구, 땔감, 식용, 약용, 등화용 등 그 쓰임새가 무궁무진한 고마운 나무이다. 소나무는 토박한 토양이나 석벽에서도 뿌리를 내리고 모진 풍상설(風霜雪)에도 푸른빛을 잃지 않고 견뎌내는 굳건한 생명력과 의지력 때문에 더욱 많은 사랑을 받아 왔다.

조선 초 유학자 성삼문(成三門 : 1418~1456)은 자신의 절개를 소나무에 빗대어 "이 몸이 죽어가서 무엇이 될고 하니/ 봉래산 제일봉에 낙락장송 되었다가/ 백설이 만건곤할 제 독야청청하리라"라는 시를 남기고 38세의 젊은 나이에 사육신으로 굳은 절개를 지켰다.

우리나라의 지명에는 송산(松山) 송파(松坡) 송탄(松炭) 청송(靑松) 등과 같이 송(松) 자가 들어간 곳이 무려 700여 곳에 이르고 아호에도 송산(松山) 송당(松堂) 송담(松潭 : 필자의 호) 유송(愈松) 송죽(松竹) 같은 것을 즐겨 쓰고 있다. 무속에서는 소나무를 동신(洞神)이나 수호신으로 삼았으며, 아기가 태어나면 금줄에 솔가지와 숯을 매다는 것도 액운과 부정을 막아주는 신성한 상목으로 믿기때문이다. 그러므로 소나무는 고려 때부터 엄격하게 보호됐으며 조선조에서는 오백 년 동안 금송(禁松)을 법령으로 벌채를 금해왔다.

사람은 "소나무 밑에서 태어나 소나무와 같이 살다가 소나무 아래에 묻힌다."고 할 정도로 옛날에는 대부분 소나무로 지은 집에서 살면서 솔가지를 지펴 밥을 짓고 군불을 때 방을 따뜻하게 데우며 살았다. 식량이 부족했을 때 힘겨운 보릿고개를 넘기 위하여 껍질을 벗겨 송기를 먹었으며 송홧가루로 다식(茶食)을 만들어 제상(祭床)에 올렸다. 솔잎은 약초로 쓰거나 송편을 찔 때 사용하고 있다.

여러 가지 술을 만들기도 했다. 새 솔잎과 솔방울을 따서 담그는 송엽주(松葉酒)와 송실주(松實酒)에다 동짓날 밤에 솔뿌리로 술을 빚어 소나무 밑에 묻었다가 이듬해에 캐내 먹는 송하주(松下酒)와 옹이를 잘라 빚은 송절주(松節酒)도 있다.

죽은 뿌리에서는 복령(茯苓: 利尿劑)이라는 귀한 약재가 나온다. 송진은 등불의 원료(관솔불)로 많이 쓰였지만 한방에서 송향(松香)이라 하여 거풍, 진통, 배농(排膿), 발독(拔毒) 등에 효능이 있어 풍습(風濕), 악창(惡瘡) 등의 치료제로 썼다.

1950년 10월, 외가에 가 있을 때였다. 인천상륙작전 이후 전투가 더욱 치열해졌다. B29기가 자주 뜨고 정찰기와 전투기가 수시로 출몰하여 주민들은 사시나무 떨 듯했다. B29기는 항상 고공비행을 했다. 윙윙거리는 소리를 듣고 겁먹은 눈으로 슬쩍 하늘을 훔쳐보면 하얀 몸체를 유난히 반짝거리며 창공을 가르는 게 무섭게 생긴 귀공자 같았다. 야간 비행소리는 소름이 끼치도록 음침하여 사람들의 마음을 더욱 초조하고 불안에 떨게하였다. B29기는 주로 밤에 폭탄을 투하하였는데 그 위력은 상상을 초월할 만큼 컸다. 폭탄이 터진 자리에는 커다란 웅덩이가 생기고 그 주변은 초토화되었다. 정찰기는 주로 낮에 적진의 정찰임무를 띠지만 스피커를 이용한 선무방송(宣撫放送)을 하면서 많은 삐라를 뿌렸다. 수천 장의 삐라가 함박눈 내리듯 나풀거리며 푸른 하늘을 수놓고 나면 온 들판이 삐라 천지가 되었다.

정찰기가 선회하고 간 곳은 대부분 전투기가 쏜살같이 들이닥치거나 포격이 뒤따랐다. 전투기가 신출귀몰처럼 나타나 마을 상공을 한 바퀴 휙 돌고나면 두 번째부터는 그들이 지목한 목표물을 향해 기총사격과 폭격을 퍼부었다. 꼬리가 빨간 일명 사다리 전투기는 그야말로 공포의 상징이었고 그게 스쳐간 자리에는 애끓는 통곡과 절망이 뒤따랐다.

날이 갈수록 전쟁이 치열해지자 봉골 외가댁 마을에서는 15세 이상의 청소년과 청년들이 무슨 영문인지도 모르고 새벽에 불려나와 가족들에게 행방조차 알리지 못한 채 북한군으로 징집되었다. 그들이 전선배치에 앞서 훈련장소로 이동하던 중 정찰기에 포착돼 숨쉴 틈 없는 집중 포격을 받았다고 한다. 급하게 산골짜기의 우거신 숲 속에 몸을 숨겼지만 독안에 든 쥐처럼 위기를 면하기 어려웠다. 소낙비 퍼붓듯 수많은 포탄이 그곳을 쑥대밭으로 만들었고 많은 사상자가 생겼다.

그들 속에는 내 큰 외숙도 있었다. 열아홉 살인 그는 늙은 아버지와 처자식을 두고 지옥의 길로 들어서고 있었다. 남한에서 쏜 포탄이 지근거리에서 터지면서 칼날처럼 날카로운 파편이 오른쪽 턱을 파골시켰다. 시간이 얼마나 흘러갔는지 알 수 없었지만 의식을 되찾았을 때는 그의 얼굴에 붕대가 겹겹이 감겨 있었고 견딜 수 없는 통증을 이겨내려고 손톱이 다 문드러지도록 헤맸다. 부상을 입어 쓸모가 없게 되자 집으로 돌려보내졌다. 비틀거리며 이틀을 걸어 집에 당도하자마자 육중한 몸을 가누지 못하고 통나무 넘어지듯 쿵하고 툇마루에 쓰러졌다. 얼굴을 식별할 수 없는 피투성이가 들어와 쓰러졌으니 가족들은 얼마나 놀랐겠는가. 외가는 마치 초상집처럼 울음바다가 되었다. 어머니가 외숙의 머리에 칭칭 감겨진 붕대를 조심스럽게 풀었다. 오른쪽 아래턱이 절반은 떨어져 나가고 없었다. 미음을 대롱으로 간신히 넘기며 연명을 했다. 상처 부위가 썩으면서 구더기가 제 세상을 만난 듯 득실거렸다. 어머니는 놋젓가락 끝으로 턱 속에서 굼실거리는 구더기들을 일일이 파내며 저 세상 가신 외할머니 몫까지 펑펑 눈물을 쏟으셨다. 옆에서 그 광경을 지켜보던 나도 콧물을 훌쩍거리며 엉엉 울고 말았다.

외조부를 따라 뒷동산으로 송진(松津)을 따러 올라갔다. 외숙의 약으로 써야한다는 말씀에 나는 물매미 돌 듯 분주하게 소나무를 찾아다니며 옹이에서 찐득찐득하게 솟아나와 굳어진 귀지 같은 송진을 긁어모았다. 불돌 위에서 말려 곱게 갈은 송진가루를 상처에 뿌리고 메밀가루와 섞어 만든 반죽을 헤집어진 턱에 붙였다. 송진은 신기할 정도로 약효가 있어 궂은 피가 훌쭉하게 빠지면서 새살이 돋아나왔다. 항생제가 없던 그 시절 민간요법으로 쓴 송진의 고마움을 잊을 수가 없다.

흉측하게 일그러진 턱밑으로 음식물기가 줄줄 흘러내릴 때마다 좌절하던 열아홉 애송이 외숙의 모습이 아직도 눈에 가물거린다.

피란 시절의 설움

1951년 가을, 미산(嵋山) 들녘에는 오곡이 풍성하게 여물어 가고 있었다. 무거운 고개를 어쩌지 못한 붉은 수수와 노란 조 이삭이 수줍은 듯 고개를 떨어뜨리고, 누렇게 타들어가는 콩잎 사이로 툭 불거진 콩꼬투리가 얼굴을 내밀 때였다.

장단(長湍) 외가에 피난 와 있던 어머니와 우리 남매가 고향집으로 돌아가던 날이었다. 외조부님은 동구 밖까지 따라 나오시며 "다시 올 텐데 현상이는 여기 두고 갔다가 오라."고 내 손을 잡아 당기셨다. 하지만 어머니는 한사코 외조부님의 뜻에 따르지 않고 내 손을 꼭 잡은 채 공습을 피하여 밤길을 재촉해 집으로 돌아왔다.

이튿날 우리 동네에는 미군들이 여러 대의 트럭을 끌고 들어왔다. 함께 온 국군병사가 안내방송을 했다. 닷새 정도만 나가있다가 다시 귀가하게 될 터이니 약간의 양식과 식기, 덮을 이불과 옷가지 일부만 챙겨 차에 타라고 했다. 그 날 우리 가족과 동네 주민 모두는 그렇게 트럭에 실려 남한으로의 피란길에 올랐다.

하루만 더 외가댁에 머물렀거나 외조부님의 이끌림에 따랐다면 나

홀로 북한에 남아 어머니를 비롯한 가족들과 생이별로 살아야 했을 것을 생각하면 그 날 하루의 시공은 남과 북의 갈림길로서 나의 일생을 좌우한 역사적 순간이기도 했다. 외조부님의 간곡한 권유에 따르지 않은 어머니의 깊은 뜻은 '자식은 함부로 떼어놓고 다니는 것이 아니다'는 일깨움이셨다.

피란 첫날은 미산면(嵋山面) 삼화리(三和里) 당개라는 임진강(臨津江) 가에서 노숙을 하였다. 갑작스럽게 삶의 터전을 떠나 강가에 임시 수용된 우리는 스산한 가을바람에 몸을 움츠린 채 고난의 피란 여정에 들어섰다. 저녁밥을 짓기 위하여 강돌을 쌓아 솥을 걸고 미군이 나누어 준 휘발유로 밥을 지었다. 마을 사람들은 휘발유를 처음 본 터라 사용할 줄 몰라 모두 우왕좌왕했고 불을 붙이다가 눈썹이나 앞머리를 그슬린 사람도 여럿이었다. 저녁식사를 마친 동네 사람들은 삼삼오오 모여앉아 예측할 수없는 앞날을 걱정하며 좌불안석이었다. 강가 고수부지에 설치된 천막에서 몸속을 파고드는 가을밤 찬 공기를 이겨내며 웅크린 채 하룻밤을 지새운 다음날 우리는 다시 트럭으로 덕정역(德亭驛)까지 이동하였다. 열차배정 때문에 몇 시간을 기다린 끝에 경원선 기차 화물칸에 실려 밤늦게 도착한 곳은 평택역(平澤驛)이었다. 우리 가족은 면사무소에서 배정해 준 안성군(安城郡) 공도면(孔道面)의 백모씨 집 사랑채에 보따리를 풀고 낯설고 물 설은 피란살이를 시작했다. 식량을 구하기도 힘든데 그곳은 땔감조차 귀해 살기가 더욱 힘들었다. 더군다나 주인집 인심이 너무 야박했다. 안마당에 펌프우물이 있었지만 고무가 닳는다고 쓰지 못하게 해서 울안에 우물을 두고도 먼 곳에 있는 공동우물물을 길어다가 먹었다. 그뿐이 아니었다. 아이 울음소리가 시끄럽다는 호통에 어머니는 세 살배기 내 동생이 울 때마다 달래느라 안절부절못하셨다.

할아버지와 할머니께서는 일거리를 찾아 여기저기를 알아보셨지만 일감 구하기가 하늘에 별 따기보다 어려웠다. 어머니는 밭에서 받아 온 무거운 참외를 광주리에 이고 삼십 리가 넘는 성환(成歡)장에 내다 팔아 끼닛거리를 상만하려고 애를 쓰셨지만 난리 통에 장사가 잘될 리 없었다.

어른들이 식량을 구하기 위하여 이곳저곳으로 동분서주하시는 동안 세 살 된 누이동생을 돌보는 일은 내 몫이었다. 어린 동생이 배고프다고 칭얼대며 보채도 먹일 것이라곤 아무 것도 없어 같이 따라 울기를 밥먹듯했다.

뉘엿뉘엿 해가 서산에 기울기 시작하면 시부모와 어린 자식들의 끼니 걱정에 장사를 서둘러 마치고 휘적휘적 기운 없는 발걸음으로 집에 들어오시는 어머니의 개미허리처럼 가냘픈 허리는 더욱 허약해 보였고, 허기에 지친 눈은 십리만큼 패이고 말할 기력조차 없어보였다. 그러나 아무리 힘들어도 집에서 까만 눈망울을 깜박이며 어미 오기를 기다리는 자식이 있는 것에 큰 위안과 힘을 얻는다며 "너희들이 없었으면 무슨 희망으로 그 힘든 일을 이겨낼 수 있었겠느냐."고 늘 말씀하시곤했다.

집주인의 박대와 멸시를 받으며 간신히 반년을 보낸 이듬해 봄 우리는 같은 군(郡) 죽산(竹山)이라는 곳으로 이사를 했다. 다 쓰러져 가는 조그만 빈집을 어렵게 얻어 수리하여 이사를 하니 남의 집 곁방살이보다 훨씬 편한 게 마치 두고 온 고향집처럼 푸근하게 느껴졌다.

무엇보다 어린 동생이 큰 소리로 울어도 누가 뭐랠 사람이 없어서 좋았다. 주변에는 산도 있어 어른들이 땔나무를 해다가 시장에 내다 팔아 식량을 살 수도 있어 다행이었다.

면사무소에서 일주일에 한 번씩 식량 배급을 주었지만 항상 부족하여 아무리 아껴 먹어도 3~4일이면 바닥이 났다. 어떤 때는 한동안 중단되기도 했다. 쌀은 별로 없고 주로 보리쌀이나 밀, 겉수수 같은 잡곡이었다. 그나마도 최소한의 생계가 유지될 수 있게 주면 좋으련만 그렇지 못하여 일주일에 3일 정도의 절량(絕糧)을 메워보려고 전전 긍긍했다.

고향에서 별 어려움 없이 농업에만 종사하시던 어른들이라 갑자기 쓰나미처럼 밀어닥친 위기를 극복할 길이 없어 몹시 당황하고 힘겨워 하셨다.

우리 가족은 주로 산나물을 뜯어다 멀겋게 나물죽을 쑤어 훌훌 마시는 식생활이 다반사였다. 그마저 배불리 먹을 수만 있으면 얼마나 좋겠는가. 부실한 저녁 식사 탓에 긴 겨울밤 잠 못 이루고 냉수를 벌컥벌컥 들이켜며 허기를 달랜 적이 한두 번이 아니었다.

동생은 멀겋게 쑨 나물죽을 먹기 싫어했다. 얼굴이 반사되는 시퍼런 죽 그릇을 들여다보고 또 들여다보면서 눈물을 뚝뚝 흘리며 서럽게 울었다. 그때마다 어머니는 속으로 울며 동생을 달래셨다.

간간히 방앗간에서 얻어 온 등겨가루로 만든 개떡은 혀끝을 톡 쏘는 알큰한 맛이 나고 뒷골이 아팠다. 그러나 양조장에서 막걸리를 뽑고 남은 술지게미는 피란민들이 가장 선호하던 양식꺼리였다. 쌀이나 밀, 보리 같은 곡식으로 술을 담그고 남은 찌꺼기라 부드러워 먹기도 좋고, 요기(療飢)도 됐다. 그러나 물에 잘 헹궈내도 술기가 남아 있어 이것을 먹은 어른아이 할 것 없이 벌겋게 취해 반나절은 세상모르고 쓰러져 있기 일쑤였다.

전쟁이 계속되는 동안 열여섯 살 먹은 막내 삼촌은 밥식구라도 줄여본다고 집을 나가 소식이 없고, 작은 삼촌은 국군에 입대했지만 전선이 워낙 긴박한 상태여서 편지 한 술 쓸 여유가 없었던 것 같다. 가족들은 전쟁터와 집을 나간 두 삼촌의 생사가 궁금하여 노심초사하였지만 알 길이 없었다. 치열했던 대성산(大成山) 전투에서 구사일생으로 살아난 삼촌은 휴전이 된 후에야 소식을 알려왔다.

하루라도 빨리 고향에 돌아가 고달픈 피란생활을 청산해야 할 텐데, 전쟁은 끝날 기미가 보이지 않고 전선에는 포성이 여전하다는 소식뿐이었다.

지금도 유월만 되면 피란시절에 뼈저리게 겪었던 집 없는 설움, 배고픈 설움, 타향의 설움이 아픈 기억으로 맴돈다.

팥밥 두 그릇 반

"사흘 굶어 도둑질 안할 놈 없다."는 속담이 있다. 사람이 굶을 수 있는 한계점이 사흘이라는 뜻일까? 겨울만 되면 6·25전쟁 때 피란처에서 굶주림에 허덕이던 일이 생각난다. 살을 에는 추운 겨울은 닥쳤는데 식량은 한 톨도 없고 벌이라고는 아무것도 없을 때였다. 여름철이라면 품이라도 팔아 양식을 장만할 수 있으련만 엄동설한이라 그마저도 없었다.

어른들은 이리저리 양식을 구하기 위하여 발품을 팔았으나 뾰족한 방법이 없었다. 조반석죽은커녕 굶는 날이 더 많다보니 몸은 점점 배리배리하게 야위어 갔다. 눈에는 노란 별빛이 어른거리고 세상은 빙빙 돌았다.

그 해 겨울처럼 춥고 지루했던 겨울이 또 있을까? 옷은 헐벗고 제대로 먹기조차 못하니 추위를 더 탈 수밖에 없었다. 더 이상 허기를 참아내기 어려운 지경에 이르자 앉아서 굶어 죽느냐 아니면 동냥질을 해서라도 목숨을 부지하느냐의 갈림길에 섰다. 할머님과 나는 밥 동냥을 나섰다. 아홉 살 된 어린 마음에도 깡통을 든 내 손이 그렇게 부끄러울 수가 없었다. 그러나 굶어 죽을 판에 체면 따위는 사치에 불과했다. ‘수염이 석 자라도 먹어야 양반’이라는 속담이 괜히 생긴 게 아니었다.

난리 통인데도 새로 이엉을 엮어 지붕을 깔끔하게 다듬은 어느 집 앞에 이르렀다. 집안 분위기가 왠지 푸근해 보이고 주인도 인심이 좋을 것 같은 느낌이 들었다. 마침 싸리 내문이 반쯤 삐죽 열려 있었다. 잠시 망설임 끝에 용기를 내어 대문 안으로 들어섰다. 방안에서 가족들의 인기척이 두런두런 거렸고 따뜻하게 느껴지는 그 집 안방 온기가 마냥 부러웠다. 울지 않는 거지에게 동냥 줄 리 없을 터인데 ‘밥 달라’는 소리가 입안에서만 뱅뱅 돌 뿐 도무지 밖으로 나오질 않았다. 몇 번을 머뭇거리다가 용기를 내 다 죽어가는 목소리로 “밥 좀 주세요.”라고 외쳤다. 방안에서 그 소리를 듣지 못했는지 아무런 응대가 없자 다시 조금 큰 소리로 “밥 좀 주세요.”라고 소리를 질렀다. 그때서야 안방 문을 반쯤 밀어서 연 안주인은 “밥 없다. 다른 집에 가 보거라.”며 박절하게 방문을 콕 닫아 버렸다. 태어나서 처음 시도한 구걸은 그렇게 문전박대로 끝났다.

야속했다. 나는 멍하니 그 자리에 잠시 서 있다가 ‘정말 밥이 없어서 안 주는 걸까?’ 왠지 확인해 보고 싶은 생각이 불쑥 들었다. 훔칠 마음도 아니면서 그걸 확인해 보면 무슨 소용이 있다고 그런 오기를 부렸는지 지금 생각해도 알 수가 없다. 도둑고양이처럼 살금살금 부엌으로 들어갔다. 그리고 묵직한 철 솥뚜껑을 소리나지않게 조심스럽게 열었다. 솥 안에 서려있던 구수한 밥 냄새가 내 콧속을 사정없이 후벼 팠다. 그 안에는 팥밥 두 그릇 반이 숭늉 위에 가지런히 놓여 있었다. 당장 집어 먹고 싶은 충동이 일었지만 군침만 꿀꺽 삼키며

꾹꾹 참았다. 솥뚜껑을 다시 살며시 닫고 조용히 싸리문을 빠져 나왔
다. '밥 없다'고 거짓말한 주인집 여자가 미웠다. 많은 피란민들이
허구한 날 밥 동냥을 하러 다니니 원주민들은 얼마나 귀찮았겠는가?
역지사지 해보면 섭섭해 할 일도 아닌데 그때는 그 일이 그렇게 섭섭
할 수가 없었다.

　밥을 수두룩하게 두고도 밥이 없다는 거짓말로 박대를 당하고 나니
또 다른 집에 갈 용기가 도무지 나지 않았다. 손발은 점점 꽁꽁 얼어
왔다. 배고픔, 추위, 거짓말하는 어른들에 대한 배신감 등 이런저런
설움에 눈물이 펑펑 쏟아졌다. 불현듯 두고 온 고향집이 생각났다.
뛰놀던 친구들의 모습도 눈앞에서 아른거렸다. 차라리 굶어 죽어도
이 짓은 하지 말아야겠다고 마음을 먹었다. 손에 들었던 동냥 깡통을
땅바닥에 팽개치고 검정 고무신발로 사정없이 밟았다. 몇 번을 밟고
또 밟았다. 애꿎게 심한 태형을 당하고 일그러진 깡통의 모습이 마치
내 신세처럼 초라해 보였다. 동냥은 한 술도 얻지 못하고 쪽박만 깬
꼴이다. 언 땅바닥에 털썩 주저앉아 엉엉 소리 내어 울었다. 한참을
울었다. 입성이 변변치 않아 몸은 개 떨 듯 하는데 두 뺨을 타고 흐르
는 눈물은 뜨거웠다. 그때 동네를 도시던 할머님께서 손자의 울음소
리를 듣고 허겁지겁 달려 오셨다. 할머님 손에 이끌려 범벅이 된 눈
물, 콧물을 소맷자락으로 문질러 닦으며 집으로 발길을 옮겼다.
　해 질 녘에 장사를 나가셨던 어머니가 힘없이 터덜터덜 돌아 오셨
다. 하루 종일 무거운 짐을 이고 다니셨지만 잘 팔리지 않은 게 분명
했다. 그런 날은 어머니의 가냘픈 어깨가 더욱 처져 보였다. 할머님으
로부터 낮에 있었던 얘기를 들으시고 "엄마 올 때까지 참고 기다리지

뭣 하러 그랬어. 배 많이 고팠지?" 하시며 꺼칠한 내 손에 아직 따뜻한 온기가 남은 풀빵 봉지를 꼭 쥐어주셨다. 어느새 어머니의 눈에는 이슬이 방울방울 맺혔다. 난리 전에는 배불리 먹이던 아들 하나를 살을 에는 추위 속에 구걸을 나가게 했으니 얼마나 가슴이 미어지셨겠는가?

우리 가족을 하루아침에 알거지로 민든 전쟁은 삼 년을 넘게 끌었다. 그로 인해 한 번의 구걸에 나섰다가 한 톨의 밥도 얻지 못하고 무위로 끝나고 말았다. 주인 몰래 밥솥을 열어보는 객기를 부렸지만 견디기 힘든 배고픔을 참으며 그 밥에 손을 대지 않은 게 얼마나 다행인가. 그렇지 않았더라면 한 평생을 두고두고 양심의 가책을 받으며 살아야 했을 텐데….

전쟁이 끝난 뒤 다시 고향에 들어와 살면서 어머니는 늘 "내 집에 온 걸인을 빈손으로 대문을 나서게 하면 안 된다."며 곡식이나 돈을 손에 꼭 쥐어 주셨다. 허기진 사람을 보면 꼭 소반에 밥을 차려 먹여 보내시던 어머니의 마음속에는 지난날에 맺힌 차돌 같은 응어리가 남아 있으셨으리라. 지금도 지구촌 곳곳에서 많은 사람들이 굶주림에 지쳐 죽어가고 있다는 뉴스를 접할 때마다 한때 기근으로 허덕이던 내 모습을 보는 것 같아 가슴이 저민다.

공자께서 "불관거해(不觀巨海)면/ 하이지풍파지환(何以知風波之患)이라"고 한 것은 큰 바다를 가보아야 거센 풍파가 얼마나 공포의 대상인가를 알게 된다는 뜻이다. 살면서 어려운 일이 굽이굽이 닥칠 때마다 가슴 저린 그 날의 경험은 나를 늘 참을성과 부지런함의 길로 잡아 끌었다. 작은 것에도 자족하며 살 수 있는 지혜를 얻었다.

요즘에도 밥상에서 팥밥을 대할 때마다 피란처에서 겪었던 아홉 살 소년시절의 아린 추억이 아른거린다. 그래도 나는 팥밥을 좋아한다.

참새도 싫어하는 돌피

내가 열 살 되던 1952년, 전란으로 고향을 잃고 피란지 남의 집 행랑채에서 더부살이로 한동안 살다가 안성군(安城郡) 이죽면(二竹面) 어느 마을 후미진 곳에 방치된 조그만 공가(空家)를 얻어 이사를 하였다. 추녀가 낮아 어른들은 고개를 숙여야 드나들 수 있는 집이었다. 군데군데 뚫어진 벽체를 진흙으로 때우고 가마니 짝을 얻어다가 부엌문을 달고 솥단지를 걸었다. 협소하고 누추하지만 남의 집에서 주인의 눈치를 보며 살 때보다 좋았다. 네 살박이 동생이 앙앙 울어대도 "애 울리지 말라."고 야단치는 사람도 없었다. 남의집살이가 얼마나 무서운지, 내 집이 얼마나 고마운 것인지 뼈저리게 느껴봤기에 그 집은 우리에게 어느 고대광실에 비길 바가 아니었다.

면사무소에서 일주일 간격으로 감질나게 주는 배급과 가물에 콩 나오듯 품삯으로 받은 양식으로 근근이 연명을 했다. 배급량이 턱없이 부족했지만 그나마 주지 않았다면 우리 가족은 그때 굶어죽었을지도 모른다. 나물을 뜯어다가 시퍼렇게 멀건 죽을 쑤어 끼니를 이어가며 어떻게든지 배급 날까지 버텨보려고 안간힘을 써보았지만 번번이 모자랐다. 점심은 아예 생각지도 못했다. 어쩌다 간혹 양조장에서 술지게미라도 얻게 되면 그걸로 곯은 배를 채우기도 했고, 방앗간에서 등겨라도 얻으면 개떡을 만들어 먹었다. 술지게미를 먹고 술기운에 축 늘어지기도 했고 아린 등겨 맛에 정신이 몽롱해졌던 일도 있다.

들에 벼가 누릇누릇 익어가는 가을이었다. 당장 저녁 끼니꺼리가 없어 논에서 천덕꾸러기로 포기 져 여물어가는 돌피이삭을 부지런히 뽑았다. 혹여 남의 논에 들어가면 벼 포기라도 상하게 할까봐 논둑에서 손에 잡히는 것만 찾아다니며 뽑았다. 워낙 씨앗이 잘아 부지런한 손놀림으로 훑어 담아도 작은 그릇 하나를 채우기가 쉽지 않았다. 서너 시간 넘게 논두렁을 헤맨 끝에 겨우 서너 되 가량의 돌피를 뽑았다. 양식이라곤 한 톨도 없었으니 피 석 되가 얼마나 소중한가. 저녁에 피죽을 쑤기 위하여 어머니께서는 내가 한나절 넘도록 애써서 훑어온 돌피를 솥에 넣고 한참 볶고 있을 때였다.

밖이 왁자지껄하더니 네댓 사람들이 집 앞에 우르르 몰려와 있었다. 이 집 애가 우리 집 논에 왜 들어갔었느냐며 사나운 고양이가 쥐 노려보듯 눈에 불을 켜고 우리 모자를 닦달했다. 자기들 논에서 무얼 훑어왔는지 내보이라고 야단법석을 떨었다. 기가 막힌 어머니는 "우리가 지금 난리를 만나 이 꼴로 살고는 있지만 댁들이 생각하는 그런 부도덕한 사람이 아니니 피란민이라고 우습게 보지 말라."며 그들을 부엌으로 데리고 들어갔다. 마침 솥바닥에서 톡톡 소리를 내며 튀는 새까만 돌피를 들여다 본 그들은 단 한 톨의 벼알도 없는 게 오히려 민망스러운 듯 머쓱해져 돌아갔다.

하마터면 도둑으로 몰릴 뻔 했지만 그 날 저녁은 돌피 죽으로 한 끼를 배불리 먹었다. 살짝 볶은 돌피를 맷돌에 곱게 갈아 산나물을 넣고 쑨 죽이 민숭민숭한 나물죽보다 훨씬 구수하고 배틀한 맛이 나는 것이 먹을만했다. 다만 입안에서 돌피꺼풀이 지끔거리는 게 흠이 었다. 그 날 이후로 돌피도 마음대로 뽑아다 먹지 못했다. "외밭에서 신발 끈을 고쳐 매지 말라."는 과전불납리(瓜田不納履)가 괜한 말이 아니었다.

전쟁은 계속되었고 세상인심은 짐점 삭박해졌다. 하루는 할아버지께서 겉수수 배급을 모처럼 받아오셨다. 오랜만에 방안에 곡식자루가 놓이니까 마치 부자가 된 것 같았다. 거친 잡곡에 불과한 겉수수가 그렇게 귀하게 여겨지다니…. 그 날 어머니는 느닷없이 겉수수밥을 지으셨다. 무슨 이름 있는 날도 아니었는데 무채도 썰어 나물을 만들고 산나물국도 끓였다. 고향을 떠난 뒤 한 번도 밥다운 밥을 지어서 시부모 봉양은 물론 어린자식에게 먹이지 못한 것이 한이 되셨던 모양이다. 할아버지께서 양식이 부족한데 왜 밥을 지었냐고 한마디 하시련만 그 날은 아무 말씀도 없이 겉수수밥 한 그릇을 뚝딱 비우셨다. 나도 밥 한 그릇을 게 눈 감추듯 퍼먹었다. 오랜만에 배가 맹꽁이배처럼 불러봤다. 그때 먹은 겉수수밥, 참새들도 거들떠보지 않는다는 돌피로 쑨 피죽, 그 맛이 지금도 입안에서 어정거린다.

훗날 어머니께 왜 그 날은 밥을 지으셨어요? 라고 여쭈었더니 "조죽석죽(朝粥夕粥)을 해도 어차피 모자라는 양식, 밥이라도 한번 실컷 해먹여보고 죽더라도 죽자는 오기였다."고 하셨다. 사람이 어떤 극한 상황에 놓이면 이판사판으로 자포자기에 빠질 수 있다는 뜻이리라.

밥 구경을 못하다가 오랜만에 먹어 본 그 날의 겉수수밥! 꿀맛보다 더 달았던 그 맛! 굶주림을 겪어보지 않은 사람은 진정 그 맛을 알지 못하리라.

참새도 싫어하는 돌피(벼과에 속하는 거친 한해살이풀)를 뽑아 먹는 일은 또 없어야 할 텐데….

첫 여자친구

1952년 늦은 가을, 화물트럭에 주섬주섬 살림살이를 싣고 안성(安城)을 떠났다. 가을을 재촉하는 강바람이 을씨년스럽게 가슴속으로 파고드는 한강 가 어느 빈집의 방 하나를 얻어 이삼 일 동안 그곳에 머물며 도강 기회를 엿보았다. 도강비(渡江費)를 받고 밤에 몰래 한강을 건네 주는 사람의 안내를 받기 위해서였다. 어느 캄캄한 그믐밤, 도강 꾼의 안내에 따라 우리 가족은 화물로 가장하여 트럭 이삿짐 속에 숨어 한강을 건넜다. 교량 양쪽에 있는 검문소를 통과할 때 혹시 네 살박이 누이동생이 인기척이라도 내면 어떡하니 하고 조바심을 했지만 무사히 강을 건넜다.

우리 가족은 폐허가 된 서울(확실한 지역을 알 수 없음) 어느 판잣집에 이삿짐을 풀었다. 말이 집이지 전란으로 불탄 자리를 대충 정돈하고 널빤지와 종이상자를 엮어 지은 판자 틈사이로 차가운 달빛이 듬성듬성 스며들었다. 그래도 가을 밤 찬이슬을 피할 수 있는 게 얼마나 다행인가. 수구초심(首丘初心)이라 했듯이 어떻게든지 고향땅을 밟기 위하여 할아버지께서는 여기저기 백방으로 알아보셨으나 아직 전쟁이 치열한 터라 고향 쪽에는 주민 거주가 허락되지 않아 포기하는 수밖에 없었다.

대안으로 고향 인근 지역으로 거처를 옮기기로 결정은 하였으나 차편이 마련되지 않아 여러 날을 서울의 낯선 하늘밑에 머무느라 식구들은 굶주림과 추위에 지쳐가고 있었다. 몇 끼를 걸렀는지 배가 몹시 고팠지만 참는 것 외에 어쩔 도리가 없었다. 촉촉하게 젖은 눈가에 아지랑이 같은 어지럼이 어른거렸다. 동생이 배가 고파 악을 쓰며 울었지만 먹일 거라곤 아무것도 없었다. 지나던 아저씨 한 분이 그 광경을 목격하고 너무 딱했는지 가던 길을 되돌아서며 "아이가 배가 몹시 고픈가 보군요. 쯧쯧" 하면서 지폐 두 장을 선뜻 꺼내 주고 갔다. 지금의 이천 원 정도의 금액인 것 같은데 당시 우리에게는 큰돈이었다. 우리 남매는 그 돈으로 극도의 허기를 면할 수 있었다. 요즘도 길을 가다가 구원을 청하는 사람을 볼 때마다 그 날 그분의 고마운 온정의 손길이 떠오르곤 한다.

얼마 만에 어렵게 차편이 마련되어 서울을 떠나 새로 정착한 곳이 포천군 신북면 호병골이란 곳이었다. 할아버지의 이종사촌 J씨가 사는 곳이었다. 그곳에 정착하면서 생활이 조금씩 나아지기 시작했다. 할아버지와 막내삼촌이 인근 산에서 땔감을 해다가 신읍 장에 내다 팔아 그 돈으로 양식을 살 수 있었기 때문이다. 그때부터 어린 창자를 움켜잡을 정도의 굶주림은 면할 수 있게 되었고 '피난민 애'라는 대명사도 뗄 수 있었다. 친구들도 많이 생겨 외롭지 않았다. 전쟁 전 고향에서처럼 오랜만에 안정을 되찾아 마음 놓고 뛰놀 수 있게 되었다.

무엇보다 착하고 예쁜 여자 친구를 사귀게 되어 더욱 좋았다. 나보다 두 살 많은 누이 같은 친구 최영미(가명), 그애는 나의 첫 번째 여자 친구였다. 그애는 늘 장난감이나 먹을 게 생기면 달려와 내 손에 꼭 쥐어주었다. 날이 새면 그애와 나는 친구들과 어울려 산으로 들로 냇가로 쏘다녔다. 하루도 그애를 만나지 않으면 해가 저물지 않는 걸로 알았다.

아지랑이가 너울니울 피어오르고 시냇가 버드나무의 가냘픈 실가지에 파릇한 새싹이 봉긋봉긋 돋아나는 어느 봄날이었다. 그 날도 우리 둘은 동구 밖 들판으로 달려가 싱아와 삘기를 뽑아 먹으며 놀았다. 처참했던 전쟁의 참상을 말해주듯 파괴된 갖가지 전쟁 잔유물이 여기저기 널려 있는 그곳이 우리들이 매일 찾는 놀이터였다. 아이들 호기심은 못 말리는 법, 포탄에 맞아 갈기갈기 찢겨져 나뒹굴고 있는 탱크와 군용차에 올라가 신기하게 생긴 부속들을 이것저것 만져보고 돌려보며 놀았다. 장난이 심하면 산통이 나게 마련, 날카롭게 날선 곳에 내 손가락이 끼어 크게 다쳤다. 허연 속살 틈을 비집고 붉은 피가 자꾸 흘러나오는 엄지손가락을 움켜쥐고 나는 겁에 질려 당황해하며 눈물을 찔끔거리고 있을 때였다. 놀란 영미가 쏜살같이 달려와 자기 치맛자락을 입으로 찢더니 내 깊은 상처를 씨매주면서 "울시 말아 괜찮아."라며 다독여 주었다. 곧 죽게라도 된 것처럼 공포에 질려있던 나에게 그녀의 적극적인 보살핌은 큰 위안이 되었다.

이튿날 그녀의 어머니는 "많이 다쳤나 보구나. 아직도 동여매고 있는 걸 보니."라며 어제의 일을 다 알고 계시다는 듯 말했다. 어린 마음에 그게 퍽 고마웠다. 멀쩡한 치맛자락을 찢어 친구의 손을 처매 주었는데도 딸을 야단치기는커녕 오히려 나를 걱정해 주니 말이다.

그애와의 인연이 너무 짧았다. 우리 집은 일 년도 채 되지 않아 그 곳을 떠나야 했다. 내가 떠나던 날 영미와 나는 작별이 아쉬워 눈물을 펑펑 쏟아내며 흐느껴 울었다. 짧은 만남이었지만 두 사람의 첫 정은 바다만큼이나 깊었나보다. 일생 동안 친구로 인하여 그렇게 슬펐던 적이 얼마나 있으랴. 지금도 내 엄지손가락에 선명하게 남아있는 상흔(傷痕)은 영미의 따뜻한 그 날의 우정을 되새기게 해준다. 철없는 우정이었지만 첫 여자 친구와의 만남과 헤어짐은 늘 잊히지 않는 순수하고 아름다운 영상으로 남아있다.

그녀가 결혼해서 자녀 둘을 낳고 신읍에서 잘 산다는 이야기만 들었을 뿐 헤어진 후 한 번도 다시 만나지 못했다. 먼 옛날의 아름다운 추억으로 소중하게 간직하고 싶다. 그녀가 내 머릿속에 단발머리의 여리고 예쁜 소녀로 각인되어 있는 것처럼 나도 그녀의 추억 속에 앳된 열 살 소년의 모습으로 남아 있으면 좋으련만….

내가 감춘 선녀 옷

사계절 중 봄처럼 하루가 다르게 풍광의 변화가 심할 때도 없다. 모진 풍상설한(風霜雪寒)을 견뎌낸 초목들이 새순과 꽃을 피워내는 것이 그 어느 계절보다 변화무쌍하다. 사람도 유·소년기가 이에 해당되지 않을까 싶다. 여린 새싹이 돋아나고 예쁜 꽃들이 송알송알 피어나듯이 천진난만한 아이들은 조그만 것에도 기뻐하고 슬퍼하는 감성이 있었기에 나이가 들어 세월의 간격이 멀어져도 그때의 추억들은 새록새록 그리워지는 것 같다.

나의 유년기는 6·25전쟁이 치열하게 진행되던 때였나. 우리는 고향 근처에 한 발짝이라도 더 가까이 다가가야 한다며 안성(安城)에서의 피란생활을 마치고 반여 년 동안 포천(抱川) 호병골에 머물다가 다시 신북면 상심곡(上深谷)으로 거처를 옮겼다. 마을이름이 '위쪽에 있는 깊은 계곡'이란 뜻이다. 사방이 높고 낮은 산으로 병풍처럼 둘려져 있고 철따라 동네 주변과 뒷동산에는 앵두, 살구, 자두, 잣, 밤 등 많은 과일들이 풍성하게 익었다. 심산유곡을 졸졸거리며 굽이굽이 마을을 휘감아 도는 개천에서는 아무 돌이나 들춰도 토실토실하게 살찐 가재가 스멀스멀 기어나왔다. 마을 앞을 가로질러 흐르는 수정처럼 맑은 냇물은 여름이면 우리들의 멱 감는 전용 수영장이고 겨울엔 신나는 천연썰매장이었다.

그곳엔 증외가(曾外家 : 할아버지 외가)인 경주김씨가 몇 집 살고 있었다. 우리는 약간의 논과 밭을 빌리고 버려진 자투리 황무지를 개간하여 오랜만에 농사를 지었다. 고향에서 수십 마지기 농사를 지으시던 할아버지로서는 조무래기 농사가 성에 차지 않으셨지만 그도 감지덕지했다.

전란으로 쉬었던 학교에 다시 들어갔다. 마을에서 3km쯤 떨어진 하심곡에 외북초등학교가 있었다. 오랜만에 새 친구들도 많이 생겼다. 명숙, 영남, 관종, 영순, 기성이 등 같은 또래들이 5리가 훨씬 넘는 학교를 무리지어 다녔다. 내를 건너 둑길도 걷고 종달새 알 낳는 파란 보리밭 샛길도 걸었다. 꽃을 꺾고 열매를 따고 겨울엔 눈싸움을 하며 장난치는 재미에 학교가 멀다는 생각이 들지 않았다. 비 오는 날이면 우산대신 벗은 윗옷으로 책보를 둘둘 말아 겨드랑이에 끼고 장대 같은 빗줄기 사이를 번개처럼 달려 집으로 왔다.

오가는 길섶에는 우리들의 군것질거리와 놀잇감이 수두룩했다. 야들야들하게 자란 싱아의 시큼달콤한 맛이 입안에 군침을 가득 돌게 하였고, 분홍빛으로 곱게 핀 진달래꽃의 달곰씁쓸한 맛이 매력적이었다. 방아깨비가 알밴 것처럼 통통하게 배불러진 삘기를 한 움큼씩 뽑아 먹고, 발그스름한 가시를 앙칼지게 곤두세우고 살쪄가는 찔레순의 아삭거리는 맛을 찾아 산기슭과 들판을 헤집고 다녔다. 그뿐인가. 산딸기, 오디, 메 뿌리, 칡뿌리, 살구, 밤, 개암, 돼지감자 같은 먹을거리가 항상 우리들의 발길을 유혹했다.

　나와 가장 친했던 애는 명숙이었다. 그녀는 얼굴이 갸름하고 해맑은 게 예뻤다. 우리 집과는 오십여 미터 가량 떨어진 이웃이었다. 한두 살 아래지만 같은 반이었던 그녀는 나를 무척 따랐고 나 또한 그녀를 좋아했다. 동네에서는 물론 학교에서도 우리 둘이 짝꿍인 것을 모르는 애가 없었다. 늘 내 곁에는 그 아이가 있었다. 숨바꼭질을 할 때면 언제나 같이 숨었다. 그래서 다른 애들이 나만 찾으면 그애도 찾는다는 것을 다 알고 있었다.
　어느 해 여름, 나는 짓궂은 나무꾼처럼 그 애들을 엉엉 울린 적이 있었다. 여자 친구들이 앞개울에서 물장구를 치며 물놀이에 정신이 없을 때 사내 녀석 몇이서 그애들을 골탕 먹이기로 모의했다. 고양이가 쥐를 노리듯 몸을 낮추고 살금살금 멱을 감는 곳으로 다가갔다. 개울가 자갈밭에 벗어놓은 옷을 주섬주섬 걷어 안고 뒤돌아 설 때였다. 눈치를 챈 그애들이 '악'하는 집단 비명소리와 아우성이 철철 거리던 냇물소리를 단숨에 집어삼켜버렸다. 동네 개들이 칼날 같은 비명소리에 놀라 덩달아 요란하게 짖어댔다. 할 수 없이 옷을 풀 섶에 던져버리고 도망치기 시작했다. 근방에서 이를 본 이웃집 할아버지가 나를 잡으러 쫓아오고 있었다. 힐끔힐끔 뒤를 돌아다보며 달음박질하고 있을 때였다. 갑자기 등뒤에서 누군가 내 양쪽 어깨에 두 손을 덥석 올려놓았다. 섬뜩한 느낌이 들어 고개를 돌려보니 이게 웬 날벼락인가. 나보다 몸집이 훨씬 커 보이는 개가 내 어깨를 두 발로 꽉 잡아누르고 이빨을 드러내놓고 사납게 으르렁거렸다. 그놈에게 꼼짝없이 제압을 당한 나는 자지러져 그 자리에 털썩 주저앉고 말았다. 개도 백기를 든 내가 제 상대 깜이 아닌 걸 알았는지 더 이상 공격을 하지 않고 물러섰다. 난데없는 불청객의 급습에 덴겁한 나는 노인이 한쪽 다리를 절룩거리면서 다가오고 있음을 알고 다시 일어나 젖 먹은 힘을 다해 뛰었다. 노인보다 오히려 송아지만한 개가 다시 쫓아올까봐 그것이 더 두려웠다. 맹수에게 쫓기는 원숭이처럼 나는 개울 건너편에 있는 큰 참나무 위로 재빨리 기어 올라가 숨었다. 그러나 나무 밑에까지 따라오신 노인은 가쁜 숨을 몰아쉬며 땅으로 내려와 항복할 것을 종용했다.

"너 이 녀석, 안 내려오면 내가 그두(톱)를 가져다 나무를 자를 테다. 그래도 안 내려오겠느냐?"

그 말에 겁을 먹은 나는 나무 위로 더 높이 올라갔다. 설마 노인이 나무를 벨까? 하다가 그럴 수도 있겠다는 생각에 몹시 불안하기도 했다. 이런 걸 두고 사면초가라 했는가? 나는 내려가지도, 더 이상 올라가지도 못하고 끝까지 버틸 수밖에 없었다. 내려오지 않을 게 뻔한 것을 아는 노인은 협상을 해왔다.

"이 녀석아 또 그런 짓 할래? 안할래?" 종주먹에

"앞으론 안할 게요."

라는 내 말을 들으신 후에야 "꼼짝하지 말고 게 있거라. 내가 그두(톱)를 가지고 올 테니까."

하시고는 휘적휘적 그 자리를 피해주셨다.

이튿날 그애들을 다시 만났다. 어제 일로 화가 풀리지 않은 그애들은 새침해져 말을 걸어도 시큰둥한 반응이었다. 그러나 애들 싸움도 부부싸움처럼 칼로 물 베기인가, 금세 언제 그랬나 싶게 친해졌고 다시 동네는 시끌벅적해졌다.

7·27 휴전이 되자 고향으로 가기 위하여 그곳을 떠나게 되었다. 이삿짐을 차에 싣는 동안 친구들이 몰려와 초상이라도 난 것처럼 엉엉 소리 내어 울었다. 명숙이가 제일 슬퍼했다. 커서 다시 만날 것을 마음속으로 다짐하며 아쉬운 작별을 했다. 그 뒤 많은 세월이 흘렀다. 한 번도 다시 만나지 못했지만 아름다운 추억을 늘 가슴에 묻었다. 이십여 년의 세월이 화살처럼 지나간 어느 날 그녀에게서 전화가 왔다.

결혼했느냐, 부인은 예쁘냐, 예전에 내가 너를 좋아한 거 알았느냐며 자기도 결혼해서 아들 딸 낳고 잘 산다고 했다. 옷을 감췄을 때가 가장 미웠지만 그래도 그 시절이 그립다고 한다.

그래, 동심에 새겨진 아름다운 추억들을 오래오래 간직하면서 살자.

도깨비불

−미스터리·Ⅰ

도깨비들도 이민을 갔나? 요즘은 도깨비에 관한 요술 같은 이야기를 들어보기 힘들다. 내가 어렸을 때만 해도 도깨비에게 희롱을 당해 혼이 났었다는 이야기를 심심지 않게 들었다. 그런 얘기를 들을 때마다 진짜처럼 귀가 솔깃했다.

지난 밤 도깨비놈한테 밤새도록 끌려 다니면서 넘어져 뒹굴고 일어섰다가 다시 넘어지기를 반복하고 있었는데 갑자기 도깨비가 "아이쿠 내 눈! 내 눈!" 하더니 땅바닥에 푹 쓰러졌다. 이때다 싶어 쓰러진 놈을 도망치지 못하게 두 팔로 꽉 붙잡고 있다가 그만 지쳐서 잠이 들었다.

새벽닭이 홰를 치며 울고 희뿌연 먼동이 틀 무렵에 정신을 차려보니 나무그루터기에 구멍이 낀 헌 도리깨장부를 끌어안고 있었단다. 입은 옷은 갈기갈기 찢어지고 온몸은 성한 데 없이 상처투성이였다. 상여집이 있는 마을 어귀 가시덤불을 얼마나 많이 헤매고 다녔으면 숲이 반들반들해져 있었다. 집에 돌아와 여러 날 동안 몸살을 앓고 일어났다는 이야기가 그렇게 흥미로울 수가 없었다.

잡신(雜神)에 속하는 도깨비는 사람들을 희롱하거나 짓궂게 골탕 먹이는 장난기어린 행동을 할 때가 많으나 사람이 죽은 뒤에 생기는 음귀(陰鬼)처럼 사람의 생명을 빼앗거나 병들게 하는 일은 잘 하지 않는다고 한다. 주로 사람들이 일상생활에서 많이 쓰는 피 묻은 용구를 오랫동안 방치하면 도깨비가 된다고 전해진다. 헌 낫자루, 헌 빗자루, 도리깨, 부지깽이, 쓰던 가구 등 사람의 손때나 피가 묻은 용품들이 도깨비로 둔갑한다는 것이다. 도깨비는 밤이 이슥해지면 정체불명의 파란불을 뿜으며 활동을 한다고 한다.

도깨비에 관한 설화나 민담은 참 많다. 흔히 기가 센 집터에는 도깨비가 있다고들 한다. 집 도깨비는 주인에게 가끔씩 심통을 부리다가도 비위만 잘 맞추어 주면 기적 같은 신통력을 부려서 집주인에게 금은보화나 맛있는 음식 같은 것을 가져다 준다는 재미있는 이야기도 있다.

어느 늦가을 밤, 동네 청년들이 사랑방에 모여앉아 국수내기 놀이를 하고 있었다. 요즘으로 치면 고스톱이나 훌라 같은 내기 오락이다. 추수도 다 끝내고 겨우내 땔 나무도 잔뜩 해다 쌓아 놓있는네 밤이 깊은들 무슨 걱정이 있으랴. 밤늦게까지 떠들며 놀다보니 저녁밥 먹은 것도 어느새 다 내려가고 속이 출출해지기 시작했다. 한 친구가 주인에게

"뱃속에 거지가 들었는지 배가 고픈데 뭐 입맛 다실 것 좀 없냐?"고 하자 주인은 김치광에서 동치미를 한 대접 퍼내다가 여럿이 빙 둘러앉아 어적거리며 먹고 있었다.

바로 그때였다. 문밖 툇마루에서 '쿵'하는 소리가 들렸다. 이상한

소리에 모두들 귀를 쫑긋 세우고 있다가 방문을 조심스럽게 열었다. 이게 웬일인가? 마루에는 커다란 시루와 양푼이 나란히 놓여 있었다. 시루에는 채 식지 않은 시루떡이, 양푼에는 말랑말랑한 인절미가 가득하게 담겨 있었다. 한동안 의아스러운 얼굴로 바라보다가 시장한 김에 그 떡을 들여다가 배불리 먹었다. 오랜만에 떡으로 포식은 잘 했는데 잘못하면 떡 도둑으로 몰려 망신당할 생각을 하니 걱정이 태산 같았다.

"떡 임자가 시루와 양푼을 찾으려고 나타나면 어떡하지?"
하면서 수군거리고 있는데

"그런 걱정일랑 하지들 말거라. 신계·곡산(新溪谷山 : 황해북도에 있는 미루평야지대)에서 시루 양푼 찾으려고 여기까지 오랴."
는 소리가 귓전을 스쳤다.

이렇게 도깨비는 초인적인 괴력(怪力)과 신통력으로 곧잘 사람들을 현혹시키고 희롱한다. 황소를 지붕 위에 올려놓기도 하고, 가마솥 뚜껑을 솥 속에 집어넣기도 한다. 이와 같은 설화와 민담은 아직도 많은 사람이 은연중에 믿고 있다. 그 단적인 예로, 밤에 외진 산길이나 들길을 혼자 걸을 때 머리가 쭈뼛쭈뼛거리며 은근히 두려운 생각이 들고 가슴이 두근거리는 압박감에 사로잡히는 것은 이런 도깨비나 음귀를 의식하기 때문이다.

도깨비를 다른 말로 독각귀(獨脚鬼)라고도 하는데 그 말은 다리가 하나라는 뜻이다. 그러므로 그와 싸워서 이기려면 취약한 다리를 감아 넘겨야 승산이 있다. 혹시 밤에 길을 가다가 도깨비를 만나거든 씨름선수처럼 안다리나 바깥다리걸기 기술을 한번 써보라. 그러면 위기를 쉽게 넘길 수 있지 않을까? 도깨비는 키가 워낙 커서 하체는 보이나 상체는 잘 보이지 않아 얼굴을 알 수 없다. 그들은 성질이 음(陰)하기 때문에 동굴이나 고가(古家), 고목(古木), 계곡 같은 곳에 모여 살면서 밤이면 나와 활동한다고 한다.

　나는 도깨비에 홀려 본 적은 없지만 도깨비불을 보고 놀란 적이 있다. 포천시 신북면 상심곡리에 실 내었다.

　1953년 9월 3일(음력) 자정이 조금 지난 시각이었다. 그 날은 증조할머님 기제일이어서 온 가족들이 한데 모여 제향을 올리고 있었다. 강신과 참신, 헌작 독축에 이어 삽시정저를 한 뒤 합문(闔門 : 조상님께서 차려드린 제물을 많이 드시도록 제사에 참석한 사람들이 모두 밖으로 나와 문을 닫고 잠시 기다리는 절차)을 하고 모두 밖으로 나왔을 때였다. 집에서 약 600여m가량 떨어진 개울가 외진 숲에서 이상한 불빛이 종횡무진하고 있었다. 하늘로 곧게 치솟는가 하면 수직으로 상승했다가 길게 수평으로 날기도 하고, 번개처럼 빠르게 혹은 느리게 동서남북 상하로 움직이는 게 마치 요즘의 불꽃놀이와 유사했다. 할아버지는 물론 제사에 참석했던 여러 제관들이 이 광경을 목격하고 모두들 도깨비불이라고 믿었다. 그 날뿐 아니라 뒤에도 여러 차례 그 불빛을 목격할 수 있었으며 동네 사람들도 늦은 밤에는 그곳을 지나기를 몹시 꺼려하는 곳이기도 하다.

　그 후 학교에서 선생님들께 그 불빛의 정체에 대하여 질문을 한 적이 있다. 그러나 선생님의 답변은 한사코 "이 세상에 도깨비불은 존재하지 않는다. 그것은 나무그루터기 같은 게 썩으면 인(燐) 성분이 생기는데 그것이 습한 날 바람에 날려 그렇게 보인다."는 것이다.

　허나 나는 지금도 그 말에 동의하지 않는다. 인이 왜 자정이 지난 시각 바람 한 점 없는 고요한 밤에만 그렇게 긴 불꼬리를 이으며 날고 있는지? 또한 인이 어떻게 수직으로 상승하다가 직각으로 방향을 꺾어 수평으로 아주 길게 날을 수 있는지, 그리고 얼마나 많은 양의 인이 있으면 그토록 많은 불빛을 계속 발광할 수 있는지, 왜 어둡기는 마찬가지인데 초저녁엔 보이지 않다가 이슥한 밤에만 인이 움직이는지? 도저히 상식적으로 설명할 수 없는 불이다.

현대과학에서 부정하는 도깨비불의 존재여부는 지금까지 풀지 못하는 미스터리이다.

뱀 발(蛇足)

−미스터리·Ⅱ

 '화사첨족(畵蛇添足)'이라는 사자성어가 있다. 안 해도 될 쓸데없는 일을 덧붙여 하다가 오히려 일을 그르친다는 뜻이다. 이것만 봐도 '뱀은 발이 없다.'는 게 입증되고도 남는다. 그렇지만 나는 발 있는 뱀을 두 눈으로 똑똑히 보았다.

 초등학교 6학년 때 여름, 하교 길이었다. 논틀에 모여 있던 한 아이가 숨이 넘어가는 소리로 "뱀 발이다 뱀 발!"이라고 소리쳤다. 멍청한 놈, 뱀이 무슨 발이 있다고 저 야단이야. 그런 생각을 하면서노 그냥 지나칠 수가 없는 호기심이 생겼다. 믿을 수 없는 소리였지만 나는 그 애들 곁으로 달려갔다. 웅크려 앉은 그들 앞에는 어른 팔길이 정도의 그리 크지 않은 보통 뱀 한 마리가 죽임을 당한 채 배가 하늘을 향해져 있었다. 어느새 예닐곱 명의 아이들이 웅기종기 모여 들었다. 그 아이는 손에 든 나무막대기로 꼬리부분 배를 살며시 눌러주며

 "이것 봐 이거!"

라며 보물이라도 발견한 듯 신이 나 말했다. 그때 배 양쪽으로 두 개

의 발이 쏘옥 삐져나왔다. 개구리 발과 흡사했다. 그 아이는 다시 머리보다 조금 아랫부분(목 부위)을 지그시 눌렀다. 그곳에서도 똑같은 두 개의 발이 나왔다. 모두 네 개의 발이었다. 눌렀던 막대기를 떼면 언제 있었느냐는 듯 흔적을 찾아볼 수 없었다.

그때까지 뱀은 발이 없다고 믿어왔던 나는 그 날부터 뱀도 발이 있다는 걸 알게 되었다. 생물시간에 선생님께 뱀의 발이 있는지에 대하여 질문했지만 대답은 명쾌했다.

"뱀은 발이 없다. 그렇기 때문에 이동할 때는 몸을 구부리고 곡선의 정점에 힘을 주어 끌어당기면서 앞으로 나간다. 배비늘[腹鱗]은 기와 모양으로 뒤쪽을 향해 겹쳐져 있어 미끄러지지 않고 직선 또는 지그재그로 전진할 수 있는 것이다. 다만 수컷은 주머니 모양의 생식기가 두 개가 있으나 보통 때에는 몸속에 집어넣고 있다가 교미할 때 한 개만 꺼내 사용한다. 네가 본 것은 생식기를 잘못 본 것일 게다." 다른 선생님들의 답변도 매일반이었다. 나의 질문은 번번이 선생님은 물론 반 친구들에게 비웃음꺼리가 되었다.

지구상에는 무려 2,800여 종이나 되는 뱀이 있다고 한다. 특히 인도네시아, 필리핀 등 동남아시아 우림지역에는 매우 사납고 공격적인 코브라나 하늘을 나는 크리코펠리아파라다시라는 뱀도 있다. 이 뱀은 날개도 없이 하늘을 100m 이상을 날 수 있다. 길이가 1m 정도인데 나무 위에서 몸을 S자로 웅크렸다가 쭉 펴면서 지상이나 다른 나무를 향하여 미끄러지듯 날아 다닌다고 한다. 활공하는 뱀이 있다는 것을 상상만 해도 무섭고 신기하다. 다행히 우리나라엔 아직 그런 뱀은 없다. 그러나 지구의 온난화가 계속되다 보면 언젠가는 이 뱀이 우리나라에까지 이사(移蛇)해 오지 않을까싶다.

우리나라에도 살모사를 비롯해 장지뱀, 유혈목이, 능구렁이, 누룩뱀, 무자치, 도마뱀 등 많은 뱀들이 서식하고 있다. 그러나 사람들이 정력에 좋다는 속설을 믿고 마구잡이로 남획하고 있어 그 개체수가 급격하게 줄어 멸종위기에 처했다. 대부분의 뱀은 사람을 먼저 공격하여 해치는 일은 별로 없으나 그중에 독사는 아주 위험한 뱀이다. 여름철에 독을 가장 많이 품고 있어 물리면 생명을 잃는 경우가 허다하다. 들에서 일을 하다가 뱀에 물리면 흔히 물린 상처를 칼로 째고 입으로 독을 빨아내야 하는 것으로 알고 있지만 효과는 별로 크지 않다. 항독혈청(抗毒血淸)만이 효력이 있다.

옛날에 반상(班常)의 구별이 얼마나 심했으면 뱀에게까지 그 멍에를 씌웠을까. 독이 없는 순한 무자치를 '상것 뱀'이라 하여 업신여겼다. 그 상것 뱀에게 물린 사람은 다른 뱀들이 물지도 않는다 하여 일부러 무자치에게 물리는 사람도 있었으니 얼마나 우스운 얘긴가.

예전 시골집에는 터 구렁이가 살고 있었다. 평소에는 사람 눈에 잘 띄지 않다가 가끔 담장이나 집 주변에 모습을 드러내면 사람늘은 상서롭지 않게 생각했다.

1950년 외가댁에 다니러 갔을 때였다. 점심을 먹고 있는데 대문 밖에서 젖은 이불 빨래뭉치가 떨어지듯 '철썩'하는 요란한 소리가 들렸다. 모두들 놀라 밖으로 나가보니 대문 앞 툇돌 위에는 한 발이 더 돼 보이는 아주 큰 구렁이 한 마리가 지붕에서 떨어져 도망갈 생각도 하지 않고 멀뚱멀뚱 우리들을 바라보고 있었다. 이를 본 외할머니는 크게 놀래시며 급하게 집안으로 들어가시더니 헌 옷가지에 음식을 싸서 구렁이 앞에 던져주시며 "이것 가지고 귀한 몸 어서 어서 감추세요."라며 두 손을 모아 싹싹 비셨다. 그리고 모두들 그 자리를 피해주었다. 외할머니의 간곡한 당부의 말씀을 듣기라도 했는지 잠시 후 그곳에 다시 가보니 구렁이는 어디론가 흔적도 없이 사라지고 없었다. 구렁이에게 개구리나 생쥐 한 마리가 필요할진 몰라도 옷과 음식이 무슨 소용이 있겠는가. 그렇게 정성껏 비시던 외할머니는 몇 달 뒤 사십구 세를 일기로 세상을 뜨셨다. 전쟁 통에 유행하던 장티푸스라는 열병 때문이었다.

여러 아이들과 함께 내 눈으로 똑똑히 본 뱀 발의 모습을 세상 사람들은 아무도 믿어주지 않는다. 그렇지만 나는 지금도 그때 본 네 개의 발을 생생하게 기억한다. 갓난아기의 손처럼 앙증맞게 생긴 발가락들을…. 만약 그것이 생식기라면 꼬리부분에 있는 두 개이어야 하는데 머리 부분에 있는 두 개는 또 무어란 말인가? 이것은 오십 년 넘게 내 뇌리에서 사라지지 않고 있는 미스터리이다.

신은 존재하는가?

-미스터리·Ⅲ

신비한 이야기를 담은 ≪나는 영계를 보고 왔다≫를 읽었다. 18세기 학문적 거인이며 불가사의한 인물이라 불리던 임마뉴엘 스웨덴보그(Emanuer Swedenborg)의 저서로 세계 최대 기서(奇書)의 하나로 손꼽히는 ≪사자의 서(死者 書)≫를 하재기(河在麒)가 번역한 책이다. 그가 육체를 이 세상에 둔 채 20여 년간 인간이 죽은 후의 세계, 즉 영혼의 세계를 출입하면서 보고 들은 것을 기록한 책이다. 많은 사람들의 흥미를 끌기에 충분한 생명과 죽음에 대한 이야기들을 하나로 엮었다.

스웨덴보그는 1688년 스웨덴에서 독실한 기독교 집안에서 태어나 1772년 3월 29일 런던에서 사망했다. 84세의 생애 동안 과학자, 수학자, 발명가, 철학자로서 50여 권의 책을 저술했다. 그중 25권이 과학이나 수학에 관한 것이었는데 그중에서도 세기적인 기서(奇書)인 ≪사자의 서≫는 200여 년이 지난 오늘날까지도 불멸의 책으로 애독되고 있다고 한다. 이 책은 엄격히 말해 재미있는 것은 아니지만 읽다보면 차츰 과연 그럴까? 하는 미지의 '영(靈)의 세계'에 대한 관심이 끌리게 된다. 믿기 어렵다가도 그가 전부터 자기는 1772년 3월 29일에 영계에 들어간다고 많은 사람들에게 예언했었는데 바로 그 날 84세를 일기로 세상을 떠난 걸 보면 신비스럽다.

사람이 숨을 거두면 신체는 자연계에 놔두고 영(靈)은 정령계(精靈界)로 간다고 한다. 그곳에서 보통 2~3일가량 머물다가 자기 소신에 따라 자기 본성에 가장 알맞은 영계(靈界)의 단체에 속해서 영원한 영의 생활을 하게 된다. 영계는 상세계, 중세계, 하세계로 구분되며 이들 3세계는 영계라는 점에서는 똑같고 성질도 비슷하다. 상세계에 사는 영은 영으로서의 마음의 창이 가장 활짝 열려있고, 중세계는 그 다음이며, 하세계는 중세계보다 열등하다. 이들 영의 구분은 하늘에 아주 얇은 막(幕)과 같은 것이 수평으로 떠 있고 그 위에 각각 상중하의 3세계가 존재하며 그곳에서 가슴높이에 떠있는 태양의 영류(靈流)를 받으며 영들이 살고 있다.

또한 영계의 지하에는 역시 3단계의 지옥계(地獄界)가 있으며 이곳으로는 영으로서의 눈을 뜨지 못하고 영계의 존재가 보이지 않는 정령들이 간다. 즉 현세에서 물질적인 욕망, 색에 대한 욕망, 명예욕, 지배욕 등과 같은 인간의 외면적 표면적인 감각을 기쁘게 하는 일에만 마음을 쓰는 자는 그곳에 가서도 영의 세계를 깨닫지 못하고 그런 욕망을 그들의 빛으로 생각하게 된다.

여기서 중요한 점은 상중하의 영계이든 아니면 지옥계이든 제3자의 강요나 어느 절대적인 타의의 힘에 의해서가 아니라 어디까지나 자기가 스스로 선택해서 영의 세계에 들어간다는 점이다.

영들도 인간과 똑같은 영체(靈體)를 갖고 있다. 눈 코 귀 등의 감각을 갖추고 있으며 입과 혀로 말을 한다. 남녀의 영이 사람들처럼 결혼을 하나 종족번식을 위한 육체적 결합이 아니라 두 영의 영적능력 향상에 있다고 한다.

교령술(交靈術)이란 산 사람이 죽은 사람의 영과 교신함으로써 죽은 사람만이 알고 있는 사실 등을 알아내고 이를 세상 사람들에게 전하는 것을 말히는데 이를 행하는 일은 영매(靈媒)라는 사람만이 할 수 있다. 그렇다면 스웨덴보그 외에 이 세상에서 영매의 역할을 하는 사람은 과연 누굴까? 무속인(무당)을 하나의 영매로 봐도 되는 걸까?

오래 전에 나는 우연찮게 굿 구경을 하다가 무당이 작두 타는 광경을 목격한 적이 있다. 키 높이의 높은 받침대 위에 고정시킨 날이 시퍼렇게 선 두 개의 작두날 위에서 요란한 징과 장구 소리에 맞춰 그녀는 맨발로 덩실거리고 춤을 추고 있었다. 신기한 것은 비수처럼 날카로운 작두날 위에서 한참 동안 춤을 추었는데도 그녀의 발은 베인 데 없이 멀쩡한 점이었다.

만신 김금화(金錦花, 1931~)씨의 자서전 ≪비단꽃 넘세≫에서 그녀는 이렇게 말한다. "칠성단 맨 꼭대기에 작두날 두 개를 고정시켜 놓는다. 그 위에 무당은 깨끗한 물에 발을 씻고 맨발 그대로 서게 된다. 이때부터 무악의 장단이 빨라진다. 무당은 재빨리 맴을 돌고 아래위로 경중경중 뛰는 춤을 추며 신이 깊숙이 내리기를 기다린다. 갑자기 몸이 저릿저릿해지고 머리가 쭈뼛서면서 몸이 하늘로 붕 뜨는 것 같은 느낌이 오면 어떤 강한 힘에 이끌리 듯 뛰어 올라가 작두를 탄다. 작두 위에서 장군놀이를 하거나 칼춤을 추며 한참을 논다. 그리고는 사람들에게 공수를 준다." 그렇다. 이는 사람의 능력으로는 도저히 해낼 수 없는 불가사의한 일이 틀림없다.

　인사동 돌 할머니로 이름난 김백순(金白順)씨가 펴낸 ≪별 미친년 다 봤네≫에서 그녀는 무당이 신을 만나는 과정을 이렇게 설명하고 있다.

　"무당의 춤 동작이 격렬하게 진행되면 이미 신과 만났다고 보면 된다. 격렬하게 춤을 추다가 '위'하는 소리를 내면서 춤을 멈추고 땅에 정지하는데 그때는 완전히 접신(接神)이 된 상태다. 그때부터 무당은 더 이상 무당이 아니라 신이 된 것이다. (중략) 그때부터 무당이 하는 얘기는 신이 일러주는 얘기라고 보면 된다."

　스웨덴보그가 두 가지 방법의 교령술을 제시했는데 하나는 영매에 직접 빙의(憑依)하는 것과, 다른 하나는 영매의 영이 죽은 사람의 영과 교신해서 알게 된 것을 사람에게 알려 주는 것이라고 했듯이 위의 두 예는 교령술(交靈術)과 매우 유사한 점이 있다 하겠다.

　1994년 1월 8일, 어머니께서 낙상으로 한쪽 고관절이 골절되셨다. 74세의 고령이지만 약간의 당뇨가 있을 뿐 비교적 건강하셨는데 S대학병원에 입원하신 지 퍽 여러 날이 지나도 수술을 받을 수가 없었다. 당뇨수치는 조절되었지만 물을 포함한 일체의 음식물 섭취를 못하시고 게다가 심각한 수면 무호흡증까지 겹쳐 가끔씩 혼미상태까지 오고 있었다. 주치의가

　"환자의 상태가 가망이 없으니 가까운 친인척들을 생전에 부르라." 고 권했다. 할 수 없이 일가친척들이 병원에 모여 사후대책까지 의논하기에 이르렀다.

　그렇게 보름가량 전전긍긍하고 있을 때였다. 그 날따라 정신이 말짱해지신 어머니께서는

"아범아, 내 마지막 소원이니 감악산 만신한테 가서 치성을 한번 드려주면 좋겠다."

고 어렵게 말씀을 꺼내셨다. 나는

"그리 하겠습니다. 걱정하지 마시고 마음을 굳게 가지세요."

라고 안정을 시켜드린 뒤 그 길로 감악산으로 달려가 만신이 주문하는 대로 여러 가지 준비물을 갖춰 1월 27일, 산 중턱에 차려진 신당으로 올라갔다. 영하 20여 도가 훨씬 넘는 강추위였지만 어머니를 회생시켜 드릴 수만 있다면 그까짓 추위나 경비쯤은 아무 것도 아니었다. 초저녁부터 먼동이 터오는 새벽까지 한당에서 꼿꼿이 선 채로 굿이 진행되었다.

만신의 여러 공수 중에 "너를 이번에 꼭 데려가려고 했는데 네가 그동안 신과 조상을 지극정성으로 잘 받들었기 때문에 3년만 더 있다가 데려가마."라는 것이다. 같이 참석하신 숙모님과 집안 형수 되는 분과 함께 "3년이 뭡니까. 더 오래오래 살게 해 주세요."라고 두 손을 모아 싹싹 빌며 사정을 해보았지만 "안 된다. 3년 있다가 데려간다." 라고 고집을 꺾지 않았다. 마음에 걸리는 공수였지만 설마 그럴 리가 있겠는가 싶어 반신반의했다.

이어진 절차는 산 정상에 있는 일명 비뚤대왕비 앞에서 시루떡을 쪄서 올리고 치성을 드려야 했다. 일행은 등짐을 지고 무릎까지 푹푹 빠지는 눈을 헤치며 새벽 산을 올랐다. 정상에는 눈보라가 강하게 일고 매섭게 찬 기온은 부탄가스조차 꽁꽁 얼려버렸다. 천신만고 끝에 모든 일을 잘 마무리 짓고 산을 내려왔다.

시골집에 돌아 온 나는 어머니의 병세가 제일 궁금했다. 내심 치성 덕을 입었으면 하는 기대심이 더 컸다. 그러나 어제와 조금도 차도가 없다는 전화를 받은 나는 크게 실망했다. 밤새워 치른 일들이 허망하고 수고해 준 만신도 보기가 싫어졌다. 병원으로 차를 몰고 가는 내 마음이 한없이 슬펐다. 이젠 어디에 기댈 데도 없다는 생각에 눈물이 앞을 가려 운전을 할 수가 없었다. 병원에 가보니 병세가 조금도 호전돼 보이지 않았다. 실망한 표정으로 병원으로 향한 내 뒤를 만신이 따라 올라왔다. 2인실이라 옆 환자에게 양해를 구한 뒤 의사선생님이나 간호사가 회진이라도 올까봐 조바심을 하며 만신은 신을 다독이는 절차를 번개처럼 진행하였다. 끝난 후 쑥불을 피운 냄새를 없애기 위하여 병실 창문을 활짝 열고 환기를 시켰지만 잠시 후 병실에 들어온 간호사는 이상한 듯 코를 킁킁거리며 고개를 갸우뚱거렸다.

그 날 저녁에 기적이 일어났다. 보름 넘게 물 한 모금 넘기지 못하고 링거에 의존해 생명을 유지하시던 분이 갑자기 "물을 마시고 싶다."고 하시더니 미음을 찾으시고 이튿날에는 진지까지 드시는 등 병세가 급속하게 호전되었다. 상식적으로 도저히 이해할 수가 없는 일이었다. 이삼 일 후 주치의의 수술오더가 떨어져 수술을 잘 마친 후에 퇴원을 했다.

　1997년 1월 29일,
　"어머니 다녀오겠습니다."
는 나의 출근 인사에 "그래, 잘 다녀오라."
라며 손을 흔들어주시던 어머니께서 갑자기 뇌출혈로 쓰러져 서로 말 한마디 나눠보지 못한 채 이튿날 유명을 달리하셨다. 나중에 안 일이지만 그 날이 공수에서 말한 대로 3년이 지난 날이었다.
　갑자기 거짓말처럼 빠른 회복세를 보인 점과 만신의 공수대로 3년

만에 유명을 달리하신 것이 단순한 우연의 일치였을까? 이 또한 사는
동안 내내 풀리지 않는 미스터리이다.

폐허를 딛고 일어서

휴전협정이 끝난 이듬해 9월, 38이북에 위치한 연천군(漣川郡) 일부가 수복되기 시작했다. 그렇지만 내가 살던 고향마을은 여전히 미수복지여서 지척에 두고도 갈 수가 없었다. 할 수 없이 실향민들과 함께 군남면 남계리 마을에 우선 정착하게 되었다.

3년간 전투가 벌어졌던 이 마을도 말 그대로 폐허였다. 사람이 살았던 곳이라고 도무지 믿어지지 않았다. 집이며 세간들은 수많은 폭탄세례에 흔적도 없이 사라지고 그 자리엔 잡초들만 무성했다. 유일하게 살아남은 건 수령이 4백 년이 넘는다는 물푸레나무 한 그루가 수호신처럼 마을을 지켜주고 있었다. 이 나무는 온몸에 수많은 총탄과 파편을 맞아 흉한 모습으로 일그러졌지만 질기게 생명을 유지한 게 기특해 보였다.

얼마 전까지만 해도 피비린내 나는 전쟁터였던 이곳에 피란보따리를 내려놓았지만 살길이 막막했다. 마침 군부대에서 여러 개의 대형 텐트를 쳐주어 정착하는데 큰 힘이 되었다. 한 개의 텐트에서 여남은 가구가 수용소 같은 불편한 공동생활을 했지만 비바람과 차가운 밤이

슬을 피할 수 있는 것만도 다행이었다. 텐트 밖에는 빙 둘러 노천 부엌이 어지럽게 설치되었고 검게 그을린 솥에선 궁핍한 먹을거리가 서럽게 끓었다. 맛과 질은 고사하고 배불리 먹을 끼니꺼리만 있어도 좋으련만, 바닥이 긁히는 양식자루에 부녀자들의 수심만 가득했다.

사람들은 터를 닦고 흙벽돌을 찍어 집을 짓기 시작했다. 점토질이어서 흙벽돌을 찍기에는 안성맞춤이었다. 우리는 돌 토담집을 짓기로 했다. 전 가족이 나서서 근방에 있는 돌이란 돌은 모두 날라다가 벽을 쌓기 시작한 지 두 달여 만에 나지막한 돌담 집을 짓고 이사를 했다. 집이래야 겨우 안방과 윗방에 부엌 하나 딸린 초가삼간이었지만 전쟁 후 처음 가져보는 아늑하고 포근한 내 집이었다.

그 후 미국이 원조하는 구호재목이 집집마다 무상으로 배급되었다. '투 바이 포'라고 불리는 목재였는데 가로 세로의 규격이 2인치와 4인치여서 붙여진 이름이다. 가구당 방 둘에 마루 하나와 부엌을 지을 수 있는 목재였다. 아울러 쌀과 밀가루, 보리쌀 등의 양식과 분유, 그리고 의류도 지원해 주었다. '가난은 나라도 감당하지 못한다.'고 하지만 그 당시 지원능력이 없는 정부를 대신하여 미국의 다각적인 원조는 기아에 허덕이던 난민들에게 큰 보탬이 되었다.

국군 1시딘에서 토벽으로 초등학교 건물을 조그맣게 지어주었다. 교실바닥에 가마니와 멍석을 깔고 그 위에 옹기종기 모여 앉아 까만 눈망울을 초롱이며 공부를 했다. 비만 오면 빗방울보다 더 굵은 낙숫물이 장단을 맞추듯이 똑 똑 소리를 내며 교실 안 곳곳에 떨어졌다. 낙숫물받이 그릇을 여기저기에 늘어놓고 그곳을 이리저리 피해 다녀야 했다. 얼마 후 후방지역 학생들이 쓰던 책걸상과 교과서가 보급되었다. 너무 좋아 어쩔 줄 몰라 하며 책을 읽었던 때가 엊그제 같은데 어느새 반세기가 훌쩍 지났다.

가족들이 모두 나서서 황폐화된 땅을 다시 논밭으로 일궈야 했지만 사방천지가 철조망으로 성벽을 이루고 있어 처음에는 엄두를 내지 못했다.

철조망이 이중삼중으로 겹겹이 쳐진 것을 보면 한탄강과 임진강 주변이 전쟁의 중심에 있었음을 짐작할 수 있다. 마을주변에는 포탄, 지뢰, 수류탄 등 여러 종류의 폭발물들이 여기저기 널려 있었다. 그중에서도 많은 지뢰가 살모사처럼 곳곳에 도사리고 앉아 혀를 널름거리듯 인명을 노리고 있었다. 언제 터질지 모르는 위험한 지뢰밭에 들어가 농지를 개간하고 포탄피를 줍다가 많은 희생자가 발생했다.

양식을 장만하기 위하여 집집마다 철조망을 걷어다가 가시를 따는 일에 어른아이 할 것 없이 매달렸다.

한번은 철조망을 걷어올 생각으로 친구들을 따라 임진강변에 나간 적이 있다. 강줄기를 타고 넘는 삭풍이 철조망에 부딪쳐 스산하게 윙윙거리는 밤이었다. 음산한 달빛에 날카로운 가시를 앙칼지게 곤두세우고 있는 철조망을 조심스럽게 걷어 모으다가 발밑에 색다른 물체가 밟히기라도 하면 지뢰를 밟은 것 같아 소스라치게 놀라며 가슴을 졸였다. 시키지도 않은 위험한 짓을 했다고 꾸중만 실컷 들었지만 지금도 열세 살 때의 그 일을 생각하면 등골이 송연하다.

원형철조망은 네 둘레, 쌍줄철조망은 두 둘레의 가시를 따낸 철사를 팔면 쌀 한 말 정도를 살 수 있는 돈을 손에 쥘 수 있었다. 한두 해 만에 그 많던 철조망과 철주들이 자취를 감췄다. 나중에는 헌신짝처럼 아무렇게 버려졌던 가시들까지 수집하여 팔았다. 이렇게 전쟁의 도구였던 것들이 고물상을 거쳐 용광로에서 쇳물로 녹여 산업용이나 생활용품으로 탈바꿈했다.

폭탄이 투하될 때 움푹움푹 패인 웅덩이를 메우고 억센 잡초와 나무뿌리를 캐낸 자리에 씨앗을 뿌렸다. 화약 냄새가 풍기던 그 땅에선 다시 희망의 새싹이 돋아나 무럭무럭 자랐고 황량하고 허허롭기만 했던 마을과 들판엔 점차 생기가 돌기 시작했다.

전쟁이 휩쓸고 간 폐허의 땅을 옥토로 바꾼 사람들, 그들은 가난의 굴레를 벗어 던지기 위하여 허기진 배를 움켜쥐고 황소처럼 일했다. 역경을 딛고 일어선 그들의 힘겨웠던 행보가 우리 세대의 마지막 가슴 저린 경험이어야 할 텐데…….

제 2 부

자전거와 모정

삼형제 바위와 친구

강원도 철원에서 발원한 장진천(漳津川)이 연천군 신서면과 연천읍, 전곡읍 지역을 굽이굽이 휘돌아 한탄강(漢灘江)과 합류하기 직전에 '삼형제 바위'를 만난다. 세 개의 큰 바위가 하천 중앙에 나란히 누워 유유히 흘러가는 강을 원망스러운 듯 바라보고 있는데 맨 위쪽 바위가 가장 크고 차례로 조금씩 작은 게 마치 의좋은 형제 같다.

물에 빠진 형을 구하기 위해 두 동생이 차례로 물에 뛰어 들었다가 삼형제 모두가 익사하여 세 개의 바위가 되었다는 애달픈 전설이 담겨진 곳이다. 죽음을 초월한 형제애의 설화를 담고 있는 삼형제바위에서 나는 친구의 도움으로 잃을 뻔했던 새 생명을 얻을 수 있었다.

중학생 때였다. 방과 후 친구들과 집으로 가던 길에 '삼형제 바위'로 멱을 감으러 갔다. 수영을 잘하는 영규가 세 바위 중에서도 물이 가장 깊은 가운데 바위까지 자유자재로 헤엄을 쳤다. 나도 그 정도는 해낼 수 있을 것 같아 개구리헤엄과 송장구리헤엄으로 여유 있게 그곳까지 무사히 갔다. 그런데 갑자기 바위 주변의 물살이 내 몸을 사정없이 휘감으며 놓아주지 않았다. 바위를 중심으로 물이 휘도는 그곳을 헤어나려고 젖 먹은 힘을 다해 발버둥을 쳐봤지만 소용이 없었다. 당황한 나는 '영규야, 나 좀 살려줘 나 좀' 하며 두어 번 친구 이름을 다급하게 부른 뒤 더 이상 말을 잇지 못했다. 하마처럼 입과 코로 물을 실컷 들이켜며 허우적거렸다. 순간적으로 겁이 덜컥 났다. 이렇게 죽는구나 하는 생각이 뇌리를 번개처럼 스쳤다. 정신이 몽롱해지면서 내 몸은 점점 물속으로 자꾸 빨려 들어갔다. 그때였다. 누군가의 팔이 내 목을 휘감는 것을 느꼈다. 나는 물가 모래밭으로 끌려나왔다. 친구가 재빠르게 달려들어 나를 구해 준 것이었다. 함께 있던 다른 친구들도 그의 용감무쌍하고 뛰어난 수영실력에 모두 놀랐다.

나는 그 일을 겪은 후 물에 대한 공포증이 커졌다. 푸른 물만 봐도 겁이 나고 싫었다. 그 친구의 집은 우리 집에서 1km쯤 떨어져 있었다. 우리 둘은 초등학교와 중학교까지 늘 같은 반이었다. 나이는 동갑인데도 나보다 힘이 배는 세고 체격도 컸다. 같은 또래에서 그에게 감히 대들 자가 없을 정도로 강인했다. 의리가 있고 낙천적인 성격으로 나와는 단짝이었다. 방과 후 집에 오면 늘 그와 같이 뒹굴면서 공부도 했다. 우리는 중학교에 진학해서는 같은 날 함께 밴드부에 들어갔다. 니는 클라리넷을, 그 친구는 트럼펫을 불었다. 그러나 나는 적성에 맞지 않아 중도에 포기했다.

군 생활도 비슷한 시기에 같은 홍천(洪川)에서 했다. 그는 맹호사단 군악대에서 트럼펫을 불었고 나는 같은 사단에 파견된 식품검사반(제 1의무시험소에서 파견지원)에서 복무했다. 그는 군악대의 엄격한 규율에 적응하기 힘들어했다. 그는 평소의 성정을 억제하려는 한계점에서 번뇌하는 것 같았다. 이글거리는 화롯불을 작은 인두로 부드러운 재를 끌어 모아 덮어 주고 불돌로 눌러줘야 할 것 같은 시기였다. 전화만 받으면 한걸음에 달려가 그의 하소연을 들으며 헝클어지려는 마음을 가다듬어 주었다. 복종과 인내밖에 다른 방도가 없다는 걸 그 역시 모를 리 없건만 그는 한때 군 생활에서 감내하기 힘든 시련기를 겪고 있었다.

우리는 가끔씩 홍천강변의 싱그러운 풀밭에 나란히 누워 서로를 위로하고 우정을 더욱 깊게 다지며 외롭고 힘겨운 군 생활을 잘 극복하려고 노력했다. 병영생활을 하면서 서로에게 큰 위안과 의지가 되었던 우리의 행복은 그리 오래 가지 못했다. 우리 부대는 맹호사단과 함께 첫 번째로 월남에 파병하게 되었고 나는 독자(獨子)에 대한 배려로 파병에서 제외되어 춘천 식품검사반으로 전출하게 되었다. 푸른 제복의 두 사나이는 작별이 아쉬워 한동안 할 말을 잊은 채 흐르는 눈물을 훔치며 뜨거운 포옹을 했다.

"영규야! 너 우니?"

"그래 운다. 너도 울면서 짜식! 내가 월남서 죽지 않고 돌아오면 우리 그때 다시 만나자."

우리는 그렇게 다짐을 하면서 아쉬운 작별을 했다.

제대 후 우리가 걸어온 길은 사뭇 달랐다. 나는 공직에, 그는 축산업을 택했다. 그는 백학저수지 주변에서 양축가의 꿈을 펴려 하였으나 실패를 거듭했다. 경험도 없이 처음부터 대규모로 시작한데다 요동치는 시장가격 불안정이 실패의 원인이 되었다. 같이 고민하고 위로도 해 보았지만 도움이 되지 못했다.

어느 날 병원에 입원했다는 연락을 받고 달려갔다. 간암 말기로 몸이 몹시 상해 있었다. 얼마 후 생후 두 달된 어린 아들 하나를 남기고

35세의 나이로 세상을 떠났다.

그가 영면할 유택으로 가는 길은 험하고 멀어 보였다. 나는 그가 마지막 길 떠나는 상여를 친구들과 함께 메었다. 야윈 그의 육신을 양어깨에 메고 슬피 울었다. 내 생명을 구해 준 죽마고우였건만 나는 그를 위해 아무 것도 해주지 못하고 그렇게 보내야했다. 친구란 '온 세상이 나를 떠났을 때 나를 찾아오는 사람'이라 했는데 그는 나를 두고 기어이 가버리고 말았다.

불현듯 떠오르는 친구와의 추억을 주체할 수 없어 오랜만에 '삼형제바위'로 자동차를 몰았다. 바위는 예나 다름없이 그 자리를 한결같이 지키고 있었다. 바위등마루에는 여름내 폭풍우를 이겨 낸 이름 모를 잡초가 뭉게구름을 향해 힘겹게 손사래를 치고 있었다. 내가 첨벙대며 놀던 옛 물은 아니지만 바위 주변을 휘돌며 미숙한 수영객의 목숨을 노리려는 악벽(惡癖)은 아직도 고치지 못하고 그대로인 것 같아 보였다.

철모르던 그 시절 물장구치며 뛰놀던 친구의 얼굴이 물에 어른거리는 것 같다. 속절없이 스치고 지나간 세월이 아쉽다.

자전거와 모정

요즘 들어 자전거 타는 사람들이 부쩍 늘었다. 건강에 좋은 운동이라고 붐이 일고 있다. 전용도로도 많이 생겨 의정부에서 강남까지 단숨에 달려갈 수 있도록 노선이 연결되어 있다.

내가 자전거를 처음 갖게 된 것은 Y중학교에 입학한 후였다. 그당시 군내에는 단 하나밖에 없는 중·고등학교였는데 우리 집에서 삼십 리가 조금 넘게 떨어져 있다. 그것도 십 리길을 타박타박 걸어 나가야 겨우 학교로 가는 버스나 기차를 탈 수 있었다.

고향에서 끌겡이를 타던 소년이 자전거를 갖게 되었으니 얼마나 좋은가. 보물단지처럼 애지중지했다. 학교에서 돌아오면 기름걸레로 닦고 또 닦아 늘 새것처럼 반짝거렸다. 자전거가 있으니까 자연히 나의 활동반경도 넓어졌다. 멀리 떨어져 있는 친구 집에 놀러 가거나 숙제를 같이 하는 것도 식은 죽 먹기보다 쉬웠다.

하루는 친구와 함께 영화를 보기로 했다. 친구를 뒤에 태우고 십 리나 되는 읍내를 향하여 열심히 페달을 밟았다. 배운 지는 그리 오래되지 않았지만 친구 하나쯤은 거뜬히 태우고 운전할 수 있을 정도였다. 그런데 가파른 '구석돌' 내리막길을 중간쯤 내려갔을 때 갑자기 브레이크가 말을 듣지 않았다. 젖 먹던 힘을 다해 앞뒤 브레이크를 힘껏 다 잡아 보았지만 아무 소용이 없었다. 쏜살같은 속도에 어쩔 도리가 없었다. 핸들을 꽉 잡고 언덕을 무사히 내려가는 수밖에 다른 방법이 없었다.

그러나 그건 요행을 바라는 거나 마찬가지였다. 우리 둘은 결국 자전거를 길바닥에 쓸어 박고 비포장 모래땅에 길게 슬라이딩을 하고 말았다. 얼굴과 무릎, 팔꿈치 등이 땅바닥에 사정없이 비벼져 여기저기에서 피가 흐르고 입안에는 모래가 가득 채워져 서걱거렸다.

"야! 너 괜찮아?"

"너는?"

우리는 길바닥에 털썩 주저앉은 채 서로의 부상 정도를 확인했다. 불행 중 다행으로 팔, 다리가 부러지지 않고 멀쩡했다. 자전거는 핸들이 옆으로 확 뒤틀렸다. 영화 보는 걸 포기하고 고장 난 자전거를 끌고 집을 향해 터덜터덜 발걸음을 옮겼다. 으스름 달빛에 비친 두 사람의 몰골은 마치 패전병처럼 초라했다.

동네에는 병원은커녕 변변한 약국 하나도 없었다. 의사면허가 없는 일명 '조 의사'와 약국이 아닌 '약포' 한 곳이 동네 사람들이 하늘처럼 믿고 의지하는 의료시설이었다. 조 의사 집 앞에 도착한 나는 닫혀있는 대문을 두드렸다. 잠시 뒤 귀찮은 듯 문을 열고 우리들 모습을 바라본 그는 깜짝 놀라며 방으로 불러들여 치료를 해주었다. 치료래야 소독한 자리에 옥도정기(沃度丁幾)를 바르고 그 위에 연고를 바르는 거였다. 오른쪽 눈언저리와 입가의 상처가 심했기 때문에 그 곳엔 흰 거즈를 흉물스럽게 붙였다.

치료를 마친 나는 들킬세라 도둑고양이처럼 살금살금 할아버지가 주무시는 사랑방 문을 열고 들어가 이불을 뒤집어쓰고 누웠다. 상처 부위가 화끈거리기도 했지만 그것보다 아침에 어른들께서 이 꼴을 보시고 얼마나 놀라실까 하는 생각에 좀처럼 잠이 오질 않았다.

아침 밥상머리에 나타난 내 얼굴을 보신 어른들께서는 아연실색 하셨다. 자초지종을 다 말씀드리고 한차례 꾸중을 듣는 것으로 일은 일단락되었지만 추한 꼴로 학교에 갈 게 큰 걱정이었다. 결석할까도 생각했지만 조반을 먹는 둥 마는 둥 마치고 책가방을 주섬주섬 챙겨 집을 나섰다.

수업시작 전과 끝에 선생님께 "차렷 경례!"라는 구령을 붙여야 하는데 입이 퉁퉁 부어 그 말이 제대로 되지 않자 이내 눈치를 챈 선생님은

"반장, 너 얼굴이 왜 그래?"

하며 물으셨다. 그러자 옆에 있던 친구가

"자전거 타다가 넘어졌답니다."

라며 대변인 역할을 해주었다. 선생님은

"조심해야지."

하며 수업을 시작하셨다.

학교에서 돌아와 보니 자전거가 눈에 띄지 않았다. 어머니께 여쭈었더니 고물상에 넘겼다고 하셨다. 어려운 형편에 큰맘 먹고 산 거였지만 하나뿐인 아들의 안전을 위해서 그게 무슨 대수인가. 어머니의 단호한 결단이 무척 아쉽고 섭섭했지만 꿀 먹은 벙어리처럼 그 뜻에 따랐다. 나는 그 뒤로 퍽 여러 해 동안 자전거 탈 생각을 하지 않았다. 바다보다 깊은 어머니의 속마음을 읽었기 때문이었다.

　내가 자식을 넷이나 낳아 기르면서 자전거를 사달라는 아이들의 끈질긴 보챔에도 그것만큼은 한 번도 들어주지 않았다. 충격적인 사고 경험 때문도 있겠지만 아무래도 그때 어머니께서 내 자전거를 고물상으로 미련 없이 보내버린 모정이 대물림 된 듯싶다. 그런데 우리 애들 중에 자전거 못 타는 놈은 하나도 없나.

　부모 몰래 친구들의 자전거를 빌려 타면서 얼마나 그게 갖고 싶었을까. 아버지는 고집불통이라고 탓했을 애들도 이제 자식을 낳아 키우면서 조금은 내 마음을 알아줄는지 모르겠다.

꿈과 현실

멀쩡하던 하늘에 먹장구름이 몰려오더니 우동 발처럼 굵은 소낙비를 퍼붓기 시작했다. 마치 양동이로 쏟아 붓는 것 같은 빗줄기에 세상이 온통 물바다로 변했다. 수업을 마친 나는 집에 가려고 동네 앞을 가로질러 흐르는 움터 장진천(漳津川) 변에 왔지만 흙탕물이 범람하여 도저히 건널 수가 없었다. 불어난 황톳물이 고삐 풀린 황소처럼 길길이 날뛰며 흐르는 하천가에서 어른아이 할 것이 발만 동동 구르고 있을 때였다. 청년 한 사람이 옷을 훌훌 벗더니 물에 들어가 휘적휘적 건너기 시작했다. 이에 용기를 얻은 나는 벗은 교복과 책가방을 허리띠로 목뒤에 단단히 동여매고 물에 들어섰다. 성난 사자가 시뻘건 혀를 널름거리며 포효하듯 가슴을 할퀴는 물은 금방이라도 나를 집어삼킬 것처럼 거셌다.

그때였다. 부력 작용으로 몸이 부우웅 뜨더니 휘청거리며 그만 옷과 책가방을 물속에 빠뜨리고 말았다. 교복 상의와 책가방이 넘실거리는 급류에 휩싸여 둥실둥실 떠내려가기 시작했다. 유속이 너무 빨라 빤히 바라보면서도 "내 옷, 내 가방"하고 외마디만 지를 뿐 속수무

책이었다.

　바로 그때 개울 아래쪽에서 내(川)를 반쯤 건너고 있는 사람이 눈에 띄었다. "내 옷과 가방 좀 건져 주세요"라고 큰소리로 외쳤다. 그 사람은 자기 앞으로 둥실둥실 떠내려 오는 옷과 가방을 건져주려고 기우뚱거리는 몸을 가누며 양팔을 벌렸지만 책가방만 간신히 건져 올리고 교복은 건지지 못했다. 회색빛 교복상의는 흐느적거리며 시야 밖으로 사라졌다. 그 사람으로부터 책가방을 넘겨받았지만 교과서며 노트가 물에 퉁퉁 불어 글씨를 알아보기 어려웠다. 책에서 뚝뚝 떨어지는 누런 낙숫물이 마치 내 눈물 같았다. 잉크가 번진 필기노트를 펴들고 엉엉 흐느껴 울었다. 1960년 어느 여름밤 꿈이었다.

　꿈은 과연 무엇일까? 사전에는 '잠자는 동안에 생시처럼 보고 듣고 느끼고 하는 여러 가지 현상'이라고 했다. 다시 말해서 사람이 생리적으로 수면상태에서 뇌의 활동의 일환이라고 할 수 있다고는 하나 단순히 뇌 활동의 한 부분이라고 단정 지을 수 있는지? 아니면 어떤 영적인 것과 연관되어 예언적 의미를 가져다주는지? 의문이 들 때가 한두 번이 아닌 게 꿈이다.

　그런 꿈을 꾼 이튿날 이른 아침 할아버지께서 서둘러 길 떠날 채비를 하셨다. 점심도시락을 싸게 하고 숫돌과 낫 두어 자루를 숫돌에 갈아 챙기셨다. 겸상으로 조반상을 받은 자리에서

　"오늘 너의 증조할아버지 묘소에 벌초를 하러 가는데 공휴일이었으면 너도 함께 가련만 내년에나 같이 가자"

며 나와 함께 가지 못하는 걸 아쉬워하셨다. 그리고 혼자 휘적휘적 길을 떠나셨다.

　할아버지께서는 내가 어릴 적부터 장손에게 묘소를 알려 주어야 한

다며 늘 나를 데리고 다니셨다. 나는 여러 곳에 분산되어 있는 수십 기의 묘소를 여러 번 따라다니며 익혔고 그걸 조금도 귀찮아하지 않았다. 당연히 이게 내가 해야 할 일이구나 생각하며 할아버지 뒤를 그림자처럼 따라 다녔다.

그 날 오후 학교에서 돌아왔는데도 벌초하러 가셨던 할아버지는 그때까지 집에 돌아오지 않으셨다. 6·25전쟁 후 십년 만에 처음 군부대의 허락을 받아 고향으로 벌초를 떠나신 할아버지가 날이 점점 어두워지는데도 오시질 않자 초조하고 불안한 마음이 눈덩이처럼 점점 커져가고 있었다.

그때였다. 경찰관 한 명이 우리 집으로 들어섰다. 죄지은 것도 없는데 어린 마음에 겁이 덜컥 났다. "이 댁이 조○○씨 댁입니까?"라고 물어 그렇다고 하자, 지서까지 함께 가자는 것이다. 어머니와 함께 난생 처음 경찰지서에 갔다. 할아버지는 전방 초소에 도민증을 맡기고 들어가셨는데 아직까지 나오질 않았다고 한다. 분명 무슨 일이 생긴 게 틀림없었다. 불길한 예감이 가슴을 답답하게 엄습해 오면서 자꾸 눈물이 앞을 가렸다. 가족들이 모여 뜬눈으로 밤을 지새우며 혹시나 하고 기다렸으나 먼동이 트도록 끝내 할아버지는 돌아오시질 않았다.

날이 밝자 군경합동으로 실종된 할아버지를 찾아 나섰다. 할아버지는 우려한 대로 6·25 때 매설해 놓은 대인지뢰를 밟고 그 자리에서 운명하셨다. 그렇게 가보고 싶어 하시던 부모님 묘소를 십여 보 목전에 두고 하늘을 가릴 듯이 우거진 숲 속에서 허망하게 발길을 멈추셨다. 위력적인 폭발력에 육신조차 성케 간직하지 못하시고 한 손엔 낫, 한 손엔 드시지 못한 도시락이 꼭 쥐어져 있었다. 주변에 있는 나뭇가지에는 화약에 까맣게 그을린 혈흔과 파편자국이 선연했다. 낯설기만 한 산천초목과 산새들도 가슴 저미는 내 아픔을 아는지 나를 따라 슬피 우는 것만 같았다.

평소 "꿈에 상의를 잃으면 바깥부모가 불운하다"는 해몽을 여러 차례 들었다. 꿈속에서 상의가 떠내려가고 책가방을 물 속에서 어렵게 건져내긴 했지만 책으로서의 가치를 잃었듯이 갑자기 할아버지가 돌아가셨고, 학업을 성취하는데 많은 어려움을 겪어야 했다. 이 꿈을 꾸고 하루 만에 내 앞에 밀어닥친 운명은 흔히 말하는 해몽과 너무 흡사하게 현실로 와 닿았다. 내 인생행로가 지뢰 한 발로 마치 항로를 잃고 거센 풍랑에 표류하는 작은 돛단배처럼 역경의 길을 걸을 수밖에 없었다.

꿈은 생과 사, 그리고 시공을 초월하여 인간의 미래를 예시해 주는 신비의 암시가 될 수 있는가? 꿈과 현실은 어떤 연관이 있는 걸까? 예사롭지 않은 그 날 밤의 꿈은 반세기가 지난 지금도 뇌리에 또렷하게 각인되어 잊혀지지 않는다.

한 톨의 벼 알

우리 민족이 이 땅에 터전을 잡은 게 칠십만여 년 전 구석기시대라고 역사학자들은 추정하고 있다. 연천 전곡리(全谷里) 구석기유적지가 이를 입증해준다. 신석기시대로 접어들면서 농경이 시작되었고 우경(牛耕)에 의한 벼농사를 짓게 된 게 청동기시대라고 하니 삼천여 년이 넘은 셈이다. 농사방법도 많은 변천을 거듭해 왔지만 20세기를 거치면서 새로운 변혁을 가져왔다.

특히 1971년 필리핀에 있는 국제미작연구소(國際米作硏究所)와 우리나라 농촌진흥청이 기술협약으로 개량한 통일벼(I.R 667)는 소출이 많아(단보당 평균 321kg이 386kg으로 증가) 가난의 상징이었던 보릿고개를 없애고 쌀 자급자족이라는 녹색혁명을 이룩하게 되었다. 그러나 밥맛이 좋지 않아 1978년 장려품종에서 제외되고 새로운 품종으로 대체 개발되었다. 이렇게 통일벼의 탄생은 양적 증대 외에도 농업기술과 기계화를 촉진시키는 분수령이 되었다. 이제 옛날이야기로 밖에 들을 수 없는 1970년대 이전의 벼농사 과정은 우리 조상들이 겪어온 한 폭의 서사시와 같다.

논농사 중 제일 먼저 시작되는 게 논두렁 가래질이다. 한 해의 논농사를 잘 지으려면 논두렁부터 잘 손질해야 한다. 그래야 물을 잘 가둬 제때에 모내기를 할 수 있기 때문이다. 옛말에 "거멀 논(물이 많아 거머리가 살고 있는 고래 답을 칭하는 말) 서 마지기(900평정도)면 딸을 잘 준다."고 한 것은 물이 얼마나 벼농사의 성패를 좌우하는가를 말해준다. 논두렁 가래질은 살얼음이 간간이 남아있는 이른 봄에 이웃 간 품앗이로 해왔다. 보통 네 명을 한 가래질꾼이라고 한다. 한 사람은 가래장부를 잡고 두 사람은 양쪽에서 줄을 당기며 또 한 사람은 두렁으로 퍼 올린 흙을 삽으로 매끈하게 싸바르는 일이다.

바짓가랑이를 걷고 맨발로 고래 논에 들어가면 물이 너무 차가워 발과 다리가 저려오는 고통이 따른다. 이 일이 끝나면 겨우내 모아두었던 거름내기가 시작된다. 지게에 바소쿠리를 얹고 그 위에 두엄이나 재(炭)를 가득 담아 져낸다. 등 뒤에서 소똥냄새가 코를 찌르지만 이게 한 해 농사를 풍성케 할 밑거름이니 허술히 다룰 물건이 아니다.

그 다음은 물못자리 만들기이다. 쟁기로 논을 갈아 써려 묘판을 만들고 하루 이틀정도 굳힌 후 그 위에 불린 볍씨를 뿌린다. 낙종을 고르게 하여야 건실한 육모를 할 수 있기 때문에 바람기가 없는 날 이른 새벽에 손으로 정성들여 볍씨를 뿌린다.

못자리 설치가 끝나면 논갈이를 한다. 소의 힘을 빌려 쟁기로 갈았는데 나이든 소는 말을 잘 듣지만 애송이 소는 꾀를 많이 부려 작업능률이 오르지 않고 쟁기꾼의 속을 태운다. 하루 종일 쟁기(호리)를 잡고 소와 씨름을 하다보면 사람이나 소나 온몸에 땀이 흥건해진다. 온종일 채찍을 맞으며 묵묵하게 힘든 논갈이를 해내는 소를 보면 측은한 생각이 든다. 오죽하면 나쁜 짓하는 사람에게 "죽어서 소나 될 놈

"이라고 욕을 할까. 논갈이가 끝나면 한동안 흙을 태양에 태웠다가 물대기를 한다. 저수지에서 수로를 통해 내려오는 물은 말단으로 갈 수록 수량(水量)이 점점 줄어들게 마련이다. 적은 물을 서로 자기 논으로 먼저 끌어대기 위하여 밤잠을 포기해가며 물꼬지킴이를 한다. 물꼬싸움도 종종 벌어진다. 그래서 옛말에 "겨울엔 형님 아우, 농사철엔 이놈저놈"으로 변한다는 말이 있다. 개구리와 맹꽁이가 여기저기서 시끌벅적 사랑의 메신저를 보내는 늦은 밤, 논에 돌돌거리며 흘러 들어간 물이 출렁거리는 모습만 봐도 농부의 마음은 배부르다. 햇볕에 허옇게 탄 흙덩이는 물맛을 보면 당뇨환자 물 들이켜 듯 식식거리며 끈기를 잃고 후물후물거린다.

모내기 일정이 잡히면 하루 이틀 전에 써레질을 한다. 써레질꾼과 소 엉덩이의 간격이 좁아 휘두르는 소꼬리에 흙탕물이 튀어 사람도 소도 흙투성이가 된다. 써레질 뒤에는 넓은 널빤지를 써렛발에 걸어 번지질을 한다.

모찌기는 허리를 구십 도로 구부려 양손으로 모를 찐다. 이른 내기 모는 사뿐사뿐 잘 뽑히지만 마냥 내기(늦모)는 모 뿌리가 쇠심줄처럼 억세져서 잘 뽑히지 않는다. 금세 손에 물집이 생기고 자가품(손목 발목 손아귀 등이 시고 아픈 병증)도 난다. 이렇게 쪄진 모는 모쟁이가 지게로 써레질해 놓은 논으로 져 나르게 되는데 이때 등에 우장을 대고 짐을 지지만 모춤에서 물이 줄줄 흘러 속옷까지 흠뻑 젖는다. 못짐지게를 논둑에 작대기로 세워놓고 써레질한 논에 모춤을 일정 간격으로 첨벙첨벙 던져 놓으면 모낼 준비가 완료된다.

모내는 날은 들판이 시끌벅적하다. 수십 명의 일꾼들이 못줄을 앞에 놓고 옆으로 길게 늘어서서 게걸음 하듯 뒷걸음질로 한 줄 한 줄 모심기를 한다. 이때 못줄 잡이가 모내기 농요를 선창하면 일꾼들은 그에 따라서 후창을 한다. 오전에 한번, 오후에 두어 번의 새참을 포함해 하루에 대여섯 번의 식사를 하지만 그 맛은 꿀맛처럼 달다. 이때 근방을 지나는 사람도 불러 함께 못밥을 나누는데 술에 밥에 잘 얻어 먹고 '금년에 대풍 맞으라.'는 덕담 한마디면 족하다.

예부터 모내기는 일 년 농사의 반이라고 하였다. 그 날은 주인의 형편이 닿는 대로 맛있는 반찬과 술, 간식을 최대한 준비하는 것이 관습이었다.

농사일은 힘들지 않은 과정이 하나도 없다. 그렇지만 그 중에서도 논 김매기가 제일 힘들다고들 한다. 모낸지 2~3주가 지나면 초벌 김을 매는데 먼저 웃거름(비료)을 골고루 뿌리고 끝이 송곳처럼 뾰족한 호미로 벼 포기와 포기 사이의 흙을 손바닥으로 감싸 안으며 파서 뒤집어 놓는 일이다. 하루 종일 이 일을 하면 허리가 끊어지는 것처럼 아프고 호미 잡은 손바닥에 물집이 생긴다. 두 벌, 세 벌 김은 보통 맨손으로 매는데 이때는 손톱이 전부 닳아 해지고 성장한 볏잎에 눈과 목이 찔려 목 주위가 상처투성이가 되고 얼얼하다.

벼도 사람처럼 전염병에 잘 걸린다. 도열병, 문고병, 이화명충, 애멸구병 등 그 종류도 다양하다. 벼가 여물 때까지 무려 7~8회의 농약을 뿌려야 한다. 작열하는 뙤약볕 아래서 분무기를 등에 지고 농약을 살포하는 일은 생사를 넘나드는 일이기도 하다. 이때 방심하고 마스크를 착용하지 않거나 장시간 동안 작업을 하면 농약에 중독돼 의식을 잃거나 사망하는 예가 허다했다.

이삭이 패고 피사리와 중간 물 떼기, 허수아비 세우기 등을 할 때면 불청객으로 태풍이 한두 차례 휘젓고 지나간다. 어느새 들판은 황금

빛으로 물들고 스산한 가을바람이 시샘이라도 하듯 강상(降霜)으로
가을걷이를 재촉한다.

벼 벨 시기가 되면 일손이 모자라 야단이다. 이때는 윗방 새댁도
가을걷이에 나선다. 된서리가 오기 전에 재빨리 걷어 들이지 못하면
벼이삭이 밑으로 꼬부라져 작업능률이 저하되고 미질도 크게 떨어지
기 때문이다. 고래 논에서는 벼를 단으로 묶어 논두렁에 널어 말리고
그렇지 않은 논은 바닥에 작은 무더기로 널어 말린다. 이렇게 말린
벼는 단으로 묶어서 지게나 길마 또는 소달구지를 이용해 마당으로
끌어들여 낟가리를 쌓는데 노적가리 크기가 그 집의 가세를 말해 준
다. 타작 날은 마치 잔칫날과 같다. 새벽부터 탈곡기 소리가 온 동네
에 울려 퍼지고 집안에선 음식준비로 여인들의 손길이 분주하다. 두
부를 만들고 닭을 잡고 네 발 달린 짐승고기도 몇 근 들여온다. 탈곡
기 두 대로 타작하는 부농도 있지만 대부분은 한 대로 터는 영세농이
었다. 해마다 이 날만은 부엌대문짝도 불려나와 탈곡기 옆에서 볏단
을 풀어놓는 자리로 한몫을 한다. 탈곡은 두 사람이 발로 기계를 밟으
며 양 손으로는 볏짚을 한 움큼씩 잡아 회전하는 탈곡기에 벼이삭을
들이댄다. 우수수 떨어진 벼 알을 댑싸리비로 사락사락 쓸어주면 어
느새 봉긋한 황금동산이 생긴다. 저녁나절 힘겨운 기계소리가 멎고
수북하게 쌓인 벼를 풍구로 깨끗하게 불려 정선한 뒤 섬이나 가마니
에 담아 광에 가득하게 들여쌓는다. 이날만은 부자가 된 것처럼 마음
이 풍족해지고 한 해 동안 쌓였던 피로도 잠시 잊어보지만, 빌려다
쓴 농자금이며 비료 대, 농약 값 등을 갚고 나면 다시 절량농가의 신
세를 면하기 어렵다.

시름을 달래가며 내년에는 농사를 좀 더 잘 지어보자고 다짐을 해

보지만 다람쥐 쳇바퀴 돌 듯 해마다 나아지는 게 별로 없는 게 농가의
실정이다.

　한 톨의 벼 알을 땅에 심어 쌀로 다시 태어나게 하려면 무려 여든여
덟 번의 손길이 닿아야 한다는 쌀! 그 쌀 속에는 농민들의 정성과 땀과
눈물 그리고 환희가 가득 배어있다.

워낭소리

얼마 전까지만 해도 소는 농가의 귀중한 재산이 되는 동시에 가족이나 다름없이 애지중지 키웠다. 미련하고 고집스러우나 순박하고 근면한 짐승으로 상징되는 소는 돼지, 닭, 개 등과 함께 오랜 세월동안 우리 곁에서 고락을 같이 하며 몸 바쳐 일해 온 고마운 짐승이다.

사람은 비좁은 공간에서 살지언정 소에게는 외양간이라는 독방을 주었다. 대문을 열고 집에 들어서면 제일 먼저 눈에 띄는 게 외양간이다. 가장(家長)이 머무는 사랑채와 근접한 곳에서 주인의 정성어린 보살핌을 받으며 살았다. 소의 목에는 워낭이 달려있다. 주인과 소와의 의사소통을 위한 일종의 장치이다. 지리산 반달곰에게 발신 장치를 달아준 것과 별반 다르지 않다. 소는 처음 먹었던 여물을 되새김질을 하는데 건강에 이상이 생기면 새김질을 하지 않는다. 그렇게 되면 워낭소리가 잠잠해지고 이를 눈치 챈 주인은 즉시 소의 건강을 세심하게 살피고 치료한다. 워낭은 이렇게 소의 건강 체크와 외양간에 건재하고 있음을 확인시켜 주는 중요한 역할을 한다.

외양간 옆에는 소의 전용 주방이 있다. 큼직한 가마솥에서는 조석으로 여물이 구수한 냄새를 풍기며 끓는다. 여물의 주재료는 볏짚과 건초지만 거기에다 콩깍지와 등겨, 그리고 콩을 한 바가지 넣어 푹 끓이면 아주 구수하고 부드러운 소죽이 쑤어진다. 콩은 사람이 즐겨 먹는 영양가 높은 식품이지만 소에게도 아주 좋은 보양식이다. 하루 종일 사래 긴 논밭을 힘들게 가느라 지친 몸도 하얀 콩이 듬성듬성 섞인 여물을 먹으면 다시 힘이 샘솟는다. 콩이 든 여물을 구유에 가득하게 담아주면 말 못하는 소는 고맙다는 듯 고개를 쭐레쭐레 흔들며 맛있게 먹는다. 가세가 넉넉한 집에서는 소에게 한 해 겨울에 콩을 한 섬을 먹였네, 두 섬을 먹였네, 하지만 그렇지 못한 집의 소는 늘 깔깔한 잡식 여물만 먹고 영양부족으로 비실거린다. 뒤웅박팔자는 사람만 있는 게 아니라 소도 마찬가지다.

흔히 대학을 가리켜 우골탑(牛骨塔)이라고 하는데 이는 농가에서 소를 길러 팔아 자식들의 학비를 마련한다 해서 생긴 말이다. 농사가 최선의 생활수단이며 수입원이었던 시절에 농산물을 팔아 학비를 충당하기란 쉬운 일이 아니었다. 돼지도 한두 마리 기르고 닭도 십수 마리를 길러 병아리도 깨고 알도 내어 팔아 용돈에 보태지만 소에 비길 바가 아니다.

우시장에서 잘생긴 송아지를 장만하여 여름내 부지런히 풀을 베어다 먹이고 겨울에 콩가마라도 축내가며 공들여 2~3년 키우면 꽤 큰 목돈을 손에 쥘 수 있는 게 소였다. 자식의 학비나 혼사비용에 쓰고 농토를 장만하는데 일등공신은 소만한 게 없었다.

소처럼 불쌍한 짐승도 드물다. 망아지 때 코가 뚫려 코뚜레에 한번 꿰이면 목숨이 다하는 날까지 고삐에 매달려 살아야 한다. 넓은 초원을 야생마처럼 힘껏 달려보고도 싶고 냇가로 달려가 시원한 물을 마시며 갈증을 풀고 싶고, 멋진 이성우를 만나 달콤한 사랑을 속삭이고 싶어도 그렇게 할 수 없는 게 천하장사 소다. 오로지 주인이 허락해 주는 고삐의 길이 범위에서만 자유가 허용된다. 제아무리 힘이 센 황우라도 세살 먹은 아이에게 졸졸 끌려 다녀야만 한다. 신체 중에서 아주 작은 힘에도 맥을 못 추는 코를 인간에게 들킨 날부터 소는 이렇게 순종하며 살 수밖에 없다.

소가 일 년에 감당해야할 노역은 참으로 과중하다. 입춘이 지나면 영농준비에 들어가는데 제일 먼저 하는 일은 전답에 거름내기이다. 두엄이나 재를 등이 휘도록 길마로 져 날라야 한다. 나중에 달구지가 생겨 그것으로 실어 날랐지만 그것 역시 힘들기는 마찬가지이다. 이어 논밭 갈이와 써레질인데 이때가 소에게는 가장 힘든 때이다. 이른 아침에 일터에 나가면 땅거미가 내려앉을 때까지 하루 종일 멍에 질을 해야 한다. 육중한 몸은 땀에 흠뻑 젖고 멍에자리는 살이 터져 피가 난다.

농번기 중에 소가 탈이라도 나면 일 년 농사에 큰 지장을 주기 때문에 특별한 보양여물도 해먹이고 멍에자리에 냉수찜질도 정성껏 해준다. 쉴 날 없는 부림에 힘겨워하는 소를 보면 측은한 생각이 절로 드는 게 주인의 마음이다. 밤이면 외양간에서 긴 한숨을 짓는 소를 위로하듯 어루만져 주기도 하지만 비가 쏟아지는 날이 아니면 쉬게 할 수 없는 게 주인의 안타까운 심정이다.

주인집 일거리가 없는 날에는 이웃의 무축농가로 품을 팔러 간다. 남의 집 소를 하루 빌려다 쓰면 품을 둘 내지 셋을 갚아야 한다. 그것도 소를 아껴 쓴다는 좋은 평판이 있어야 남의 소를 빌려 다 쓸 수 있다. 소를 마구잡이로 부린다는 소문이라도 나면 그 동리에서 소 얼어 부리기가 쉽지 않다. 빌려 쓰는 사람 입장에서 보면 야박하다고 할지 모르지만 축주(畜主)는 소의 안전을 위해서 대여를 꺼릴 수밖에 없다.

칠, 팔월은 소의 여름휴가 기간이다. 농사일을 잘 끝낸 소들은 푸른 들판에서 배불리 풀을 뜯으며 휴식을 취한다. 이때 재수가 좋으면 말 짱 풀려 자유의 몸이 된 이성우를 만나 삼시의 풋사랑에 빠져보기도 한다.

소에 관련한 이런저런 추억이 많다. 어느 여름 저녁 무렵이었다. 학교에서 돌아오면 으레 할아버지께서 아침에 일 나가시면서 들판에 매어놓은 소를 집으로 끌어오는 일을 내가 맡아했다. 넓은 길을 놔두고 지름길을 택해 좁은 논틀길로 소를 몰다가 아차, 하는 순간에 소의 몸무게를 이기지 못한 논두렁이 맥없이 무너지면서 소가 논바닥에 털 버덕 쓰러졌다. 외로진 소는 네 다리를 버둥거리며 입을 크게 벌린 채 두 눈이 허옇게 넘어가고 있었다. 혀를 내뽑으며 헐떡거리는 게 곧 죽을 것 같아 어린 마음에 겁이 덜컥 났다. 고삐를 잡아당기며 일 으켜 세우려고 안간힘을 써보았지만 역부족이었다. 할 수 없이 들판 을 향하여 "소가 쓰러졌어요, 도와주세요."라고 미친 듯이 큰 소리로 외쳐댔다.

그때였다. 멀리서 나의 울부짖음을 듣고 한 농부가 황급하게 달려 왔다. 그는 나에게 코뚜레를 잡게 하더니 소 앞발 무릎을 구부린 뒤 내가 잡고 있는 코뚜레를 힘껏 옆으로 일으켜 세웠다. 얼떨결에 화들 짝 일어난 소는 큰 눈을 껌뻑거리며 불덩이처럼 펄펄 끓는 몸을 사시 나무처럼 부들부들 떨었다. 나는 벌렁거리는 가슴을 진정할 틈도 없 이 신발을 벗어 논에 고인 물을 떠서 땀에 흠뻑 젖은 소잔등에 부으며 쓰다듬어 주었다. 어느새 내 양 볼에는 기쁨과 안도의 뜨거운 눈물이 흥건하게 적셔있었다. 소를 일으켜 세워 준 그분과 죽지 않고 다시 살아 준 소가 한없이 고마웠다.

그 날 저녁 할아버지께서는

"소는 너처럼 두 발이 아니잖으냐, 그러니까 넓은 길로 다녀야지." 하시며 꾸중대신 어린 손자가 위기를 잘 극복해 낸 것을 오히려 기특하게 여기셨다. 소는 네 발이 땅에서 떨어지면 수분 안에 목숨을 잃는다는 사실을 터득했고 군자만 대로 행이 아니라 소도 대로로 다녀야 한다는 것을 항상 잊지 않았다.

저물어가는 노을 진 벌판에서 네 발을 허우적거리며 맥없이 죽어가는 소 앞에서 망연자실하던 열다섯 소년시절 그 날이 가물거린다.

소도 군침 삼키는 콩

콩은 오곡(쌀 보리 조 콩 기장) 중에서 낟알이 가장 크다. 주식용은 아니지만 벼나 밀 보리와 함께 널리 재배해왔다. 뿌리혹박테리아가 있어 공기와 결합해 질소질을 스스로 생성해 냄으로써 질소비료를 주지 않아도 잘 자라는 작물이다. 5월 중순경에 씨를 뿌리면 7~8월에 자줏빛이 도는 붉은 꽃이나 흰 꽃이 피고 이어서 열매를 맺는다.

삼국시대 초기인 BC 1세기경부터 우리나라에서 재배하기 시작한 콩은 중국을 통해서 들어왔다. 수천 년 동안 우리의 것으로 자리를 잡아오던 콩이 이제는 세계적인 작물이 되었다. 서구로 건너 긴 지 채 1세기도 안 되지만 미국이 세계 최대 생산국이자 수출국이 되었다. 우리나라는 물론 일본 중국이 전통적 콩 생산 및 소비국이지만 소비량의 90%이상을 수입해다 쓰는 형편이다.

예전에는 연천(漣川)의 장단백목(長湍白目)을 제일로 쳤다. 요즘엔 파주시에서 '장단 콩 축제'를 해마다 연다.

콩의 빛깔은 황색, 검은색, 초록색, 연한 갈색 등 여러 가지이다. 종류도 다양해 강낭콩, 완두콩, 노란콩, 밤콩, 서리태, 청태, 얼룩콩

(새알콩), 작두콩 등 그 수를 헤아리기 어렵다. 쌀 못지않게 콩의 쓰임새는 천여 가지가 넘는다. 식생활에 없어서는 안 될 간장, 된장, 고추장의 원료인 메주가 그 첫째요, 밭의 고기로 일컬어지는 두부의 원료가 둘째요, 콩나물이 그 셋째라고 할 수 있다. 그밖에 두유, 콩밥, 콩고물, 콩자반, 콩국수, 콩엿 청국장 등 다양하다.

밥상에 두부로 만든 반찬을 올리지 않는 집은 별로 없다. 제사상에도 빠지지 않는 게 두부이다. 그만큼 두부는 우리 생활과 아주 밀접하다. 두부전골, 두부찌개, 두부부침, 만두소, 순두부 등 쓰임새가 무궁무진하다.

어렸을 적 우리 집에서는 콩 농사가 끝나면 두부를 만들어 한두 차례씩 두부잔치를 했다. 할아버지는 한 번에 두부 두 모도 적다고 하실 정도로 남달리 두부를 좋아하셨다. 어머니는 그런 할아버지께 두부를 자주 만들어 드렸다.

맷돌에 간 콩물을 촘촘한 자루에 넣어 비지를 걸러낸 뒤 가마솥에 넣어 중불로 끓이다가 간수를 넣으면 송골송골 순이 든다. 이때 각진 그릇에 베보자기를 깔고 순두부를 퍼내 담아 싼 뒤 큰 도마 같은 널판을 얹고 그 위에 적당한 무게의 돌을 지질러 굳힌다.

그때에 맞춰 할아버지는 나를 불러 동네 어른들을 모셔오게 하셨다. 내가 발바닥에 불이 나도록 동네를 한 바퀴 휘돌아 올 때쯤이면 벌써 가까운 곳의 노인들은 사랑채에 들어서셨다. 그렇게 칠팔 명의 친구 분들이 다 모이시면

“어미야, 다 됐으면 내오너라.”

하신다. 어머니는 잘 익은 동동주와 함께 큰 대접에 따끈따끈한 두부를 담아 양념장을 곁들여 사랑방에 들였다. 한동안 두런두런 이야기

꽃이 피고 간간히 터져 나오는 웃음소리에 거나하게 취기를 돋운다. 그렇게 두부를 별식(別食)으로 알고 이웃 간에 훈훈한 정을 나누던 세월이 아득하게 먼 옛날이야기만 같다.

콩에는 단백질과 지방 및 비타민을 비롯한 많은 영양소가 들어 있다. 농작물 중에서 단백질량이 최고이며 아미노산의 종류도 육류에 비해 뒤지지 않는다. 그래서 콩을 '밭에서 나는 쇠고기'라고 한다. 동물성 단백질을 많이 섭취하면 혈관이 축소되어 고혈압을 일으키지만 콩은 혈압상승을 억제하기 때문에 고혈압 예방에 좋다. 그리고 위나 장에서 포도당 흡수를 억제시켜 혈당을 낮춰줌으로 당뇨병을 예방해 준다. 콩에 들어 있는 제니스테인(genistein)은 탁월한 항암효과가 있다. 유방암에 가장 좋으며 폐암이나 위암, 전립선암에도 효과가 크다. 그리고 콩에는 폐경기 여성에게 부족한 식물성 에스트로겐(estrogen)이 많이 들어있어 골다공증 예방에도 좋다. 또한 콜레스테롤을 감소시켜주기 때문에 심장질환 예방에 좋으며 비타민E가 풍부해 기미방지와 혈액순환을 도와 노화방지에도 좋다.

속담 중에는 콩과 관련된 것이 많다. 작은 것을 비유할 때 "간이 콩알만 하다." 작은 것도 나누어 먹는 친한 사이를 가리켜 "콩 한쪽이라도 나누어 먹는다."라고 한다. 콩 입장에서 보면 기분 나쁜 얘기이다. 작은 좁쌀도 있는데 하필 왜 나냐고 말이다.

아무리 진실을 말해도 믿지 않을 때 "콩으로 메주를 쑨다 해도 곧이 듣지 않는다."는 속담이 있다. 허풍쟁이나 신용이 없는 사람을 가리키는 속담인데 악의 없이도 많이 쓴다.

사람의 근본은 속일 수 없다는 뜻으로 "콩 심은데 콩 나고 팥 심은데 팥 난다."는 속담은 "부전자전이다."와 함께 많이 쓴다. 대부분 부정적인 측면으로 쓰인다. 지나치게 성급한 행동을 할 때 "콩밭에 가서 두부 찾는다." "번갯불에 콩 볶아 먹는다." 아주 드문드문한 일을 가리켜 "가뭄에 콩 나오듯 한다." 빽빽하게 들어찬 모양을 "콩나물시루 같다." 등 콩과 관련된 속담은 헤아릴 수 없을 정도로 많다. 우리 생활과 그만큼 밀착된 증거이다.

우리가 즐겨 먹고 있는 웰빙 식품재료 콩! 소도 여물에 희끗희끗 섞인 콩을 보면 군침 삼키며 빙그레 웃는다는 콩, 신토불이로 이 땅에 활착하면 좋으련만….

엄마의 송편

나는 떡을 참 좋아한다. 떡 중에서도 돌아가신 어머니께서 내 생일 때마다 만들어 주시던 송편을 제일 좋아한다. 송편에 어머니의 따뜻한 사랑과 숨결이 배어있기 때문이다.

칠 남매의 장녀로 태어나 오 남매의 맏며느리가 되신 어머니는 여러 가지 전통음식을 잘 만드셨다. 특히 증편 만드는 솜씨는 동네에서 으뜸이었다. 그 때문에 동네에 잔치 일만 생기면 늘 바쁘셨다. 동네 사람들은 큰일 때면 어머니에게 도움을 청하고 모셔갔다. 대가 없는 힘든 일이었지만 그 떡에 관한한 일인자로 인정받는 지부심 때문일까? 의당 해야 할 일처럼 늘 이웃의 대소사에 팔을 걷어붙이고 도와주셨다.

어머니는 떡이 지닌 의미와 믿음이 남다르고 강했다. "자식 생일날 송편을 빚어 먹이면 둥근 보름달처럼 속이 꽉 차게 여물어서 건강하다"는 속설을 믿으신 것 같다. 내 나이 쉰다섯이 될 때까지 한 번도 거르지 않고 사랑과 정성을 담아 송편을 만들어 주신 것을 봐도 그렇다. 쌀이 풍부하지 않던 해방 전 유년기나 6·25전쟁 피란시절, 끼니

거리를 걱정하던 때도 생일에 꼭 송편만은 빼놓지 않았다. 마치 도공(陶工)이 온갖 정성을 들여 한 점의 아름다운 도자기를 빚어내듯이 어머니는 자식을 위해 모든 소원과 혼을 송편 속에 담으려 하셨다.

솔잎을 넣어 찐다하여 송편이라고 불리는 이 떡은 다른 떡에 비해 만들기가 좀 번거롭다. 멥쌀가루를 익반죽해 팥이나 콩, 참깨, 밤 등으로 만든 소를 넣고 반달 모양으로 예쁘게 빚는다. 그리고 송편 사이사이에 솔잎을 켜켜이 깔아 쪄내면 싱그러운 솔잎 향이 은은하게 배어 그 맛깔을 한층 더해준다. 송편은 우리 일상생활에서 가장 많이 애용하는 떡이다. 특히 추석명절엔 햇곡으로 정성껏 빚어 조상님께 차례(茶禮)를 올리며 음덕(蔭德)을 기리고 생일 떡으로도 즐겨 먹는다.

송편을 반달모양으로 만들게 된 유래는 백제 의자왕 때 궁궐 땅속에서 거북이가 발견되었는데 등에 "백제는 만월(滿月)이고 신라는 반달(半月)"이라는 글씨가 새겨져 있었다고 한다. 이를 놓고 점쟁이가 백제는 달이 찼으니까 곧 기울고 신라는 달이 차오르듯 앞으로 융성할 것이라고 해석을 내리자 반월이 보다 나은 미래를 나타낸다고 생각한 신라 사람들이 송편을 반달모양으로 빚기 시작했고 얼마 안 가 신라가 삼국을 통일하게 되었다. 한가위가 신라의 가배(嘉俳)에서 유래했다는 점에서 생각해보면 서로 연결되는 측면이 아예 없는 것은 아닌 것 같다.

나는 세 번의 생일을 군대에서 보냈다. 스물두 번째 생일은 논산훈련소에서 전반기 훈련을 마치고 홍천(洪川)에서 후반기 교육을 한창 받던 중이었다. 면회실로 오라는 연락을 받고 급히 가보니 수백리 길을 달려오신 어머니가 계셨다. 한복을 곱게 차려입으신 어머니는 입대 후 반년 만에 자식을 보는 반가움에 솟구치는 감정을 애써 누르시며 눈물을 훔치고 계셨다. 자식 앞에선 절대로 눈물을 보이지 않으시던 강한 어머니도 그 날만은 어쩌지 못하시는 눈치였다.

어머니 옆에는 큼직한 떡 행담(行擔)이 놓여있었다. 무거운 떡을 머리에 이고 이른 새벽, 십리 길을 걸어 서울 행 첫 기차를 타셨을 어머니의 모습에서 피로의 기색을 엿볼 수 있었다.

"오늘이 네 생일인데 밥이라도 배곯지 않고 먹었느냐"
며 측은해 하셨다. 잘 먹고 지낸다고 안심을 시켜드렸지만 교육생의 초라한 몰골에 무슨 말씀인들 위안이 되지 않았을 것이 뻔했다.

"미역국은 못 가져왔지만 송편이라도 동료 장병들과 나누어 먹어라."
하시며 무거운 떡 행담을 내 손에 들려주셨다. 아쉬운 짧은 만남을 뒤로하고 위병소 정문을 벗어나지 못하는 내 모습을 여러 번 뒤돌아보시며 무거운 발길을 떼어놓던 그 모습이 반세기 가까운 세월이 스쳐간 지금도 지워지지 않는 잔상으로 남아있다.

그 후에도 생일날에는 어김없이 송편과 인절미를 만들어 부대까지 먼 길을 달려오시던 어머니의 지극한 정성은 전역할 때까지 계속되었다.

내가 결혼을 해서 아이들이 넷이나 주렁주렁 생겼는데 어머니는 손자들에게까지 대를 이어 생일에 송편 만들어 주는 것을 낙으로 삼으셨다. 힘든데 그만 하시라고 해도 막무가내였다. 당신께서 힘이 있는 한 그치지 않겠다는 고집이었다. 그와 같은 집념을 깨드리는 것도 불효라고 생각되어 더 이상 말리지 않았다. 어머니는 자식을 위한 구성지심(求成之心)으로 돌아가실 때까지 그 많은 세월동안 한 번도 쉼 없이 사랑의 송편을 만들어 주셨다.

지금 내가 건강한 몸과 마음으로 살 수 있음은 그동안 어머니가 송편 속에 꽉꽉 담아주신 사랑 때문으로 여겨진다.

송편만 보면 어머니 생각이 간절하다. 저 세상에 계신 어머니, 그곳에서도 자식 생일에 송편 못해주는 일로 걱정하실 것만 같아 가슴이 메어진다. 어머니가 만들어 주신 송편을 맛있게 먹던 그 시절이 너무나 그립다.

지뢰 한 발

북한치하에 있던 고향땅이 6·25전쟁 후 남한 땅이 되었다. 그러나 정전협정이 이루어진 지 10년이 지났는데도 고향은 수복될 기미가 도무지 보이지 않았다. 실향민들은 지척에 둔 고향하늘을 바라보며 이제나 저제나 수복되기만을 기다리고 있었다. 드디어 1960년 7월 25일, 군부대에서 처음으로 고향성묘를 허락해 주겠다는 소식에 할아버지는 무척 기뻐하셨다. 10년 동안 꿈에도 그리던 고향땅을 다시 밟아볼 수 있고 묵혔던 조상님들의 묘소를 벌초할 수 있게 되었으니 왜 안 그렇겠는가. 낫과 숫돌, 점심도시락을 챙겨 들고 아침 일찍 가족들의 배웅을 받으며 집을 나스셨다.

군인 초소에 도민증을 맡기시고 제일 먼저 폐허가 된 집터를 돌아보신 뒤 광동골에 있는 양 어머니의 묘소를 찾아 벌초를 하셨다. 십년이면 강산도 바뀐다는데 우거진 숲속을 이리저리 헤치며 다시 찾은 곳은 탁고개였다. 고개 밑에 자리 잡고 있는 선산과 논밭 전지는 큰 나무와 풀숲에 가려져 어디가 어디인지 분간하기 어려울 정도로 변해 있었다. 그렇게 황량하고 낯설게 보이는 고개에서 할아버지는 어떤 감회가 드셨을까?

　탁고개에서 선산까지는 약 150m 남짓한 거리였다. 앞에 죽음의 검은 그림자가 도사리고 있는 것도 모른 채 할아버지는 전쟁 통에 정글처럼 우거진 숲을 헤치며 부모님 묘소를 향해 한 걸음 한 걸음씩 발길을 옮기셨다. 이게 저승으로 향하는 마지막 발걸음이었다. 그곳은 바로 6·25때 매설한 M1 대인지뢰지대였다. 할아버지는 부모님의 묘소를 불과 십여 보 앞에 남겨 놓은 지점에서 지뢰를 밟으셨다. 그 자리에서 운명하셨다. 67세의 한 많은 삶을 그렇게 접으셨다.(나중에 할아버지를 찾기 위하여 파악한 동선(動線)임)

　할아버지의 빈자리는 너무나 컸다. 큰 슬픔 뒤에는 남은 가족들의 생계가 막연해졌다. 당장 논밭에 심겨진 벼, 콩, 수수, 조 등 여물어 가는 곡식을 거둬들이는 일이 급선무였다. 연로하신 할머니와 건강하지 못한 어머니 그리고 초등학생인 누이동생뿐이니 내가 아니면 그 일을 해낼 사람이 아무도 없었다. 일단 학업을 잠시 중단할 수밖에 다른 방도가 없었다. 해보지 않던 일을 갑자기 하려니 힘은 남보다 몇 배로 들고 성과는 잘 나지 않았다. 하루아침에 소년가장이자 농군이 된 그때가 내 생애 중 가장 힘들고 막막했던 때였다. 여덟 살 때 아버지를, 열여덟 살에 큰 바위처럼 기댔던 할아버지마저 여의었으니 참으로 기막힌 팔자다. 으스름달을 스쳐가는 구름을 바라보며 혼자 소리 없이 울기도 여러 번이었다.

　학교에서 담임선생님(이범구 국어담당)과 친구들이 찾아왔다. 학년수석, 특대장학생, 반장이던 학생이 갑자기 학업을 중단하게 되었으니 학교에서는 교장선생님까지 나서서 대책을 마련했다. “모든 학비와 교재비 등을 학교에서 제공할 터이니 교통비만 갖고 다니라.”는 학교 측 배려가 고마웠다. 공부를 계속하고 싶은 생각은 굴뚝같았지만 나에게 가족의 생계보다 더 절실한 것은 없었다.

재차 담임선생님으로부터 만나자는 연락을 받고 그의 하숙방을 찾았다. 그는

"너의 힘든 형편은 이해가 가는데 공부는 때가 있는 거란다. 아무리 힘들더라도 그때를 놓쳐선 안 된다. 내가 너 하나쯤 공부시킬 수 있는 능력은 되니 제발 학교에 나오기만 하라."

며 선생님은 너무 간곡하게 당부를 하셨다. 그러나 나는

"선생님의 뜻만 고맙게 받겠습니다."

며 선생님의 권유를 끝내 받아들이지 않았다. 그 뒤 교감선생님이 다시 불렀다. 그는

"내 아들(황승하 : 동급생) 친구인 너를 돕고 싶다. 그러니 너는 아무 생각 말고 학교에 나오기만 하라."

며 제자의 무거운 짐을 나누어지려고 애를 써 주셨다.

참 고마운 분들이다. 그래서 옛말에 '스승님의 그림자도 밟지 않는다.'고 하지 않았던가. 나에겐 누구의 구원도 받아들일 마음의 빈구석이 한 치도 없었다. 믿었던 최측근에게서 입은 마음의 상처가 남의 도움을 받아들일만한 빈틈을 허락하지 않았다. 일종의 자포자기에 빠졌던 것 같다. 이 세상에는 오직 나밖에 아무도 없다는 생각이 나 스스로를 꽁꽁 옭아맸다.

성심편(省心篇)에 천유불측풍우(天有不測風雨)하고 인유조석화복(人有朝夕禍福)이라 했듯이 사람의 일이란 참으로 변전무상(變轉無常)하다. 지뢰 한 발이 할아버지에게 더할 수 없는 비극을 가져다드렸고,

내 인생은 헝클어진 머리 끝 가릴 수 없듯 뒤엉켜버렸다.

그렇다고 좌절하고 한탄만 할 수는 없었다. 늪 속으로 빠져들어 가는 가정을 건져 올리기 위하여 열심히 일을 했다. 그러는 사이에 배움의 시기는 저만치 멀어져갔다. 뒤늦게 한국방송통신대학교에 입학하여 학업을 잇는 것으로 만족해야 했다. 이것이 나의 운명이고 업보인 것을 어쩌랴.

김장 김치

오늘 김장을 했다. 해마다 전통방식대로 집에서 배추를 절여서 하던 것을 올해에는 아내와 딸들의 뜻에 따라 절임배추로 김장을 담갔다. 늘 3~4일은 김장에 매달려야 했었는데 아주 손쉽게 김장을 마칠 수 있어 편리해서 좋긴 했는데 예전과 같은 맛이 날지는 미지수이다.

반세기 전 김장 풍속도가 영화의 한 장면처럼 스쳐온다. 그때만 해도 무, 배추, 파, 쑥갓, 마늘, 고춧가루 등의 재료는 거의 다 집에서 재배하여 장만하였고 소금이나 생강, 굴, 새우젓, 황석어젓, 생태 같은 것만 사서 썼다. 그렇기 때문에 젓갈류나 해산물 같은 것은 늘 보자란 듯 넣었다. 어떤 집에서는 아예 젓갈류를 넣지 않고 파, 마늘, 고춧가루 같은 순수한 농산물로 된 양념만으로 김장을 담기도 했다. 그 맛도 순수하고 좋았다.

요즈음 김장은 배추 이삼십 포기도 많다고들 하지만 예전엔 백 포기는 기본이고 많은 집은 이삼백 포기가 다 넘었다. 우리 집도 항상 백 포기 넘게 김장을 했다. 김장하는 날 아침 일찍 전날 절여놓은 배추를 소금물에서 건져 리어카나 달구지에 싣고 샘이나 강을 찾았다.

비닐이 없던 시절이라 깔개로 볏짚이나 수수깡 같은 것을 물에 잘 씻어 깔고 그 위에 배추를 실었다. 우리 마을은 물이 귀해 집에서 1.5km가량 떨어진 한탄강(漢灘江)이나 장진천(漳津川)으로 싣고 나가 배추를 씻었다. 옥수처럼 맑은 강물은 식수로도 손색이 없었을 때였다. 낯익은 동네 아주머니들이 강변에 길게 늘어앉아 배추를 씻던 모습이 지금도 눈에 선하다.

동네 아주머니들이 모여 포기김치 싸기와 깍두기를 버무리는 동안 구슬땀을 흘리며 땅 구덩이를 파고 김칫독을 묻는 일은 늘 내 차지였다. 허리 깊이만큼 흙을 파낸 뒤 크고 작은 독들을 가지런히 집어넣고 그 주변에 왕겨나 짚으로 보온을 했다. 독에 김치를 가득가득 채우고 뚜껑을 덮은 뒤 그 위에 이엉으로 된 삿갓모양의 김치 광을 지었다. 그리고 조석으로 드나들어야 하는 내리닫이 거적문을 만들어 달면 한 해의 김장이 모두 끝났다.

농촌에서는 가을걷이가 끝나자마자 서둘러 김장을 하는 일이 한 해를 마무리 짓는 큰 행사였다. 김장 날은 동네의 잔칫날이나 다름없었다. 이웃 간에 품앗이로 팔 걷어붙이고 서로 내 일처럼 나서서 도왔다. 요즘에는 김치가 한낱 밑반찬의 일종으로 라면을 먹을 때나 김치찌개를 끓일 때 즐겨 먹고 있지만 60년대 초반까지만 해도 반찬으로서의 역할뿐 아니라 주식의 한 부분으로 자리매김 되어왔다. 그래서 '김치는 반양식이다.' 라고들 말했다.

쌀독이 부실한 만큼 김칫독이 대신 그 공간을 메워주었다. 부족한 식량을 조금이나마 보태기 위해서 김치무밥과 김칫국이 늘 밥상머리를 떠나지 못했던 게 그리 멀지않은 세월 속의 이야기이다. 그중에서도 동치미는 약방에 감초처럼 우리와 친숙했다. 겨울만 되면 사랑방에 모여 앉아 밤늦게까지 두런두런 이야기를 나누며 새끼를 꼬고, 돗자리나 지직(왕골로 짠 깔개)을 매고, 가마니나 멍석 같은 것을 짜다가 출출해진 속을 채워주던 음식으로 동치미만한 게 또 있었을까? 얼음이 살짝 언 동치미국물에 국수를 말아 먹거나 새큼 짭짤한 동치미를 어적어적 깨물어 먹으며 허선한 빈 속을 달래던 추억이 새록새록 하다.

문헌에서 김치의 변천사를 살펴보면 신맛, 짠맛, 매운맛 순으로 진화했음을 알 수 있다. ≪시경≫에 '밭두둑에 외가 열렸다. 껍질을 벗겨 '저(菹)'를 담가 제사를 지낸다. '는 구절이 있다. '저'란 신맛의 채소로 오이를 식초에 절인 것이라고 한다.

≪삼국유사≫와 ≪고려사≫ 등에도 '저'가 자주 등장하다가 고려 중기 ≪동국이상국집≫에 '순무를 소금에 절여 담그면 한 겨울을 날 수 있다'는 기록이 나온다. 이때 김치 담그는 일을 감지(監漬)라고 불렀으며 절임중심의 김장이 널리 자리 잡고 있었음을 알 수 있다. 1766년 발행된 ≪증보산림경제≫에는 고추를 김치 양념으로 쓰고 배추를 김치재료로 쓴다는 내용이 처음으로 등장한다. 이것을 지금의 매운맛 배추김치의 원조로 보고 있다. 따라서 양념류의 첨가가 다양화되면서 김치 담그는 방법이 새롭게 발전하여 오늘에 이르고 있다.

김치를 집에서 만들어 먹는 시대도 점점 사라져 가고 있다. 전국에는 700여 개의 김치공장이 있다. 한 해 매출액이 1조 원이 넘고 수출도 해마다 늘고 있다. 얼마 안 있어 우리는 공장김치를 사먹는 편안함 때문에 수천 년 동안 전해내려 온 김장이라는 단어를 아예 잊어버리지는 않을까.

　또한 김치의 세계화를 위해 전통적인 맛과 종류가 다변화되고 있다. 매운 맛이나 강한 양념을 줄이거나 아주 뺀 새로운 맛과 모양의 김치가 개발되고 다양한 김치 소스까지 만들어 세계시장을 노리고 있다. 이러다가 김치 고유의 맛과 향이 제대로 보존될지 괜한 걱정이 앞선다.

잊혀가는 세시풍속

해외를 자주 드나드는 것도 아닌데 무자년(戊子年) 설을 불가피하게 미국에서 보내야 했다. 며느리가 뉴욕에서 운전을 하다가 교통사고 (추돌)를 당하여 한 달가량 미국에 사는 아들네 집에 머물렀다. 대형 트럭이 추돌을 했는데 다행히 큰 부상이 아니었다. 며느리가 아픈 몸인데도 정성껏 끓여준 떡국 한 그릇으로 먹기 싫은 나이 하나를 더 보탰다. 이국의 낯선 풍경을 물끄러미 바라보다가 느닷없이 어릴 때의 추억들이 타임머신을 타고 내 앞에 다가선다.

설날은 우리 민족의 가장 큰 명절이다. 조상숭배와 효 사상에 기반을 두고 조상신과 자손들이 함께 하는 신성한 시간을 갖는 날이다. 언제부터 우리의 명절로 자리 잡았는지는 정확하지 않으나 6세기 이전에 중국의 태양, 태음력을 받아들인 이후로 추정하고 있다. 설날의 어원에는 세 가지 설이 있다. 그 하나는 '낯설다'의 어근에서 '설'이 되었다는 설과 새해 새날이 시작된다는 뜻의 '선날'이 설날로 와전되었다는 설, 그리고 '근신(謹愼)한다' 또는 '조심하여 가만히 있다'의 옛말인 '섧다'에서 그 어원을 찾기도 한다.

이밖에 설날을 한자어로 원일(元日), 원단(元旦), 정조(正朝), 연두(年頭), 연시(年始), 세시(歲時), 세초(歲初), 세수(歲首) 등으로 부르기도 한다. 민속학자 임동권(任東權)의 ≪한국세시풍속≫에 의하면 일 년 동안의 세시행사가 무려 192건에 달하는데 그중 정월 한 달에 102건이나 집중되어 있다. 주요 세시풍속으로는 설빔, 차례, 세배, 윷놀이, 연날리기, 널뛰기, 야광귀쫓기, 복조리걸기 등이 전해져 오고 있다.

그믐날 밤 설빔으로 지어주신 명주 바지저고리와 조끼, 버선과 대님을 머리맡에 차곡차곡 개어 놓고 기쁨과 설렘 때문에 잠 못 이루던 게 엊그제 같다.

떡방앗간에서 김이 모락모락 나는 토실토실한 가래떡을 뽑느라 분주한 아낙네들의 잰 손놀림과 웃음소리, 두툼한 떡판에 올린 푹 쪄진 찹쌀을 가녀린 여인의 손으로 우겨넣으며 철썩철썩 메질을 하는 남정네들의 우악스러움의 조화 속에 빚어지는 인절미의 고소하고 쫀득쫀득한 맛은 천하일품이다.

설 무렵이면 원동(遠洞)에서 뻥튀기 아저씨가 리어카에 뻥튀기 기계를 싣고 들어와 동네 한 가운데에 자리를 잡고 뻥하고 한 방만 터트리면 어른애할 것 없이 앞다퉈 뻥튀길 쌀과 콩 자루를 들고 나와 길게 줄을 잇고, 그 주변에는 아이들이 송사리 떼처럼 옹기종기 모여들었다. 아저씨가 '뻥'이요, 할 때마다 귀를 양손으로 틀어막고 있다가 뻥 소리가 나기 무섭게 총총한 그물망을 탈출한 밥풀을 주워 먹느라 정신이 없었다. 벽장 속에 밥풀강정과 콩엿, 깨엿, 땅콩엿 등을 수북하게 만들어 두고 손자들에게 주전부리로 꺼내주시던 할머니의 따뜻한 손길이 새록새록 생각난다.

설날 아침 일가친척들이 한데 모여 조상님께 차례를 올린 뒤 할아버지 할머니를 비롯한 어른께 세배를 드리고 세뱃돈을 받아 조끼주머니에 꼬깃꼬깃 집어넣는 재미도 쏠쏠했다. 요즘 아이들은 세뱃돈 기대 수치가 높아져 최소한 파란 배춧잎 정도는 받아야 '헤'하고 입이 벌어지지만 우리들 자랄 때는 동전 한 닢도 감지덕지하며 받았다.

세배가 끝나면 조상님께 정성들여 올렸던 차례상 음식들을 내려 온 가족이 커다란 교자상에 빙 둘러앉아 떡국과 과일을 먹었다. 이렇게 조반식사가 끝나면 삼대(三代)에 이르는 가족들이 근엄하게 뒷짐 지신 할아버지를 따라 성묫길에 나선다. 잘 다듬어 놓은 산소 앞에 후손들이 즐비하게 늘어서서 조상님께 배례를 할 때면 당신으로부터 태어나 주렁주렁 번성해 가는 자손들을 바라보며 뿌듯해 하셨다. "이 산소는 증조할아버지 할머니이시고, 저 산소는 고조할아버지 할머니이시다"라며 해마다 반복되는 뿌리교육에 열중이신 할아버지의 표정이 사뭇 진지하셨다.

성묘까지 마치면 동네 어른들을 일일이 찾아뵙고 세배를 올렸는데 가는 집마다 긴 수염을 하얗게 늘어뜨린 할아버지가 근엄한 표정으로 세배를 받으시고 가문과 나이에 맞는 덕담을 한마디씩 해주시면서 과즐, 다식, 엿, 감주, 인절미 등 푸짐한 음식을 내어주었다. 세배 코스 중 첫 번째 집부터 맛있는 걸로 골라 몇 점을 먹으며 온 동네를 돌다보면 나중에는 어떤 산해진미가 나온다 해도 더 이상 먹을 수 없는 그림의 떡이 되고 만다. 해마다 세배를 다니다 보면 집집마다 특징적으로 별미의 음식을 내어주는 것을 아는 터라 아무 집에서나 배를 채우지 않고 그 집만의 노하우가 담겨 있는 음식을 선별해 먹는 요령까지 생긴다.

세배도 두레와 마찬가지로 일종의 품앗이와 같았다. 새해를 맞아 집안과 집안 간에 주고받는 인사이자 상호간의 친목을 다지는 풍습이었다. 이는 서양문화에서는 볼 수 없는 유교적 미풍양속으로서 조선조에서부터 최근까지 이어져 오다가 이젠 거의 사라졌으나 아직도 이 같은 풍속을 그대로 이어가고 있는 시골마을도 있다.

세배까지 마치고 나면 아이들은 제 세상을 만난 듯 꼬까옷을 뽐내며 친구들끼리 모여 재미있는 놀이에 빠져든다. 남자아이들은 새해 소원을 적은 연을 하늘 높이 날리고, 동구 밖 언 논에 나가 썰매를 타고, 팽이를 돌리고, 자치기 등의 놀이에 몰입하다 보면 설빔 옷은 어느새 흠뻑 젖고 흙강아지가 되고 만다. 처녀들은 색색의 예쁜 한복에 흰 버선을 신고 붉은 댕기를 휘휘 날리며 널뛰기를 한다. 하늘거리는 치맛자락을 한 손으로 휘감아 쥐고 사뿐사뿐 하늘높이 치솟는 모습은 동네 총각들의 가슴을 쿵쾅거리게 했다.

설날 저녁에는 가족들의 신발을 모두 방안으로 들여 놓는다. 야광귀가 집에 들어와 신발을 신어보고 맞는 게 있어 신고 가면 그 신발주인은 그 해 운수가 불길하다는 속설 때문에 야광귀를 쫓기 위하여 대문에 체를 걸어둔다. 이는 야광귀가 집에 들어오려고 체 구멍을 세다가 그 수를 자꾸 까먹고 세고 또 세다가 새벽닭이 울 때쯤이면 허둥지둥 그냥 되돌아간다는 것이다. 야광귀는 아이큐가 퍽 낮은가보다.

설날부터 시작된 갖가지 민속놀이는 정월 대보름날까지 다채롭게 펼쳐지다가 이월 초하룻날에 액막이와 쥐 주둥이를 볶는다 하여 콩을 볶아 먹고 뿌리는 것을 끝으로 겨울축제는 모두 끝이 난다.

잠시 서울을 떠나 설을 맞는 마음도 이렇게 쓸쓸한데 사랑하는 가족과 정든 고향을 북녘에 두고 온 실향민이나 고국을 떠나 낯선 이국에서 설을 맞는 교민들은 그때마다 설날의 단상(斷想)을 떠올리며 얼마나 많은 그리움과 회한으로 가슴이 허허 하겠는가? 명절 때마다 밀물처럼 밀려드는 귀향 차량행렬에 파묻혀 길에서 몇 시간을 허비하여도 갈 수 있는 고향과 만날 수 있는 피붙이가 있는 게 얼마나 행복한 일인가.

낯익은 고향산천을 추억 속에 되새기고 반가운 가족들이 얼싸안고 정을 나누는 설의 풍습은 우리들 가슴속에 오랫동안 지워지지 않을 것 같다.

황산벌에 뿌린 땀방울

황산벌에 뿌린 땀방울

1964년 3월, 나라의 부름을 받고 연로하신 할머니와 어머니 그리고 어린 누이동생만을 남겨둔 채 군에 입대했다. 의정부 중앙국민학교에 집결하여 징집관의 인적사항 확인절차가 끝나자 우리들은 논산행 군용열차에 몸을 실었다. 저승사자를 방불케 하는 호송병들이 앙칼진 목소리로 숨소리조차 크게 내지 못하게 군기를 잡았다. 미래에 펼쳐질 군 생활의 험난한 길이 사나운 한 폭의 그림으로 눈앞에 그려졌다.

삼월인데도 쌀쌀하게 느껴지는 밤공기를 가르며 자정이 조금 지나 수용연대에 도착했다. 처음 들어간 내무반은 중앙에 통로가 있고 양쪽으로 마루가 깔려 있었다. 퀴퀴한 냄새가 나고 우중충했다. 점호가 끝나자 싸늘한 마룻바닥에 매트리스를 깔고 사십여 명이 중앙통로 쪽으로 머리를 두고 잠을 잤다. 담요 한 장이 유일한 덮개였다. 집 나와 첫 밤은 너무 낯설고 을씨년스러운 분위기여서 심신은 고단했지만 좀처럼 잠을 이룰 수 없었다. 옆에서 코까지 골며 편안하게 꿈나라를 산책하는 동료들이 부러웠다.

기간병의 감시 하에 두 명씩 교대로 불침번을 섰다. 화장실은 세

명이 되어야만 갈 수 있었다. 용변을 더 이상 참을 수 없는 상황이
되면 자고 있는 두 사람을 더 깨워 팬티차림으로 가야 했다. 그렇게
엄격한 통제를 해도 도망자가 자주 생겨 외곽경비를 삼엄하게 하고
있었다.

이튿날 머리를 삭발했다. 긴 나무의자에 앉자마자 입소자 삭발에
이골 난 이발병은 고속도로 닦는 불도저 운전하듯 사정없이 밀어붙였
다. 이발기가 대여섯 번 오가는 눈 깜짝하는 사이에 내 머리는 스님처
럼 빡빡머리로 변해버렸다. 잘려진 머리카락이 무릎과 땅에 털썩털썩
떨어져 나뒹구는 순간 눈물이 핑 돌았다. 머리야 또 자라면 되는데
그 날은 왜 그리 슬프고 허탈했는지 모른다.

1895년 고종이 단발령을 내렸을 때 백성들은 문을 걸어 잠그고 두문
불출하거나 한양에서 지방으로 피신하는 사람이 많았다고 한다. 곳곳에
체두관(剃頭官)을 배치하고 강제단발을 강행하자 "내 목은 자를 수 있어
도 머리털만은 자를 수 없다."며 체발을 거부했다던 일이 생각났다.

이동식 관물함인 더블 백과 군복을 지급받았다. 기성복 체질이 못
되는 나에게 바지는 길어서 두어 번 걷어야 했고 윗옷은 헐렁거렸다.
그렇지만 몸에 맞는 치수로 바꿔달라고 하지 않았다. '여기가 사회인
줄 아냐? 옷에다 몸을 맞추는 게 군대다 알겠냐?' 이 소리밖에 들을
게 없기 때문이었다. 마침 옷이 작아 고민하는 사람과 바꿔 입는 것으
로 해결을 했다. 쭈그러진 군모가 볼품은 없었지만 허전하게 대패질
당한 민둥머리를 감싸주는데 안성맞춤이었다.

벗은 옷과 신발을 나누어준 누런 시멘트 포장지로 잘 싼 후 고향집
주소를 쓰는 나의 손은 살며시 떨리고 있었다. 주인 곁을 떠나 쓸쓸하
게 도착된 소포를 풀어보시며 눈시울 적실 어머니의 모습이 눈앞에서

아른거렸다. 삼월 마지막 날, 주특기와 군번 1129XX68을 부여받았다. 비로소 대한민국 육군의 일원이 된 것이다.

늦은 밤에 배속부대인 27연대로 실려 갔다. 앞 기에 입소한 신병들의 잠자는 모습이 강렬하게 눈 속으로 파고들었다. 빡빡머리가 서글퍼서일까, 허전해서일까, 그들은 하나같이 머리에 수건을 질끈 동여맨 채 혼곤하게 잠을 자고 있었다. 병영의 밤은 적막한 고요가 흐르고 있었다. 총걸이 대에는 M1소총들이 가지런히 세워져 있어 내무반 분위기를 더욱 무겁게 짓눌렀다. 관물대 위에 잘 정렬된 철모가 해골처럼 흉물스럽게 느껴졌다. 유리창 너머 희미한 전등불빛 아래로 비쳐지는 그 같은 군상들로 마치 이방세계에 온 것 같은 착각이 들었다. 섬뜩하고 가슴이 시려왔다. 왠지 마음이 공허하고 서글펐다. 그곳에서 6주간의 고된 신병훈련이 시작되었다.

새벽 기상나팔소리에 단잠을 깨면 눈 비빌 틈 없이 복장을 갖추고 연병장으로 뛰어야 했다. 키 순서대로 정렬을 하고 고향에 계신 부모님에게 묵념을 올렸다. 군가 〈행군의 아침〉 "동이 트는 새벽꿈에 고향을 본 후, 외투입고 투구 쓰면 맘이 새로워…."를 목청을 높여 부르고 나면 주번사령의 훈시가 장황했다. 점호가 끝나면 공동세면장으로 달려가 검둥개 멱 감듯 세면을 마치고 가장 기다려졌던 식사시간을 맞았다. 헤식은 납작 보리쌀이 절반 이상 섞인 밥을 양은식기에 골싹하게 받아, 반찬이래야 멀뚱멀뚱한 된장국 한가지지만 꿀맛보다 더 밥맛이 좋았다. 번갯불에 콩 볶아 먹듯 3분 이내에 식사를 해야 하지만 동작이 굼뜬 사람은 "식사 끝 동작 그만!" 그 소리에 아까운 밥 몇 숟갈을 다 먹지 못한 채 아쉽게 스푼을 놓아야 했다.

요즘은 자유급식으로 바뀌고 식단의 질도 몰라보게 향상되었다니 얼마나 다행한 일인가. 꼬리곰탕과 돼지갈비, 삼계탕, 소시지, 게맛살 등이 메뉴로 자리 잡은 지 오래고 신세대 장병들의 취향에 맞게 냉면이나 스파게티 같은 기호식품까지 다양하게 급식하고 직불카드까지 지급한다니 격세지감이 든다.

식기 세척과 반납이 끝나면 훈련 출장준비로 벌 쏘인 사람처럼 분주하게 움직여야 했다. 총을 메고 조교의 구령에 맞춰 군가를 부르며 흙먼지가 풀풀 풍기는 훈련장으로 향했다. 행군을 하는 동안 조교의 그 날 심기에 따라 편한 행군도 할 수 있고, 구보나 오리걸음 같은 수법으로 괴롭힘을 당하기도 했다. 그러나 내일의 희망봉을 위해서는 아무리 힘든 훈련도 인내로 이겨내며 그들의 명령에 순응해야 하는 게 훈련병의 처지이다.

처음 메어 본 M1소총은 너무 무겁고 거추장스러웠다. 서양인 체격에 맞춰 제작한 총이라서 나 같은 체격에는 잘 맞지 않았다. 훈련 중에서 제일 힘든 것은 총검술과 1,000인치 영점사격이었다. 총검술은 여러 가지 형태의 검술자세가 헷갈리기 십상이었다.

첫 실탄사격은 옆 사대에서 불규칙적으로 탕탕거리는 총소리 때문에 긴장과 초조감이 배가돼 과녁이 멀게 아물거렸다. 방아쇠를 딩길 때마다 뜨겁게 달궈진 반짝거리는 누런 탄피가 진한 화약 냄새를 코끝에 물씬 풍기며 내 오른쪽 뺨 옆에 나뒹굴었다.

첫 사격을 하던 날 우리 구대의 성적이 안 좋아 호된 단체기합을 받던 일이 지금도 잊혀지지 않는다. 사격장 옆에 있는 산 위까지 뛰어 올라가 머리통만한 돌 한 개씩을 가지고 선착순으로 집합하라는 추상 같은 벌이었다. 피 끓는 젊은 혈기에 모두 산 위까지는 단숨에 뛰어 올라갔지만 수많은 훈련병에게 밥 먹듯 반복되는 수법인데 그만한 돌이 남아있을 리가 없었다. 마치 보물찾기라도 하듯이 큰 돌을 찾기 위하여 이리 뛰고 저리 뛰면서 어렵게 주운 돌을 귀중한 보물단지처럼 끌어안고 번개처럼 달려 내려왔다. 조교는 가져온 돌이 작고 늦게 도착했다는 트집으로 몇 사람을 추려 낸 뒤 헐떡거리는 숨을 고를 틈도 없이 다시 산으로 되돌려 보냈다. 그곳은 훈련병이면 누구나 한 번씩 거쳐야 하는 단골 지옥코스였다.

그밖에 수류탄 투척, 독도법, 각개전투, 방독면 훈련 등 어느 것 하나 쉬운 게 없었지만 뜨거운 젊음의 함성과 군복에 허옇게 밴 소금기가 서걱거리도록 수많은 땀방울을 황산벌에 뿌렸다. 훈련소라는 이글거리는 용광로에서 인내력으로 젊음을 승화시키고 나라와 가족을 더욱 사랑할 수 있는 육군 이등병으로 거듭났다.

낙오자 없이 힘든 훈련을 무사히 마친 우리 동기들은 배출대대에서 이틀 동안 머물며 부대배속을 기다리고 있었다. 어느 지역으로 배출(팔려간다고 표현)될 것인가가 모두의 관심사였다. 동기들 중에는 부산과 경남지역 사람들이 대부분이었고 경기도 사람은 많지 않았다. 경상도 사람들은 남부지역으로, 나 같은 경우는 의정부 보충대로 배출되기를 희망하면서 모두는 천당과 지옥의 판정을 기다리는 사람들처럼 초조한 마음으로 명령나기만을 기다렸다. 기대와는 달리 나는 춘천 보충대로 배출명령을 받았다.

1450여 년 전 백제의 계백(階伯)장군이 5천여 명의 결사대로 신라군 5만을 맞아 결사항전하다 장렬하게 산화한 이곳 역사 깊은 황산벌(논산시 연산면)에 진주 같은 뜨거운 땀방울을 뚝뚝 뿌리고, 한 달반 만에 서울행 군용열차에 몸을 실었다. 논산역을 떠나는 열차는 목 메인 듯 긴 기적소리를 토해내며 서서히 미끄러져 나갔다.

병과(兵科) 유감

입대 이삼 일이면 군인의 영원한 고유번호인 군번을 부여 받는다. 그때부터 명실공히 대한민국의 군인이 되는 것이다. 이어서 병과와 주특기가 주어지는데 이는 삼 년간 군생활의 편고지역(偏苦之役)이 판가름 나는 아주 중요한 과정이기도하다. 줄을 길게 늘어서 차례로 자기가 받은 주특기를 큰소리로 복창하는데 앞사람들이 줄줄이 '610'을 외치는 게 아닌가. 입대 전부터 '610'은 수송병과로 운전병 주특기라는 것을 익히 들어 알던 터라 나도 꼼짝없이 그 대열에 끼인 것 같아 미리 병과 분류관에게 달려가 운전병만 말고 어떤 것도 좋으니 선처해 달라고 사징을 했다. 그러나 그는 "짜식! 운전병은 특과야."라며 일언지하에 내 하소연을 묵살해 버렸다.

군대라는 곳이 내 뜻대로 되는 건 아니지만 그 많은 병과 중에서 하필 내가 평소에 가장 싫어하던 운전 주특기를 받을 게 뭔가. 리사 니콜스(Lisa Nichols)는 ≪시크릿(Secret)≫에서 "끌어당김의 법칙은 아주 순종적이다. 당신이 원하는 것을 생각하고 온 힘을 다해 거기에 집중하면 끌어당김의 법칙은 바로 그것을 확실하게 당신에게 되돌려

보낸다. 이를테면 '늦고 싶지 않아, 늦고 싶지 않단 말이야'라고 당신이 원하지 않는 것을 생각할 때도 끌어당김의 법칙은 당신이 그걸 원하는지 아닌지는 개의치 않는다."라고 했듯이 내가 기피하고 우려했던 일이 현실로 코앞에 다가왔다.

오늘날 운전은 생활의 필수적 수단이지만 내가 입대하던 60년대 초만 해도 운전하는 사람도, 자동차도 아주 드문 때였다. 그랬던 탓인지 운전은 '사잣밥'을 싸가지고 다니는 위험한 일로 알고 꺼려들 했다. 내가 운전을 싫어한 이유도 그런 고리타분한 사고에서 자유롭지 못해서였지만 무엇보다 적성에도 맞지 않았다. 어머니께서는 무슨 일이건 조그만 위험성만 있어도 그 일을 못하게 말리셨던 탓에 외아들로 자란 내 사고와 운신의 폭은 그만큼 좁았다.

'마이카 시대'가 이렇게 빨리 다가 오리라고는 아무도 예측하지 못했다. 어떤 학자는 우리나라는 국토가 좁고 도로가 부족하여 '마이카 시대'는 결코 올 수 없을 것이라고 말했다. 그러나 우리는 지금 비좁았던 도로를 짜임새 있게 잘 닦고 자동차산업을 육성시켜 마이카시대를 만끽하고 있다.

1985년도의 자동차 보유대수가 1,113,000대에 불과했던 게 2007년에는 무려 열네 배가 넘게 늘어난 16,003,071대를 기록했다. 자동차가 급증함에 따라 교통사고도 크게 늘어나 많은 인명피해와 사회적 부작용이 일어나고 있다. '건설교통연대'의 자료에 의하면 우리나라가 OECD 가입국가 중에서 교통사고 사망자수가 불명예스럽게 1위라고 한다. 한 해에 교통사고로 사망한 사람이 1991년에는 무려 13,429명이었으나 2003년에는 7,212명(현재는 약 6,500명 내외)이었으며 부상자도 38만여 명인 것으로 집계되었다. 이걸 보면 왜 자동차운전을 가리켜 '사잣밥' 싸가지고 다닌다고 하는지 알만하다.

　논산훈련소에서 달포반 동안 기초훈련을 마치고 한강 철교를 건널 때만 해도 마치 개선장군이라도 돼서 금의환향하는 것처럼 기분이 들떴다. 다시 바라보는 한강은 마치 고향의 품안처럼 아늑하게 가슴을 설레게 했다. 그러나 그런 귀소 본능에서 상기된 기분도 잠시일 뿐 내가 탄 열차는 서울과 경기지역을 순식간에 지나쳐 낯선 춘천역에 도착했다. 산 준령이 험한 최전방을 상징하는 마(魔)의 C조, 춘천의 영문 첫 자를 딴 C조는 장병들이면 누구나 꺼려하는 곳이었다.

　홍천에 있는 251수송교육대로 배속되어 8주간의 운전교육에 들어갔다. 운전대를 한 번도 만져보지 못했던 나로서는 자동차가 무서운 괴물처럼 느껴졌다. 내가 운전을 하게 된 것을 집에서 알면 걱정을 하실 게 뻔해 안부편지에 그런 얘기는 쏙 빼고 썼다. 그렇지만 어머니께서는 부대명칭을 보고 이내 이 사실을 알아차리고 그 먼 곳까지 단숨에 달려오셔서 그것만은 안할 수 없겠느냐며 낙망하시던 모습이 선하다.

　운전교육이 강도 높게 시작되었다. 처음 일 주일간은 모형 기어와 액셀러레이터, 브레이크를 이용해 작동연습을 한 뒤, 둘째 주부터는 직접 G.M.C에 승차하여 하루 종일 전진과 후진 연습을 하였다. 그때 2단만 사용하는 느려터진 속력이 왜 그렇게 빠르게 느껴졌는지… 이어 교육장내의 도로에서 주행연습과 습지대운전, 모래땅운전, 트레일러운전 등의 교육을 마치고 마지막 주에는 일반차량과 어울려 도로주행에 들어갔다. 이런 모든 과정이 끝나 면허시험을 보게 되었는데 시험은 차량학 이론, 십자코스, 크렁크, 노상운전으로 나뉘어 치러졌고 성적 상위 1~5등까지는 자기가 근무할 부대를 자기 스스로 선택할 수 있는 파격적인 특전을 주었다.

운전을 기피했던 나였지만 막상 시험일이 닥치자 대망의 5등 안에 들어서 집 가까운 경인지방에 있는 부대로 배속되고 싶은 욕심이 생겼다. 꿈을 이루기 위하여 동료들이 잠자는 시간에 차량학 공부를 열심히 해 시험을 치렀고, 십자코스를 비롯한 기능시험도 신이 도왔는지 주어진 시간 내에 전 과정을 만점으로 통과했다. 주행시험까지 무사히 마친 최종결과는 교육생 254명 중 3등이라는 꿈에 그리던 성적을 거뒀다. 도무지 믿어지지 않는 수확으로 나의 군 생활에 새로운 전기를 맞는 계기가 되었다.

수료하던 날 나는 인사행정반에서 여러 충원요청 부대 중에서 '제1의무시험소'라는 부대로 지원서를 써냈다. 다른 네 사람의 우수자들도 병참기지, 대적선전대, 급양대 등의 부대선택이 끝나자 인사발령이 확정 발표되고 동기생들은 새끼제비가 날갯짓 배워 둥지를 떠나가듯 배속부대로 뿔뿔이 흩어졌다.

사나운 범 피하려다가 범굴에 들어갔지만 "범한테 물려가도 정신만 차리면 산다."는 말을 되새기며 힘든 가시밭길을 뚜벅뚜벅 걸었다.

인내의 한계점

홍천에서 원주간 꼬불꼬불한 산길을 비틀거리며 달리던 G.M.C가 원주시 태장동에 자리한 121후송병원 정문에서 멎었다. 나를 위병소 근무자에게 인계한 인솔자는 인수증을 받아들고 다른 부대로 향했다.

"누구 빽으로 이 부대에 왔나?"

"빽 없습니다."

"야! 거짓말 말아. 여기는 아무나 오는 부대가 아냐"

라는 위병소 근무자들의 말이 사실인지는 알 수 없어도 기분은 좋았다. 내가 선택한 제1의무시험소는 아주 작은 부대여서 단독부대를 깃추지 않고 후송병원 영내에 자리하고 있었다. 명칭에서처럼 부대라기보다 하나의 시험소였다. 인사과와 병리학과, 생화학과가 전부였고 예하에는 0개의 식품검사반을 두고 있었다.

전입신고에 이어 곧바로 후송병원 수송부로 파견명령을 받았다. 시험소에는 자동차가 석 대밖에 없어 자체 수송부를 운영하지 않고 타부대에 통합시켜 운영했다. 서 시모에 시누이들이 득실거리는 집으로 시집간 꼴이 되고 말았다.

수송부에는 이십여 명의 대원이 근무하고 있었다. 수송관, 선임하사, 그리고 장기하사 두 명과 일반병(一般兵)으로 구성되었으며 차량은 주로 앰뷸런스가 많았다. 지프차와 앰뷸런스를 번갈아 몰며 힘든 졸병생활을 하던 일등병 때의 어느 이른 초봄이었다. 고달픈 하루의 일과를 마치고 내무반에서 곤한 잠에 빠져들었을 때 "전원 집합하라"는 명령이 떨어졌다. 잠에서 깬 대원들은 영문도 모른 채 작은 연병장에 모였다. 저승사자 같은 김 하사와 박 하사가 큼직한 곡괭이자루를 들고 우리들을 기다리고 있었다. 별명이 '말대가리'인 김○래 하사, 그리고 '산적'으로 불리는 박ㅊ평 하사는 부하를 무자비하게 괴롭히는 그야말로 야만적이고 피눈물도 없는 장기복무 하사였다.

"다 모였나?" 모두는

"예!"

하고 큰소리로 대답했다.

"폐일언하고 묻겠다. 호롯대가 없어졌다. 너희들 짓인 것을 다 안다. 좋은 말로 할 때 자수하면 용서하겠다. 없나? 다시 묻겠다."

계속되는 협박에 병사들은 숨죽인 채 조용하기만 하다. 누군가 자기가 했다는 사람이 있었으면 좋으련만 아무도 그러는 사람이 없었다. 강도 높은 기합이 시작됐다. 머리를 땅에 틀어박고 두 손을 허리에 올린 채 계속 버티는 말뚝 박기로부터 시작해 곡괭이 자루로 마구잡이 구타 등, 별의별 기합을 반복하면서 자수를 종용했으나 허사였다. 배지도 않은 애를 낳으라고 닦달하는 거나 마찬가지였다. 눈 한번 붙여보지 못하고 희뿌연 먼동이 트자 기합이 멈춰졌다.

심신이 극도로 피곤하였지만 쉴 수 있는 여유도 없이 쏟아지는 졸음을 참으며 하루의 운행을 마쳤다. 병사들은 어젯밤의 악몽도 잊은 채 깊은 잠에 푹 빠져들 즈음 전원 집합하라는 지시가 또 내려졌다. 두 하사가 어제와 똑같은 수법으로 기합을 주었지만 자수자가 없자 이번에는 부대 뒤편에 있는 원주천으로 대원들을 끌고나가 살얼음 물에 입수를 하게 했다. 얼음조각이 둥둥 떠다니는 물속에 다리부터 집어넣는데 마치 살갗을 면도날로 저미는 것처럼 아렸다. 감내하기 힘든 가혹한 매질과 모진 기합을 받는 동안 어느덧 밤은 깊어 자정을 훨씬 넘기고 있었다. 자수할 기회를 마지막으로 줄 테니 서로 의논해서 행위자 이름을 쪽지에 적어 내라고까지 했다. 으스름 달빛아래 고개를 푹 숙인 채 어깨를 들먹이며 흐느껴 우는 병사들의 모습이 그렇게 처량해 보일 수가 없었다. 아무리 명령에 죽고 사는 특별권력관계의 군대라고 하지만 무고한 대원을 이렇게 이틀씩이나 계속해서 기합과 구타를 할 수 있나. 내가 희생하는 한이 있더라도 이들의 비인간적인 만행을 더 이상 두고 보지 않겠다는 결심이 불끈 솟았다.

행정반으로 들어간 나는 1군사령부 직통전화기를 들었다. 그러자 "리퍼브릭, 리퍼브릭"하는 교환병 목소리가 들렸다. 나는 군사령관 (당시 1군사령관은 김계원 중장) 관사를 대달라고 했다. 내 신분을 모르는 교환병은

"누구시며 무슨 일 때문이십니까?"
라며 깍듯하게 물었다. 제1의무시험소에 근무하는 조 일병인데 급한 연락사항이 있으니 연결해 달라고 말하자 두 말 않고 전화를 끊어버렸다. 재차 연결해 달라는 내 말에 귀청을 찢을 듯

"임마 너 돌았어? 끊지 못해!"
라며 전화를 또 끊어버렸다. 할 수없이 군사령관과의 통화를 포기하

고 자대 전화기를 힘껏 돌렸다. 교환병에게 병원장님 숙소 좀 연결해 달라고 하자 몇 차례 신호가 가더니 깊은 잠에서 깬 목소리로
　"병원장입니다."
하는 게 아닌가(당시 병원장은 박ㅅ빈 대령). 관등성명을 대고 밤늦게 전화를 드려서 죄송하다는 예의를 갖춘 후 어제부터 지금까지의 가혹 행위를 그대로 설명했다. 병원장이 전화를 받고 매우 놀라는 것 같았다.
　"알았다"
며 전화를 끊은 잠시 뒤 붉은 완장을 찬 주번사령관이 플래시를 번쩍 거리며 헐레벌떡 달려왔다.
　"누가 이 늦은 시간에 병원장님께 전화했는가?"
　내가 하였다고 하자 "무슨 일로 전화했는지 말해보라."
고 했다. 험한 분위기가 감돌자 의리 없는 일부 대원은 슬금슬금 자리 를 피하기도 했다. 사태를 파악한 그는 병원장에게 전화보고를 하고 다음 지시를 받는 것 같았다.
　"병사들을 불침번 없이 아침까지 편안히 취침시키라."
는 지시가 떨어졌다.
　주번사령관은 내가 선임들로부터 해코지라도 당할까봐 사령실 그 의 잠자리 옆에 목침대를 깔아주며 같이 자도록 배려해 주었다. 주번 사령관 옆에 나란히 누워 잠을 청하려 했으나 태산 같은 걱정이 밀물 처럼 밀려오면서 잠을 이룰 수가 없었다. 김, 박 두 하사의 얼굴도 번갈아 스쳐갔다. 내일 닥쳐올 일이 어떨지? 참을 걸 그랬나, 아니 불의를 보고 어떻게 그냥 넘어간단 말인가, 잘했어, 이로 인한 어떠한 불이익이나 처벌도 달게 받아야지…. 이런저런 생각 속에 잠 못 이루

는 것을 본 주번사령관은

"걱정하지 말고 잠이나 자라. 나쁜 놈들은 내일 영창 갈 것 같다"
고 했다. 그렇게 그 밤을 번민 속에 보냈다.

날이 밝자 나는 병원장실로 불려갔다. 병원장은

"아! 어제 전화해준 조 군인가? 거기 앉게."
라며 자리에 앉게 한 후

"조 군이 어제 전화 안 했으면 큰일 날 뻔했다. 그 용기 장하다."
며 격려를 해주었다.

인내의 한계점에서 일등병인 내가 벌인 사건치고는 후폭풍이 예상
외로 컸다. 악당 같은 두 하사는 처벌을 받고 다른 부대로 전출되었고
그 날 이후 전 장병들의 일석점호가 한층 더 강화되었다. 영내에서
구타행위가 자행되었는데도 책임자들이 이를 인지하지 못했다 하여
한동안 하사관과 장교들에게 영외 거주가 허용되지 않았다. 발칵 뒤
집혔던 부대 분위기는 구타행위가 말끔히 사라지고 얼마 만에 다시
평온을 되찾았다.

마침 나는 소속부대 장지섭 부관의 도움으로 상부에 상신했던 주특
기가 '의무시험'으로 변경되어 운전병에서 벗어나 본부 생화학과와
식품검사반에서 검사요원으로 근무하다가 1966년 10월 22일 자로 국
방의무를 모두 마치고 만기 전역하였다.

유선방송

2년 8개월 만에 군에서 제대를 했다. 규제된 생활에서 오랜만에 벗어나 늦잠도 자고 그동안 소원했던 친구들도 만나고 친척들도 찾아뵈었다. 그렇게 달포가 넘게 고삐 풀린 망아지처럼 신나게 놀았다. 그런 여유도 잠시, 앞으로의 진로문제가 큰 걱정으로 다가왔다. 고향에서 농사나 축산업을 해볼까, 아니면 도시로 나가 기술을 배워볼까, 공무원시험 준비를 할까. 새까만 밤을 하얗게 밝히며 만리장성을 쌓아보았지만 눈뜨면 허사였다. 그렇게 이 궁리 저 궁리를 하고 있는데 마침 동네 유선방송사를 인수해 운영해 보라는 제의가 들어왔다. 그에 관한 기술은 없었지만 한번 해보기로 결심을 굳히고 인수자금을 마련하기 위하여 땅 한 자리를 팔기로 했다. 유난스럽게 거머리가 득실거리는 고래 논 1,000여 평을 평당 80원씩에 팔아 그 돈으로 유선방송사를 인수했다. 장비래야 앰프와 유성기, 그리고 자동차 배터리 두 개와 제네레타, LP판 몇 장과 가입자 350여 집에 설치된 스피커, 그리고 집집에 연결된 유선(有線)이 전부였다.

그 당시 농촌에는 라디오가 거의 없었다. 일부 군인가족이나 교직

원을 빼고는 400여 호가 넘는 마을에 라디오를 소유한 집은 단 열
집을 넘지 않았다.

　우리 집이 마침 마을의 중심에 있어 그곳에 방송실을 차렸다. 출력
50W정도의 앰프에 네 개의 간선(幹線)으로 나누어 350여 개의 스피
커를 거미줄처럼 연결하여 각 가정으로 방송을 내보냈다. 아침방송은
방송국과 동시에 시자했다가 밤 열한 시에 마쳤다. 주로 라디오 방송
을 중계했다. 규정에는 서울중앙방송(HLKA: 지금의 KBS)만 중계하도
록 되어 있었으나 다른 방송도 짬짬이 틀어 주었다. 청취자들이 크게
관심을 끌었던 프로는 단연 연속극이었다. 그 시간만 되면 온 가족들
이 하던 일도 멈추고 스피커 앞에 옹기종기 모여앉아 연속극을 들으
며 웃고 울었다. 아마 그때처럼 연속극에 푹 빠졌던 시절은 또 없을
것 같다. 나는 그 시간대가 가장 긴장되는 순간이었다. 연속극 시간에
방송이 중단되거나 합선사고라도 나면 빗발치는 비난이 이만저만 큰
게 아니었다. 홧김에 스피커를 떼어 가라면서 라디오를 구입하는 사
람도 가끔 있었다.

　나는 하루에 두세 차례씩 '지역소식' 방송도 했다. 주로 군청과 경
찰서를 비롯한 각급 기관 및 면사무소 등에서 알리는 공지사항과 마
을소식을 전했다. 예방접종, 비료 및 농약공급, 추곡수매소식 등 주민
생활과 직접 관련되는 소식을 자체적으로 방송하는 그 시간은 중앙뉴
스 못지않게 청취율이 높고 관심도 컸다.

　흥미 없는 방송시간대에는 틈틈이 전축을 틀어 대중가요를 보내주
었다. 처음엔 유성기로 SP판을 틀어 노래를 들려주었다. 두껍고 묵직
한 레코드판에는 앞뒤에 두 곡의 노래가 수록되어 있었다. 음질이 좋

지 않을뿐더러 겨우 노래 한 곡이 끝나면 바로 판을 뒤집어 놓아야하는 불편이 있었다. 후에 LP판이 등장하면서 앞뒤 각각 여섯 곡씩 모두 열두 곡이나 들어 있고 음질도 SP판에 비길 바가 아니게 좋았다. 그때 한창 유행하던 노래가 이미자의 〈동백아가씨〉와 〈섬마을 선생님〉, 최희준의 〈종점〉, 한명숙의 〈노란샤스 입은 사나이〉, 배호의 〈안개 낀 장충단공원〉, 차중락의 〈낙엽 따라 가버린 사람〉, 김용림의 〈회심곡〉, 이은관의 〈배뱅이굿〉 등이었다. 청취자들은 나를 만날 때마다 좋아하는 노래를 틀어달라고 주문을 했다. 그때마다 꼼꼼히 메모해두었다가 신청곡 형식으로 그 노래를 틀어 주었다. 가끔씩 음반점에 들러 새로운 히트곡이 수록된 판을 구입하여 방송을 내보낼 때마다 좋아하던 청취자들의 모습이 지금도 엊그제 일처럼 눈에 선하다.

LP음반을 무너뜨린 건 테이프였고 테이프는 다시 CD에게 자리를 빼앗겼다. 그러나 CD의 장래도 그리 머지않아 보인다. 수천 곡을 수록하고 재생할 수 있는 USB와 MP3, 그리고 공중파 방송을 자유롭게 시청할 수 있는 스마트폰이 이미 CD를 장악해 버렸으니 말이다.

사람들은 나를 가리켜 '베짱이 팔자'라고 농담을 했다. 남들은 논밭에서 비지땀을 흘려가며 농사일을 하는데 그늘에서 노래나 틀어주고 있다고…. 그러나 그 일도 결코 쉬운 일이 아니었다. 제일 힘든 게 앰프를 가동시킬 배터리를 충전하는 일이었다. 전기가 없을 때였으니 정미소에 부탁해 방아를 찧을 때 제네레타(충전기)를 돌려 충전을 하여야 했다. 그러나 정미소가 연중 하루도 쉬지 않고 돌아갈 수는 없는 일, 그런 때는 별도로 발동기(원동기)를 두 시간 정도 돌려 자가발전으로 충전을 했다. 특히 동절기에는 발동기의 시동이 잘 걸리지 않아

발을 동동 구른 때가 한두 번이 아니었다. 하루라도 충전을 하지 못하면 방송을 멈출 수밖에 없기 때문에 무슨 일이 있어도 매일매일 충전을 하는 일이 가장 버거웠다. 그럴 때마다 농지개량조합에 근무하던 박홍서씨의 도움을 많이 받았다. 그는 H대학교에서 전기공학을 전공한 탓인지 그의 손이 가서 못 고치는 일은 한 번도 없었다. 마치 신의 손과 같았다.

총 길이 20여㎞에 이르는 전선(철선)을 쌍선(+. −선)으로 각 가정에 연결했는데 어느 한 곳에서라도 합선이 되면 그 라인에는 방송이 중단된다. 그렇기 때문에 수시로 선로를 순찰하고 보수를 하여야만 했다. 세상에 만만한 일이 어디 있겠는가? 속을 자세하게 들여다보면 어떤 일이든지 다 어려움이 있게 마련이다.

청취료는 여름과 가을, 두 차례에 나누어 현물로 받았다. 스피커 한 대당 보리쌀 1말(8kg)과 쌀 1말씩을 받았다. 전부 받으면 쌀 35가마와 보리쌀 35가마, 모두 70가마(5,600kg)가량이 총수입인 셈이다.

이 유선방송업도 1969년 하반기쯤, 나를 끝으로 솟아오르는 햇볕에 아침안개 걷히듯 역사의 뒤안길로 사라졌다. 상자모양의 트랜지스터라디오가 물밀듯이 보급되면서 채널선택권이 없이 볼륨선택 긴만 있는 간접 청취방식인 유선방송은 빠르게 사양길로 접어들었다. 다양한 프로를 직접 선택할 수 있는 라디오의 위력에 밀려 청취자가 점점 줄어들게 되자 나는 서둘러 전업 준비를 했다.

희미한 호롱불 밑에서 유선방송 스피커를 보물단지처럼 끌어안고 라디오방송을 듣던 그 시절! 빠르게 회전하는 유성기에서 흘러나오는 신기한 노랫소리에 흥얼거리던 때가 엊그제 같은데 어느새 인터넷과 스마트폰, 유비쿼터스 시대에 살고 있다. 유성기판 돌듯 세상이 어지럽다.

인연

내가 스물일곱 살이 되던 1969년은 나에게 매우 뜻 깊은 한 해였다. 삼월에 약혼을, 오월에 9급(당시는 5급 을류) 공채시험에 합격, 칠월에 신규임용을, 11월에 결혼을, 12월에는 아내가 첫애를 임신했다.

내가 결혼식을 올린 곳은 읍내의 조그만 예식장이었다. 복도까지 꽉 메운 하객들로 11월의 쌀쌀한 아침 공기도 훈훈하게 녹였다. 직속 상관인 주례선생님(황두영 군수)은 식장이 쩌렁쩌렁 울리도록 큰 소리로

"오늘 신랑, 신부가 예물로 서로 주고받은 황금반지 빛깔처럼 두 사람의 사랑, 끝까지 변치 말고 잘 살라."

고 짤막하게 당부를 해주셨다.

펑펑 터지는 마그네슘 플래시에 눈을 깜박거리며 결혼사진을 찍었다. 흑백사진밖에 없을 때였다. 예식이 끝나자 우리 신혼부부는 오색 테이프와 빈 깡통을 주렁주렁 매단 시발택시를 타고 관내를 한 바퀴 휘돌아 오는 것으로 신혼여행에 가름했다. 사는 형편도 넉넉하지 않았지만 휴가로 주어진 사흘로는 신혼여행을 갈 엄두도 내지 못했다.

드라이브를 마치고 집에 도착해보니 집 안팎이 사람들로 북적대는 게 말 그대로 잔칫집 분위기가 넘쳐났다. 안마당에는 차일이 쳐지고 바깥마당에는 여러 개의 가마솥을 걸어 분주하게 국수를 삶아내고 있었다. 한편에서는 설설 끓는 멸치장국에 국수를 말아 하객들을 접대하는 동네 아주머니들의 손길이 바쁘게 움직였다. 11월 하순의 날씨가 봄 날씨처럼 푸근해 음식준비와 손님을 집내하는데 큰 도움이 되었다. 사람들은 신랑신부가 착해서 그렇다고 한마디씩 덕담을 아끼지 않았다. 날씨가 좋고 나쁜 게 신랑신부의 성품과 무슨 상관이겠느냐만 흔히들 그렇게 말한다.

밤늦게까지 짓궂은 친구들에게 굵은 밧줄에 발목이 묶여 발바닥이 얼얼하도록 방망이 고문을 당하고서야 겨우 신방에 들었다. 밤사이 우리의 결혼을 축복이라도 해주듯 하얀 눈이 살포시 내렸다. 사람들은 결혼식 날 눈이 소복하게 내려 발자국을 덮으면 복 받고 잘 산다고 말해주었다.

옷깃만 한번 스치는 인연도 전생(前生)에 엄청난 업(業)이 쌓여야 한다는데 부부의 연을 맺고 한평생을 같이 산다는 건 얼마나 많은 업을 쌓은 인연일까? 아내는 한 정거장 남짓 떨어진 이웃마을에 사는 처자였다. 원래 사돈관계로 서로의 가풍과 인품까지 잘 아는 처지였다. 우리 두 사람도 평소 좋은 감정을 갖고 있던 사이였다. 어머니께서 인편에 혼인 얘기를 넌지시 비쳤더니 "혼처는 나무랄 데가 없으나 딸이 아직 혼기가 이르다."는 뜻을 전해 듣고 스무 살이 미처 안 된 딸 가진 부모로서 그럴만하겠다며 아쉽지만 청혼을 접었다.

마침 어머니의 친정 쪽으로 형님뻘 되는 분이 집안에 참한 조카딸이 있다며 적극 중매에 나섰다. 조부께서 군수를 지낸 탓에 근동에서는 '군수 댁'으로 불리는 비교적 부유한 집의 처녀였다.

사진 한 장밖에 서로 주고받은 게 없었지만 빠르게 혼인 얘기가 진행된 것은 중매를 주선한 아주머니의 말씀이 양가에 큰 영향을 미친 것 같았다. 신부 집과 맞선 일정을 잡은 뒤 늦어도 사흘 안에 다시 오겠다는 아주머니를 시외버스 정류장까지 모셔다 버스를 태워드리고 집으로 돌아왔다. 그 뒤 약속날짜가 여러 날 지났는데도 신부 쪽에서 아무런 연락이 없었다. 전화가 없던 시절이라 궁금해도 기다리는 수밖에 다른 방도가 없었다. 일주일이 지나고 열흘이 지나도 아무런 연락이 없자 그쪽에서 혼인의사가 없는 것으로 짐작하게 되었다. 선도 못보고 딱지를 맞은 것 같은 씁쓸한 기분이 들었다.

그런 와중에 지난번에 혼령(婚齡)이 이르다고 했던 집에서 느닷없이 청혼을 해왔다. 먼저 우리가 바랐던 바라 양가는 미룰 것 없이 쉽게 혼인을 약속했다.

그 일이 있은 지 이틀 후에 중매 아주머니가 휘적휘적 나타나셨다. 사정이 있어 좀 늦었다며 내일 신읍에서 양가부모와 신랑 신붓감이 서로 만나기로 했다는 전갈이었다. 그러나 때는 이미 늦었다. 어머니는 이미 엊그제 정혼을 했다며 그 처녀와 인연이 아닌 것 같으니 없던 일로 하자고 말씀하셨다. 우리 집에서 하루를 묵은 뒤 이튿날 함께 약속 장소에 가기로 하신 모양인데 일이 이렇게 되자 매우 난처해하며 벌에 쏘인 사람 달아나듯 당일로 휑하니 되돌아 가셨다.

다음날 중매 아주머니는 다시 황급하게 달려 오셨다. 영문을 모르는 그 집에서는 잘 진행되고 있던 혼사가 갑자기 틀어지게 되자 그쪽과 아직 약혼한 것도 아닌데 일단 한번 만나서 의논하자는 뜻을 간곡하게 전해왔다. 그러나 어머니께서는 언약도 약혼이나 진배없는 법이니 한번 한 약속을 저버릴 수 없다며 거듭 거절하셨다.

중매 아주머니의 피치 못할 사정은 이랬다. 내 배웅을 받은 뒤 버스가 출발하기만을 기다리고 있던 차안에서 고향 친구를 우연찮게 만났다. 친구는 "한 주 뒤에 우리 아들 혼사가 있는데 제발 내려서 일 좀 봐 달라"며 아주머니를 잡아끌다시피 차에서 내리게 하였다. 친구의 간곡한 청을 거절할 수 없었던 아주머니는 그 집에서 잔치를 다 치르고 나서야, 포천에 가서 처녀 댁과 일정을 잡고 오느라고 여러 날이 걸린 것이었다. 분명히 아주머니가 버스에 타신 것을 확인한 우리로선 그러한 속사정이 있을 줄은 상상도 못했다.

그 처녀와 그렇게 묘하게 인연이 닿지 않은 것을 보면 연분은 따로 있는 것 같다. 한순간에 닿기도 하고 떨어지기도 하는 게 사람의 인연이고 운명인 것 같다.

제4부

격랑의 33년, 노를 젓다

첫 출근

　전역 후 유선방송사를 운영하고 있던 내게 학교선배가 공무원시험에 응시하라며 원서와 시험요강을 전해주었다. 그는 군남면사무소에 근무하는 공무원이기에 우리 부락에 자주 출장을 나왔고 그때마다 방송실을 찾아와 시험 준비를 할 것을 권유했다.

　나는 중학생 시절부터 4-H구락부 활동을 하면서 농촌교도소(농촌지도소로 변경했다가 지금은 농업기술센터로 바뀜)를 자주 드나들게 되었고 그곳 직원(선생님으로 호칭)들의 탁월한 능력과 활동상을 보아오면서 나도 그들처럼 농촌활동을 하고 싶은 충동을 느꼈다. 그런 새로운 미지의 세계를 머릿속에 그리고 있던 차에 선배의 권유는 결정적인 결심의 동기가 되었다.

　마음을 정한 나는 서점으로 달려가 시험문제집과 해설집을 구입하고 몇 달 동안 주경야독하며 열심히 시험 준비를 했다. 그리고 5급 을류(지금의 9급) 지방공무원 공채시험 응시원서를 군청에 접수시켰다. 경쟁률은 3대 1이었다. 지금은 경쟁률이 수십, 수백 대 일에 이르지만 그때만 해도 보통 3.4대 1이었다.

어머니는 벌써 아들의 시험에 신경이 쓰이시는지 절에 가는 횟수가 많아지셨다. 매일 밤늦게 깨끗한 물을 길어다가 장독대에 정안수를 올리는 모습을 보면서 잠시도 책에서 눈을 뗄 수 없었다.

1969년 5월 4일, 드디어 시험장에 나아가 그동안 갈고 닦은 기량을 최선을 다해 시험 답안지에 옮겼다. 시험과목은 국어, 영어, 국사, 사회, 생물 등 5과목이었다. 시험을 마친 후 2주 동안 담담한 마음으로 합격자 발표를 기다렸다. 준비기간도 짧았고 처음 본 시험이었기에 큰 기대는 하지 않았지만 그래도 합격 소식이 전해오기를 기도하는 마음으로 기다렸다.

합격자 발표 날짜가 가까워오자 하루해가 어느 때보다 곱절로 지루하고 초조해졌다. 경찰지서(지금의 파출소)에서 순경이 나의 합격소식을 전해주기 위하여 우리 집을 찾아주었다. 그때는 전화가 지서에만 있어 서면통보 전에 우선 그곳으로 연락을 취한 모양이었다. 막상 전화통보는 받았지만 합격이 쉽게 믿어지지 않았다. 날아 갈 것처럼 기분이 좋았다, 금세 소문이 온 동네에 퍼졌다. 만나는 사람마다 축하 인사를 해줬다. 누구보다 어머니께서 제일 기뻐하셨다. 수일 후 등기 우편물이 배달되었다. 1차 합격통지서와 함께 2차 면접시험 안내였다. 면접 준비를 위해 일반상식 책을 구입하고 각종 자료도 수집 정리하면서 1차 시험 때보다 더 밀도 있게 대비를 했다. 면접날이 돌아왔다. 한 면접관(원제영 농촌교도소 소장)이 느닷없이 비료의 4대 요소와 성분에 대하여 설명을 하라고 했다. 3대 요소밖에 모르던 터라 당황해 절절매다가 갑자기 논밭마다 뭉텅이로 쌓아뒀던 석회질비료가 떠올라 엉겁결에 질소, 인산, 가리 다음에 석회질비료라고 대답했던 게 생각난다. 면접을 마친 지 십여 일 후 최종합격통지서와 함께 임용절차에 관한 자세한 안내와 신원조회서 용지가 동봉되어 왔다. 신원조회는 임용대상자의 전과(前科)유무와 신원 특이자 여부를 관할 경찰서장의 확인이 있어야 했다. 이 같은 사전적 절차에 결격사유가 있으면 시험에 합격했더라도 임용이 되지 못한다.

1969년 7월 1일, 나는 정장 차림으로 군청에 첫 출근을 했다. 인사기록카드와 신상명세서 그리고 서약서를 작성했다. 서약서는 공무원으로 재직 중 취득한 비밀을 퇴직 후에도 절대 누설하지 않겠다는 내용이다. 임용절차 예행연습을 마친 우리는 군수실로 조심조심 들어갔다. 처음 들어가 보는 군수실에 도열한 우리는 몹시 긴장돼 있었다. 정면에는 태극기와 박정희 대통령 사진(당시는 존영이라고 함)이, 그리고 그 밑에는 국정지표와 도정목표, 군정방침이 나란히 게시되어 있었다. 커다란 책상과 의자, 각종 도서로 가지런히 채워진 책장과 소파 등의 집기는 초임발령자의 시선을 압도했다. 이어 임용장 교부가 있었다. 직사각형의 까만 상장함에 임용장(발령장)이 순서대로 담겨져 군수 책상 위에 놓였고 그 앞에 군수(임동섭)께서 자리했다. 옆에는 내무과장(정수용)을 비롯한 군 간부가 임석했다. 행정계장(이철화)이 순서대로 하나하나 읽어가며 임용장을 교부했다. "임용장 조현상 조건부 지방농업기원보(나중에 행정직군으로 전직)에 임함, 1호봉을 급함, 군남면 근무를 명함." 이렇게 나는 내 거주지 면사무소로 초임 발령을 받았다. 조건부란 6개월간 공무원으로서의 자질을 검증하고 부적격사유가 발견 시 정규 임용치 않는다는 요즘의 시보와 비슷한 뜻이다.

공무원법상 국가공무원은 대통령이, 지방공무원은 광역자치단체장인 시, 도지사가 각각 임용권자이지만 하부기관장에게 위임되었다.

당시 면의 기구는 면장 산하에 부면장과 4개의 계가 있었다. 즉 총무계와 재무계, 산업계, 호병계가 있었는데 이 4개계의 업무는 중앙정부의 전 부처에서 하달되는 모든 행정의 귀결점이자 시발점이기도 했다. 나는 총무계에 배치되었다. 처음 내가 맡은 업무는 일반 서무와 사회, 공보 등이었다. 즉 사무소 내의 일반적인 서무와 생활보호대상자 조사 및 구호양곡지급, 난민정착 농우관리, 정부의 각종 시책 및 업적홍보 등의 업무였다. 직원은 모두 열일곱 명이었다. 그들과 상견례를 나눈 뒤 그 날 저녁에는 나를 위한 환영회가 있었다. 모두들 반갑게 맞이해 줬지만 누구보다 가장 반겨준 사람은 나에게 시험을 보도록 조언해준 학교선배(이만표)였다. 이렇게 공직자의 길로 들어선 내 나이는 27세의 젊음과 패기가 넘치는 청년이었다.

공직자로서의 외길 33년은 긴장과 절제된 생활 속에 걸었던 고난의 세월이었다. 경행록(景行錄)에 위정지요(爲政之要)는 왈공여청(曰公與淸)이요 성가지도(成家之道)는 왈검여근(曰儉與勤)이라 했듯이 공정과 청렴, 그리고 절검과 근면은 지금까지 내가 걸어온 이정표였다.

보릿고개를 없애고 요원의 불길처럼 타오르던 새마을운동과 함께 지역사회 발전과 나라의 근대화를 앞당기는 일에 일조를 했다는 자부심으로 오늘을 산다.

배급자루

피란시절, 누렇게 빛바랜 무명 배급자루에 우리 가족의 생사가 걸려있던 때가 있었다. 내가 공직에 몸담아 생활보호대상자를 보살피는 사회담임(社會擔任)이 된 것은 18년 전 '피란민 애'라는 설움을 겪으며 배급에 의존해 허기를 참아내야 했던 나에게 가난과 외로움 속에 살아가는 사람들을 보살피라는 신의 계시같았다.

첫 부임지인 군남면(郡南面)은 군내에서 면세(面勢)가 중위권에 해당하는 순수 농촌지역이었다. 면적은 여의도보다 다섯 배 이상 넓지만 인구는 7천5백여 명에 불과했다. 주민들은 양처럼 어질고 티없이 순박했다. 대부분 벼농사와 밭농사를 주업으로 하고 있었다. 맑고 풍부한 임진강(臨津江)물이 관내를 관통하여 유유히 흐르고 있었지만 전기가 없어 논에 물을 퍼 올려 이용하지 못했다. 그렇기 때문에 하늘만 쳐다봐야 하는 수리불안전답이 많아 늘 벼농사 작황이 좋지않았고 주민들의 살림살이는 궁핍을 면하지못했다. 그렇지만 피란생활 중 낯설고 물 설은 타향에서 만고풍상(萬古風霜)을 다 겪어 본 주민들은 생활력이 누구보다 강했다. 원주민보다 월남한 실향민과 외지에서 유입된 주민들이 더 많았다. 통일이 되면 제일 먼저 고향에 달려가고 싶어 가장 북쪽인 이곳에 정착했다는 주민들 중에는 황해도 피란민이 가장 많았다.

내가 해야 할 소임은 구호대상자를 정확하게 조사하여 책정하고 구호양곡을 적기에 지급하여 생계를 원활하게 꾸려갈 수 있게 하는 한편 돌아가시면 장례를 치를 수 있게 장제비(葬祭費)를 지급해주고 관내에 있는 공설묘지를 배정해주는 일이었다. 그들 중에는 자식이 없거나 딸만 길러 출가시키고 의지할 곳 없이 혼자 외롭게 사는 병 노약자가 많았다. 자신의 노구(老軀)조차 제대로 가누지 못하는 그들은 도움 받을 사람이 아무도 없었다. 받은 배급자루를 머리에 이거나 등에 지기 위해 소진되어 얼마 남지 않은 기력을 다하며 안간힘을 쓰는 모습을 보면 안쓰럽고 불쌍해 눈물이 날 지경이었다. 그런 때면 배급자루를 정류장까지 들어다 차에 실어드리고 몇 푼 안 되는 교통비를 내어드리면 그게 그렇게 고맙다며 거칠고 투박한 손으로 내 손을 꼭 잡아주시던 아이들처럼 순진한 노인들의 모습을 잊을 수가 없다. 비록 봉급은 적어 살림이 쪼들릴 때였지만 작은 일이나마 그들을 도울 수 있다는 기쁨은 더할 나위 없이 컸다. 나는 그들을 볼 때마다 6·25 전란 시 피란처에서 배급을 받아 어렵게 구명도생(求命圖生)하던 나의 암울했던 소년시절이 생각났다. 배급자루를 벌려 잡는 그들에게 마음속으로 한없는 측은지심(惻隱之心)이 들어 한 움큼이라도 더 얹어주고 싶었다.

관내에서 가장 외롭고 어려운 독거노인을 골라 공무원 1인 2가구씩을 후원자로 지정하고 형편에 맞게 매월 봉급에서 일정금액을 갹출하여 내복이나 간식거리, 간단한 생활용품을 사가지고 수시로 방문하여 그들을 위로하고 어려운 실정을 파악하여 해결해 주곤했다. 나는 허모 할머니와 김모 할머니를 후원했다. 허 할머니는 무남독녀를 낳고 일찍 홀로 되었으나 수절하면서 딸을 키워 출가시키고 가족도 집도 없이 남의 집 셋방에서 외롭게 사시는 분이었다. 김 할머니는 딸만 셋인데 모두 출가시키고 혼자 사셨다. 두 할머니 댁을 번갈아 방문할 때마다 휑하니 배어나는 외로움에 가슴이 아팠다. 자식들에게 일말(一抹)의 미움이나 섭섭함도 있으련만 오히려 짐이 되지 않으려고 애쓰는 모습에서 부모의 하해(河海)와 같은 사랑을 읽을 수 있었다. 바쁠 때 어쩌다 한번 쯤 방문을 거르기라도 하면 오히려 나를 걱정 했다는 말씀을 들으면 바쁜 일정에서도 그 일 만은 소홀히 할 수가 없었다.

딸자식과 외손자에게 주고 싶어 아껴먹고 남은 곡식과 사다드린 간식들을 차곡차곡 모아 놓고 이따금씩이나마 들러주기를 외롭게 기다리며 사시던 백발의 그 주름진 얼굴도 지금은 저 세상으로 홀연히 떠나고 없다.

4반세기 넘게 생활보호대상자에게 지급되던 배급제도는 없어진 지 오래이다. 거택보호자(居宅保護者)로 개명되었다가 요즘엔 다시 기초생활수급자로 이름이 바뀌어 개인별 온라인통장으로 입금되고 있어 이제는 배급이라는 말도 역사 속에 묻히고 말았다.

새마을 운동의 태동

　'새마을운동'은 한국사회를 천지개벽시킨 역사적 사건이었다. 변변한 기간산업이 없었던 1970년대 우리나라의 대다수 국민들은 영세한 농업에 의존하면서 가난과 무지를 숙명으로 알고 헐벗고 배고픔 속에 험난한 보릿고개를 힘겹게 넘어야 했다. 그러나 이 운동을 통하여 '하면 된다', 그리고 잘 살 수 있다는 희망과 자신감을 얻게 되었다.

　새마을운동을 처음 시작할 때만 해도 뚜렷한 목표와 방침이 설정되지 않았다. 그렇기 때문에 이 운동이 성공하리라고는 아무도 예상하지 못했으나 마을현장에서 기대 이상의 성과와 기적이 일어났다.

　전국 농어촌의 모든 행정 리(里)와 동(洞)에 일률적으로 양회 335포를 지원할 터이니 사업계획을 세우라는 것이 새마을운동의 태동이었다. 처음 계획한 사업들은 개인 시설물보수 수준을 벗어나지 못했다. 아궁이, 부뚜막 개량, 장독대보수, 하수구 및 공동 빨래터 설치, 공동 우물보수 같은 사업들이었다.

　1970년 10월부터 전국 34,665개의 농어촌 리, 동에 양회가 수송되기 시작했다. 공장에서 화물열차로 지정한 역에 도착된 양회는 대한 통운이 마을까지 운반을 맡았다. 그 당시 농촌에는 마을회관이나 창고 같은 공공시설물이 별로 없어 양회를 받아 보관하는데 많은 애로가 있었다. 일부 마을에서는 개인집 헛간을 빌려 보관하기도 했다. 이듬해 봄에 써야 할 양회이기 때문에 야적(野積)을 해서는 안 됐다. 그리고 양회의 굳음 방지를 위하여 열 켜 이상 포개 쌓을 수 없었으며 한 달에 한 번씩 상하로 위치를 바꿔 환적(換積)했고 상급관서의 확인 점검이 엄격하게 이루어졌다. 주민들은 갑자기 지원된 335포의 양회를 어디에 어떻게 사용해야 할지 몰라 전전긍긍 했다. 그만큼 양회에 대한 쓰임새나 활용방법을 잘 알지 못했던 게 우리의 실상이었다.

1971년 3월, 해빙과 동시에 새마을사업의 역사적 첫 삽을 떴다. 규모가 큰 사업장에는 군수, 경찰서장, 교육장 등 군 단위 기관 단체장이 임석하고 그밖에 마을엔 담당공무원이 참석하여 착공식을 가졌다. 생각보다 주민들의 참여의식이 높았으며 모두 불평 없이 팔을 걷어붙이고 열심히 땀 흘려 일했다. 곳곳에서 새마을 깃발이 펄럭이고 "새벽종이 울렸네, 새아침이 밝았네."라는 새마을 노래가 울려 퍼졌다. 남자들이 터파기를 하고 돌을 쌓고 양회를 개어 바르는 동안 부녀자들은 모래자갈을 머리로 이어 날랐다. 마치 개미들의 역사를 방불케 하는 장관을 이루어냈다.

이런 노력 끝에 한 해의 사업이 끝나면 부락별로 경과보고회를 갖고 동네잔치도 벌였다. 신명나는 농악으로 흥을 돋우고 부녀회에서 차린 음식과 막걸리 한두 사발에 온갖 시름과 고단함도 털어냈다. 자신들의 힘으로 큰일을 해냈다는 자부심과 앞으로 새롭게 변모해 갈 마을의 청사진을 그려보며 모두들 흐뭇해했다. 마을이라는 공동체 속에서 그들의 조상이 살았고 또 그들과 후손이 살아가야할 삶의 터전이었기에 솟아오르는 끈끈한 애향심이 새마을 운동을 성공시켰다고 할 수 있다.

　사업이 잘 추진되는 마을에는 반드시 훌륭한 지도자가 있었다는 점을 착안한 정부는 마을마다 남녀 새마을지도자를 위촉했다. 그들에게 사명감을 불어넣기 위하여 갖가지 특전(特典)이 주어졌다. 선진지를 견학케 하여 새로운 지식과 견문을 넓히게 하고 상호 경쟁심을 유발시켰다. 1년에 한번씩 '전국새마을지도자대회'에 참석시켜 대통령과 직접 만날 수 있게 하였고 대통령 휘장이 새겨진 손목시계나 트랜지스터라디오 같은 기념품으로 그들의 노고를 치하했다. 청와대 초청만찬과 대대적인 포상, 철도요금 할인과 자녀장학금을 지급했으며, 중앙과 시 도, 시 군 구에 새마을 전담부서를 신설하고 녹색으로 통일된 새마을 지프차를 전국 시군에 배정해 주었다. 새마을 모자와 복장이 제정되어 공급되고 배지와 '새마을운동' 이라는 명찰을 전 공무원과 새마을지도자의 가슴에 달게 하였다. 무슨 일이든지 '새마을' 이라는 이름을 붙이면 안 되는 일이 거의 없을 정도였다.

　이듬해인 1972년부터는 새마을운동의 체계가 점차 잡혀갔다. 마을을 기초(基礎), 자조(自助), 자립(自立)으로 분류하고 수준에 따라 사업비와 양회를 차등 지원했다. 처음보다 사업의 종류도 다양해졌고 주민들의 양회 요구량도 점점 늘어났다. 사업을 크게 가꾸기 사업과, 소득증대, 정신개발, 특색사업 등으로 구분하였으며, 가꾸기 사업으로 마을안길 확장, 울타리개량, 소하천 가꾸기, 농업용수개발, 농어촌 전화(電化)사업, 마을회관, 공동창고건립, 지붕, 주택개량, 메탄가

스 시설, 농로개설 및 확장, 논두렁 정리, 농업 기계화사업 등을, 소득 증대사업으로는 한우증식, 농어촌특별지원사업, 양묘, 조림, 목초조성사업 등을, 정신개발 사업으로 가족계획운동, 가난한 이웃돕기, 특색사업으로는 꽃마을 꽃길 만들기, 한 가족 한상 밥 먹기 등의 사업을 추진하면서 농촌의 새로운 변화와 도약의 시대를 열어갔다.

특히 지붕과 주택개량사업은 농어촌 환경을 획기적으로 개선시켰다. 초가지붕을 걷어내고 슬레이트나 기와로 지붕을 개량하는 소리가 마치 누에가 뽕잎을 바삭거리며 먹는 것처럼 번져나갔다. 초가지붕에서 평온하게 살던 굼벵이들이 졸지에 보금자리를 잃고 꼬물꼬물 땅바닥에서 뒹굴었다. 오랜 세월동안 초가집만이 간직해왔던 매캐한 짚냄새와 찌든 먼지가 풀풀 풍기는 마을 곳곳에서 망치소리가 우렁찼다. 말끔하게 개량된 지붕에는 산뜻하게 화장(化粧)을 시켰다. 뒷동산에 올라가 마을 전경사진을 찍어 조화로운 가상 지붕도색(안)을 만들고 그에 따라 페인트를 공급하여 칠하게 하였다.

좁고 꼬불꼬불한 마을안길이나 농로를 넓고 곧게 펴는 사업은 농촌에서 제일 무섭다는 지게귀신을 몰아내는 결정적 역할을 했다. 마을안길은 최소 8m, 농로는 5m 이상의 노폭으로 확장하기 위해 양쪽에 줄을 띠고 그 안에 편입된 토지는 소유주의 기부채납(寄附採納)이나 사용승낙을 받아 공공용으로 바꾸었고 건물은 철거하였다. 요즘엔 감히 생각할 수 없는 일이었지만 그때는 무리 없이 추진되었다. 그것은 분명 성과주의 개발행정의 폐단이었으나 공익에 기여한 바는 엄청나게 컸다.

새마을사업은 대부분 마을개발위원회의에서 결정하고 새마을지도

자가 중심이 되어 주민들의 자발적 참여로 추진되었지만 일사불란한 사업추진을 위하여 상당부분은 관주도(官主導)로 이루어졌다.

새마을운동과 경제개발 5개년 계획의 추진은 오늘의 국가발전을 이룩한 쌍두마차였다. 한 시대의 탁월한 지도자가 강력한 리더십으로 이룩한 민족적 쾌거였다. 이 운동은 우리 민족의 뛰어난 지혜와 근면성을 바탕으로 후진국을 탈피하고 선진국 문덕에 서세했나. 그러나 새마을운동은 30년을 넘기지 못하고 역사의 뒤안길로 사라져 가고 있다. 1990년대에 접어들면서 산업의 발달과 민주화 바람으로 힘차게 휘날리던 새마을 깃발은 지방자치단체의 깃발에게 자리를 내주어야 했다.

나의 젊음과 열정을 다 바쳐 일했던 모든 관공서의 새마을 전담부서가 자취도 없이 사라져버렸다. 이제 '새마을'이라는 말은 어디에서도 들어보기 힘들어졌다. 한국의 경제발전과 근대화의 원동력이었던 새마을운동, 활활 타오르던 횃불이 가물가물 꺼져가고 있는 게 못내 아쉽기만하다.

영화 ≪팔도강산≫

정부에서 전국 읍면동에 슈퍼 8mm 영사기 한 대씩과 소형발전기, 스크린 등을 일제히 공급했다. 면 공보담임이었던 나는 영사기 조작방법에 대한 특별교육을 받았다. 조작법이래야 영사기 작동법과 필름 장착 요령, 상영 중 필름이 끊어졌을 때 긴급조처방법, 발전기 가동요령 등이었다.

첫 번째 공급받은 영화필름은 ≪팔도강산(八道江山)≫이었다. 이 영화는 김희갑, 황정순 주연으로 김진규, 허장강, 신영균, 신성일, 최은희, 고은아, 윤정희 등 그 당시 우리나라의 유명한 배우들이 대거 출연한 계몽영화였지만 크게 히트하였다.

1남 6녀를 둔 한의사 노부부가 각도에 흩어져 살고 있는 자식들을 차례로 둘러보며 부모 자식 간의 끈끈한 정과 애환을 담은 내용이다. 나는 상영 기술을 사전에 익히기 위하여 몇 차례의 시사회를 가졌다. 전문 영사기사만이 하는 것으로 생각했던 고정관념을 깨고 내 손으로 영화를 상영하게 되니 마치 영사기사가 된 것처럼 어깨가 으쓱해졌다.

오지(奧地) 마을을 대상으로 순회 영화상영 계획을 세워 공문으로 알려주었다. 주로 저녁시간에 마을 공터나 학교 교실 또는 큰 사랑방 등 사람이 많이 모일 수 있는 곳을 상영장소로 택했다.

찻길도 없는 산속마을 삼거리(三巨里) 부처골에서 첫 상영을 하기로 했다. 군내에서 두 번째 가라면 서러울 정도로 외진 이 마을은 삼십여 호의 농가가 산언저리에 터를 잡고 오백여 년 전부터 살아온 곡성임씨(谷城任氏) 집성촌이다. 산자락에 화전으로 일군 밭에 보리, 밀, 조, 콩, 옥수수, 고추, 감자 등을 심어먹고 손바닥만한 다랑이 논 몇 배미가 전부이니 쌀이 금처럼 귀한 산골이다.

문화혜택이라곤 아무것도 받지 못하고 사는 곳이다. 전기도 없고 라디오도 없고 전화도 없다. 남폿불이 최고의 문명적 이기였다. 급한 전갈이 있을 땐 집집마다 뛰어다니면 되고 그렇지 않을 땐 구전(口傳)하면 그만이다. 날이 밝으면 소 몰아 밭에 나가 일하고 어두워지면 언덕배기에 게딱지처럼 추녀 낮은 집에 들어가 곤한 몸을 뉘이면 만사가 편하다. 이것이 오천 년의 역사를 자랑스럽게 여기며 '농자천하지대본(農者天下之大本)'이라고 입에 침이 마르도록 치켜세우며 살아온 70년대 초 우리 농촌의 자화상이다.

1971년 3월 7일, 하루의 일과를 마친 나는 출장준비를 서둘렀다. 유일한 운반수단이었던 내 자전거에 영사기와 스크린을 싣고 부락담당 직원의 자전거에는 발전기와 연료통을 실었다. 우마차도 제대로 다닐 수 없는 좁고 꼬불꼬불한 산비탈 길, 산골짜기에서 졸졸 흐르는 개천줄기를 따라 여러 차례 건너기를 반복하며 높고 낮은 언덕을 넘어 반 시간여 만에 부처골에 도착했다. 그곳 반장과 동네 어른 몇 분이 우리 일행을 반갑게 맞아 주었다. 이렇게 짐이 있는 줄 알았으면 자기들이 지게로 지고 와야 했다며 땀에 흠뻑 젖은 우리를 보고 몹시 미안해하는 모습이 고마웠다.

춘삼월이라고는 하지만 아직 저녁 날씨는 생각보다 쌀쌀하게 느껴졌다. 마침 ㅁ자형 집에 넓은 안마당이 있어 바람막이가 될 것 같아 그 집 벽에 스크린을 고정시켰다. 반장이 젊은 사람들을 시켜 드문드문 떨어져 있는 집까지 모두 돌며 영화상영이 있음을 알렸다. 소식을 들은 아이들은 숨을 헐떡이며 제일 먼저 달려와 깔아놓은 멍석 맨 앞 좌석을 차지했다. 할아버지, 할머니, 아들, 며느리, 손자까지 온 가족이 모두 참석한 집도 있었다. 참석자들을 휘둘러 본 반장은 아무개 할머니가 안 오셨다며 사람을 다시 보내기까지 하였다.

그리고 보니 이 마을에서는 외양간에 고삐 매놓은 누렁소를 빼놓고는 전부 한자리에 모인 셈이다. 강아지들까지 제 주인을 따라와 낯설게 짖어서 온동네를 시끄럽게 했다. 산속마을 탓인지 빨리 어둠은 칠흑같이 깔리고, 관객들은 멍석과 양쪽 툇마루에 옹기종기 붙어 앉았다. 발전기 돌아가는 엔진소리에 전등불은 파르르 떨며 눈을 부시게 하였다.

영사기 스위치를 넣었다. 램프에 불이 켜지고 릴(reel)이 자르르 소리를 내며 스크린에 펼쳐지는 천연색 영화장면 하나하나는 마을 사람들의 시선을 사로잡았다.

팔도강산 좋을시고 딸을 찾아 백리길/ 팔도강산 얼싸안고 아들 찾아 천리길/ 에헤야 데헤야 우리강산 얼씨구!/ 에헤야 데헤야 우리살림 절씨구! 잘살고 못사는 게 팔자만은 아니더라./ 잘살고 못사는 게 마음먹기 달렸더라.

줄줄이 팔도강산 좋구나, 좋다.

최희준의 주제가가 감동의 메아리로 귓속을 파고들었다. 합죽이 김희갑과 허장강의 코믹연기에 약속이나 한 것처럼 한바탕 웃음이 터져 나오는가 하면, 가난하게 사는 딸이 집에 모처럼 오신 아버지께 드릴 막걸리가 모자라자 효심의 물을 타서 올렸다. 아버지가 첫 입에 이를 알아차렸지만 시치미를 뚝 따고 "아, 막걸리 맛 참 좋다."며 딸을 다독이는 김희갑과 황정순 노부모의 가슴 찡한 자식사랑 연기에 관객들은 모두 훌쩍훌쩍 소리내어 울었다.

릴을 바꾸는 동안 조용했던 마당은 웅성거림이 시작됐다.

"영진이 할머니가 보름만 더 사셨으면 이 좋은 귀경을 했으련만, 참으로 안됐네."

"그러게 말이어유"

그곳에 모인 할머니들의 일치된 탄식이요, 아쉬움이었다. 아마 그것은 함께 영화를 못 본다는 것보다는 그들의 주변을 훌쩍 떠나버린 망자에 대한 그리움이, 그리고 자신들에게도 죽음의 그림자가 인제 닥쳐올지 모르는 인생의 허무함이 이심전심으로 녹아내리는 것 같았다. 보름 전에 노환으로 돌아가셨다니 그 안타까움을 알만했다.

상영 도중에 기계 고장이라도 나면 어떻게 하나하고 노심초사했지만 영사기도 발전기도 말썽 없이 잘 돌아주었다. 소형영사기의 최대 취약점인 필름의 끊어짐도 없이 첫 상영을 성공적으로 마치고 나니 마음이 홀가분하고 기뻤다. 모두 흡족해하는 걸 보니 영화 내용에 큰 감동을 받은 것 같았다. 다음에 또 재미있는 활동사진 갖고 와달라는 간곡한 부탁을 하면서 주민들은 가족단위로 무리지어 뿔뿔이 흩어졌다.

마을이 생긴 이래 영화가 상영된 게 처음이었고 본 것도 처음인 사람이 대부분이었다. 이런 것을 두고 난생처음이란 말이 생겼나 보다. 나 역시 팔자에 없는 영화 상영이 처음이었다. 그들에게 비록 짧은 시간이었지만 한없는 즐거움과 새로운 문명의 한 자락을 가슴속 깊이 심어줄 수 있는 공무원이 된 것에 자부심을 갖게 되었다.

그 해의 봄이 내 곁을 훌쩍 떠나가는 것도 잊은 채 가는 곳마다 그들의 넘치는 기쁨 속에서 나의 보람을 찾으며 슈퍼 8mm영사기와 ≪팔도강산≫ 영화필름이 나의 어깨를 행복하게 누르고 있었다.

쥐의 시련

십이지지(十二地支) 중에 자(子)가 첫 번째로 쥐띠이다. 쥐는 지구에서 포유동물 중 그 수가 가장 많은 야행성동물로 시력은 좋지 않으나 후각은 뛰어나다. 옛부터 예지(叡智)와 다산(多産), 그리고 근면과 저축성이 강한 동물로 여겨왔으며 부(富)를 가져다 줄 것이라 믿었다. 땅속에 굴을 뚫어 은신처를 만들고 먹이를 저장하거나 강철 같은 이빨로 단단한 물체를 갉고 먹는 일 외에는 하루에 20회가 넘는 교미를 한다. 정상적일 경우 한 쌍이 일 년에 1만 5천 마리의 새끼를 번식시킬 수 있다니 쥐처럼 정력적인 다산가는 드물 것 같다. 태곳적부터 쥐는 사람과 가장 근접한 공간에서 공존하고 있지만 혐오감과 피해만 줄 뿐 어떤 도움도 되지 못한다.

지금도 시골에 가면 방 천장을 반자로 한 집이 간혹 있다. 베니어로 만든 반자나 철사를 사각지게 얽고 신문지로 초벌을 바른 뒤 그 위에 도배지를 바른다. 이게 방풍역할도 해주지만 쥐들에게는 전천후 실내 체육관이다. 집주인이 하루의 고단한 몸을 눕혀 잠자리에 들면 반자 위에서는 쥐들의 일상이 요란스럽게 시작된다. 밖에서 어렵사리 얻은 맛있는 먹이를 서로 빼앗기지 않으려는 처절한 밥그릇 싸움이 벌어지는가 하면 암수 짝이 사랑의 줄다리기로 숨이 가쁘다. 쥐는 이렇게 우리 곁에서 쥐방울만한 세(貰)도 한 푼 내지 않으면서 좋은 체육관을 뻔뻔스럽게 제 맘대로 쓰며 산다. 미워도 싫어도 서로 떨어질 수 없는 게 사람과 쥐의 관계이다.

쥐들도 한때 엄청난 시련을 겪었다. 새마을운동 때문에 쥐들은 안정된 삶의 터전을 송두리째 잃고 생명까지 위협을 받게 되었다. 시멘트가 대량으로 보급되어 사람들의 주거환경이 바뀌게 되면서 쥐들은 날카로운 이빨로도 도저히 뚫을 수 없는 강력한 콘크리트의 위력에 둥지와 먹이 보급로를 잃고 '찍' '찍' 슬프게 울어야 했다. 그뿐인가? 냄새 없는 쥐약을 대량으로 생산하여, 온 나라가 한날한시에 쥐약을 놓는 바람에 멋모르고 한입 꿀꺽 삼켰다가 유언 한마디 남기지 못하고 끝내 이 세상을 등지게 되었으니 박정희 대통령에 대한 쥐들의 원성은 하늘을 찌를 것 같다.

새마을운동의 일환인 쥐잡기사업은 평화롭게 전성기를 누리던 쥐들에게는 아주 치명적인 타격이었다. 해마다 무려 200만 석에 달하는 곡식을 먹어치우고 각종 병균의 매개로 흑사병 같은 전염병을 전파시키는 행위에 대한 대못질이었다.

쥐잡기사업을 잘한 읍면동과 개인을 뽑아 상을 내리기도 했다. 그때 요행으로 가문의 멸족을 면한 쥐들은 지금도 부지런히 출산을 늘리면서 제2의 전성기를 꾀하고 있을 것이다. 이렇게 인간과 쥐와의 싸움은 지구가 존재하는 한 승자도 패자도 없이 영원히 지속될 것 같다.

쥐는 미물인가 영물인가? 미물이 틀림없지만 지진 같은 천재지변을 미리 예측할 수 있는 능력은 사람보다 훨씬 나아 보인다. 몇 해 전, 인도네시아의 대지진과 인도양에서 쓰나미가 발생했을 때 이를 미리 안 것은 쥐였다. 만여 명의 사망자와 실종자를 낸 대형참사 몇 분 전에 쥐들이 급박하게 높은 지대로 피신하는 걸 보고 눈치를 챈 원주민들은 해변에서 재빨리 피신하여 화를 면할 수 있었다니 이를 어떻게 이해하여야 할지….

6·25전쟁이 일어날 무렵, 잠시 외가에 머물고 있을 때였다. 오후 서너 시경이었는데 밖에서 시끄러운 소리가 들려 방문을 열어보니 대문 옆 공청(空廳)에서 깜짝 놀랄 광경이 벌어지고 있었다. 수백 마리의 쥐가 새까맣게 떼로 뒤엉켜 무언가 울부짖으며 싸우는 게 마치 기마전 때 상대의 깃발을 빼앗기 위하여 깃발을 중심으로 한데 뭉쳐 싸우는 듯 했다. 평소 같으면 그 시간에 한두 마리의 쥐가 먹이를 찾아 나설 수는 있었겠지만 그렇게 많은 쥐가 한곳에 모인 것은 처음 있는 일이다. 그 모습을 본 사람들은 모두 놀라 혀를 내두르며 아무래도 무슨 일이 일어날 것 같다며 수군거렸다. 쥐들도 그들에게 닥쳐올 위험에 대비해 총회를 연 것일까? 아니면 사람들의 전쟁 놀음에 대한 규탄대회라도 연 것일까?

이 일이 있은 지 얼마 안 있어 6·25전쟁이 일어났고 그 지역은 전장으로 초토화되었다. 텅 빈 터전에는 인적이 끊기고 이름 모를 초목만 우거져 들짐승과 산짐승들의 울부짖음이 고요한 적막을 깼다. 전쟁통에 집주인을 잃은 쥐들은 긴 세월동안 배곯는 서러움도 컸겠지만 재잘대는 사람들의 소리가 더 그립지 않았을까? 제발 앞으로 쥐들의 총회 모습은 볼 수 없어야 할 텐데….

　인간의 건강을 위해 꼭 필요한 쥐들도 있다. 임상실험용으로 쓰이는 생쥐가 있는가 하면 우황청심환의 재료를 얻을 수 있는 사향 쥐도 있다. 2005년 중국에서 처음 사들여 온 사향 쥐는 몸무게가 무려 2kg이나 되고 한 번에 약 5그램 정도의 사향을 추출하는데 그램당 가격은 약 5만원에 이른다. 사향은 '죽은 사람도 살린다.'는 옛말이 있듯이 인체의 막힌 구멍을 열어 그 기운이 살 속과 골수에까지 파고들어 중풍환자나 전신마비환자에게 없어서는 안 될 약재이다.

　사향은 원래 수컷이 암컷을 성적으로 유인할 때 발산하는 일종의 페로몬(Pheromone)인데 그 독특한 향기가 향중에서 으뜸이어서 향수 원료로 쓰인다. 중국에서는 이 쥐에서 사향 생산뿐 아니라 고급요리용으로도 이용되고 있지만 아직 우리나라에서는 식용에는 쓰지 않는다. 그뿐인가. 해마다 애완용 쥐를 기르는 가정이 점차 늘어나고 있어 멸시와 천대를 받는 보잘 것 없는 존재에서 벗어나 사람들로부터 사랑받는 새로운 쥐의 시대가 도래하고 있다.

　쥐처럼 부지런히 일하여 곳간이 풍성하고 이웃이 화평한 사회가 되었으면 하는 바람이다.

홍보(弘報)의 전성기

1972년 4월 22일, 연천군청 문화공보실로 전보 발령되었다. 우리 실에서는 자체 무선국 운영과 순회영화상영, 정부시책홍보, 공보지 발행, 사진촬영 그리고 공연장과 공연물관리 등의 업무를 담당하고 있었다. 규모는 작지만 방음장치가 잘된 방송실과 조종 및 기계실이 갖춰져 있었고 그곳에서 하루 두세 차례씩 자체방송으로 전파를 송출했다. 남녀직원이 아나운서 역할을 맡고 무선기사가 기술부문을 책임졌다. 군민들은 직접 라디오를 통해서 이 방송을 청취할 수 있었다.

그밖에 홍보의 큰 비중을 차지했던 것은 순회영화 상영이었다. 94개의 행정 리를 순차적으로 돌며 야간에 노천에서 영화를 상영하는 일이다. 영화 차에 16mm 영사기를 싣고 마을 구석구석을 누비며 남녀노소 누구나 함께 보고 즐길 수 있는 계몽성 영화를 상영했다. 그 당시 문화의 불모지였던 농촌지역에서 순회영화는 오랫동안 큰 인기를 끌었으며 문화보급에 크게 이바지했다.

당시 관내에는 네 개의 극장이 있었다. 연천극장과 전곡극장, 군인극장 그리고 대광극장 등이다. 한 극장에서 영화 한 프로를 보통 4,

5일 아니면 일주일정도 상영하는데 프로가 바뀔 때마다 군청에 '공연신고'를 하여야 했다. 영화명과 상영기간, 관람료, 관람자 등급(18세 이상, 학생입장 가부), 출연자, 영화줄거리 등이 신고사항인데 대부분 신고한 원안대로 수리된다. 방화와 외화의 비율은 대략 7 : 3 정도였으며 외화의 관람료가 방화에 비하여 다소 비쌌다. 신고서가 접수된 뒤로는 수시로 현장을 방문하여 지도감독을 하여야 한다. 중점적인 점검대상이 신고한 요금대로 관람료를 받고 있나, 비상구는 개방되어 있으며 비상등은 켜져 있는가, 미성년자 관람불가 영화인데도 학생을 포함한 미성년자를 입장시키고 있지 않은가, 상영 전에 애국가와 대한뉴스를 상영하는가, 시설물의 위험요소나 파손된 곳은 없는가 등을 수시로 체크한다. 대부분의 업주들이 규정을 지키고는 있지만 가끔씩 신고한 관람요금보다 더 많이 받거나 미성년자를 입장시키는 사례가 적발되었다. 그런 때는 그들로부터 자인서를 받고 재차 위반하게 되면 영업정지 처분을 내리게 된다.

공연장의 부당행위를 적발하기 위하여 부정기적으로 변장을 해가며 표를 끊고 살며시 입장하여 살피기도 한다. 극장 관계자가 눈치 채지 못할 때도 있지만 기도 보는 사람의 귀신같은 시선에 들켜 암행감시가 무산될 때도 종종 있었다.

단속에 주로 많이 적발되는 것은 미성년자 입장이었다. 이는 마치 악어와 악어새의 관계와 같아서 늘 반복되는 위반사항이다. 입장불가 영화를 더 보고 싶어 하는 미성년자들과 그들로 하여금 입장수입을 좀 더 올려보려는 업주들의 상혼이 찰떡궁합처럼 잘 맞았다.

지금처럼 자율적으로 관람료를 받는 게 아니라 신고한 금액대로만 입장료를 받아야 하므로 업주 측에서는 항상 불만스러워 한다. 때문에 필름 배급사로부터 주말이나 공휴일에 좋은 영화를 배정받게 되면 신고한 요금보다 몇 십 원 더 많게 슬쩍 올려서 받으려고 한다. 물론 관객들은 신고요금을 알 리가 없으므로 매표소에 게시된 요금을 내고 입장하게 된다. 공무원 한 사람이 다른 업무도 산더미 같은데 여기저기 흩어져 있는 극장을 물샐틈없이 감독하기란 사실상 무리다. 그렇지만 나이 끈질기고 철저한 단속에 당혹스러워 하던 일부 극장주들의 모습이 아직도 생생한 기억으로 남는다.

‘새마을공보’지는 8절 4면 신문 형식으로 한 달에 6천여 부를 발행하여 군민들에게 배포하였다. 매월 25일, 전국적으로 일제히 열리는 반상회 전에 발간을 마치고 군 전 지역에 배포하려면 한 달이 늘 짧은 시간이었다. 자료를 수집하여 편집을 하고 교정을 마친 뒤 진한 잉크 냄새를 풍기며 인쇄기를 빠져나오는 공보지는 군민들에게 친근한 벗으로 다가갔다. 그때처럼 홍보활동이 활발했던 적도 없어 보인다. 그 때를 홍보의 전성기로 보아야 할 것 같다.

요즘 매월 후배들이 정성들여 만든 홍보책자를 보내줘서 고맙게 받아보고 있다. A4용지 크기에 컬러판으로 아름답고 깔끔하게 디자인한 서른두 쪽의 홍보물! 그 이름도 ‘여천사랑’으로 바뀌었다. 격세지감이 든다.

추곡수매 시말(始末)

1946년 '미곡수집령'으로 시작된 추곡수매(秋穀收買) 제도는 반세기 넘게 농민들이 아버지 등처럼 편안하게 기댈 수 있는 버팀목이 되어 왔다. 그러나 세계무역기구(WTO)에 가입하면서 시작 58년째인 2004년에 역사의 뒤안길로 사라졌다. 이듬해부터 '공공비축제(公共備蓄制)'로 전환되어 아직까지는 추곡수매제와 유사하게 농가로부터 벼를 사들이고 있으나 2014년이면 이마저도 할 수 없게 된다. 특별한 대책이 없으면 벼농사와 농촌의 앞날이 풍전등화처럼 흔들릴 것 같다.

추곡수매제도는 시중 쌀값이 크게 떨어지는 가을에 비싸게 사뒀다가 이듬해 봄, 시중 쌀값이 많이 오르면 싼 값에 내다 파는 '이중곡가제도(二重穀價制度)'로서 쌀값을 안정시키는데 큰 몫을 해왔다. 정부미(政府米)가 일반미보다 밥맛은 턱없이 떨어지지만 가격이 저렴하기 때문에 농민과 서민들에게 없어서는 안 될 귀한 존재였다. 그로인해 양곡관리예산의 적자(赤子)가 눈덩이처럼 불어났었지만 서민들의 한숨을 덜어준 이 제도는 참 잘한 일로 여겨진다.

‘밥 한 알이 귀신 열을 쫓는다.’는 속담이 있다. 먹고 사는 것이 지상과제였던 시절, 많은 농민들은 봄철만 되면 식량이 떨어져 허기진 배를 움켜쥐었다. 한 해 농사를 짓기 위하여 대여양곡이나 장리쌀을 빌려다 먹는 일이 고장 난 레코드판 돌듯 매년 반복되었다. 어디 그뿐인가, 품삯과 비료, 농약을 구입하기 위하여 여기저기에서 빌려다 쓴 돈이 대추나무에 연 걸리듯 했다. 벼 타작이 끝나기 무섭게 쌀을 팔아 빚을 갚고 나면 이듬해 여름을 지낼 게 큰 걱정으로 다가왔다. 가을철만 되면 헐값이던 쌀값이 봄만 되면 천정부지로 치솟아 그때마다 농민들의 가슴은 가을볕에 가랑잎 마르듯 바싹바싹 타들어 갔었다.

해마다 정기국회에서 추곡수매가(秋穀收買價)가 결정되면 11월초부터 수매가 시작된다. 이 날은 온 동네가 잔치 분위기이다. 일 년 동안 애써 지은 벼의 품질을 평가받고 모처럼 목돈을 손에 쥐어볼 수 있는 날이기 때문이다.

마을의 넓은 공터가 모자라 길가에까지 만리장성처럼 즐비하게 쌓인 수천 개(보통 2~3천)의 벼 가마는 마치 가슴을 졸이며 간택을 기다리는 규수들처럼 검사관의 판정을 기다린다. 수매 날에 꼭 좋아야 할 두 가지가 있다면 첫째는 날씨요, 그 다음이 검사관의 심기(心氣)이다. 날씨가 카랑카랑하게 맑아야 벼 등급이 좋게 나온다. 그러나 날씨 못지않게 그 날 검사관의 기분이 좋아야 좋은 등급이 나올 수 있다. 그래서 공판장(共販場)에서는 검사관의 비위를 맞추고 심기를 건드리지 않으려고 모두들 언행을 조심 또 조심한다.

검사관은 창처럼 뾰족하게 생긴 삭대로 벼 가마를 쿡쿡 찔러 벼 알을 꺼내 손으로 일일이 만져보고 수분함량과 곡질(穀質), 그리고 손질

상태를 파악하여 등급을 매긴다. 손놀림은 번개같이 민첩하지만 판정은 귀신 뺨칠 정도로 정확하다. 1, 2, 3등과 등외(等外)로 구분하여 가마니에 물감 물로 등급표시를 찍으면 그것에 따라 곡주(穀主)는 돈을 받는다. 출하한 벼 전부를 1등으로 판정받기를 간절히 바라는 게 마치 올림픽에서 금메달 따기를 바라는 거나 다를 바가 없다. 검사관 중에는 등급을 비교적 후하게 주는 사람이 있는가 하면 학점 짜기로 소문난 교수가 있듯이 등급을 짜게 주는 사람도 간혹 있다. 그렇게 소문이 난 사람을 만나면 농민들은 더 바싹 긴장을 하게 마련이다.

근래 들어 자치단체는 물론 개인별로 수매물량을 좀 더 많이 배정받기 위하여 서로 앞 다투어 경쟁을 벌인다. 수매가가 시중 쌀 시세보다 높은 탓도 있지만 쌀 소비가 줄어든 탓에 시중판매가 용이하지 않기 때문에 더욱 그렇다.

그러나 7, 80년대에는 이와 정반대였다. 추곡수매는 공무원들의 큰 애물단지였다. 늘 수매목표량을 채우지 못하여 곤혹을 치렀다. 수매가가 흡족하지 못한 탓도 있었지만 마케팅에 능한 일부 미곡 상인들의 농간도 컸다. 고양이가 쥐 길목 지키듯 추곡가가 책정되기만을 기다렸다가 국회에서 가격이 결정되면 그 가격보다 약간 더 높은 값으로 쌀을 마구 사들였다. ‘외할머니 떡도 커야 사먹는다’고 농민들은 한 푼이라도 더 주는 그들에게 쌀을 내다팔고 정부 수매에는 소극적일 수밖에 없었다. 속이 숯가마처럼 타는 건 일선 공무원들이었다. 추곡수매 때만 되면 마을에 상주하다시피 하며 수매를 독려하여야 했다. 농가를 일일이 방문하면서 “저를 봐서라도 몇 가마만 수매해 달라.”며 구걸하듯 사정을 하지만 벼 가마는 쉽게 굴러 나오지 않는다.

목표량을 채우기 위한 마지막 수단으로 일가친척이나 선후배를 찾아가 도움을 청하기도 한다. 그때마다 "내가 당신 체면을 봐서 몇 가마만 매상해 주지…." 하면서 선심 쓰듯 응해주는 사람이 있어 간신히 목표량을 채울 때가 다반사였다. 농민들은 야박하지 않았다. 안달하는 공무원들의 모습을 보면 못 이긴 척하고 여분 벼를 꺼내 수매에 응해 주는 옹기처럼 투박한 농심이 그들에겐 있었다. 그 덕에 군량미가 부족하여 군인들이 배를 곯는 일이 없었고 이듬해 값싼 정부미로 방출되어 서민들의 납덩이처럼 무거운 시름을 덜어 줄 수 있었다.

추곡수매제도와 함께 숱한 세월을 가난의 굴레에서 벗어나지 못하고 살아온 순박한 농민들! 하루속히 잘 사는 농촌으로 탈바꿈되었으면 좋으련만 우루과이라운드(UR)와 FTA가 체결된 이래 갈수록 농민들이 설 땅이 오쟁이 안처럼 점점 좁아져 가고 있다. 농자천하지대본(農者天下之大本)은 아니어도 좋다. 그저 농민들이 어깨를 쭉 펴고 활짝 웃는 그 날이 왔으면 하는 게 지방행정을 맡았던 사람의 간절한 소망이다.

지난 여러 세월동안 내 어깨를 무겁게 짓누르던 추곡수매란 단어가 이 가을에도 내 가슴에 메아리쳐 온다.

한탄강 굽이마다

한탄강(漢灘江)은 강원도 평강군 현내면 상원리 장암산(長岩山 1,052m)에서 발원하여 경기도 연천군 군남면 남계리 도감포(都監浦)에 이르러 임진강과 합류하면서 총연장 144km의 여정을 마치는 하천이다. 강 주변에는 기암괴석으로 된 재인폭포를 비롯해 아우라지, 화적연, 비둘기낭, 고석정, 칠담, 직탕 등 수많은 명승지가 있다.

강 이름을 언제 누가 지었는지 분명하지 않으나 하류지역에 대탄(大灘: 한여울)이란 곳이 있기 때문에 붙여진 것으로 추측된다. 김시습(金時習, 1435~1493)이 금강산엘 가던 길에 이 강을 건너며

"건널목의 물결은 맑고도 얕아/ 흐름 보니 고기를 셀 수가 있네(渡口波淸淺/ 臨流可數魚)…"

라고 읊은 〈도대탄(渡大灘)〉이란 시가 이를 뒷받침해준다.

예부터 좋은 이름에서 발복한다고 믿는 사람들이 많다. 자손이 태어나거나 새로 회사를 설립하면 유명한 작명소를 찾아가 이름을 골라 짓기도 한다. 강 이름이 발음상으로 한탄(恨歎)이란 의미도 있기 때문일까? 이 강은 수많은 난세를 겪으며 갖가지 희비애락을 굽이굽이마

다 끌어안고 오늘도 휴전선을 넘나들며 흐른다. 안되면 조상 탓 한다더니 요즘 이름이 좋지 않다며 개명을 주장하는 사람들도 있다.

895년 후고구려를 세우고 스스로 개국군(開國君)이라고 칭했던 궁예가 왕건에게 폐망하자 한탄강이 굽이쳐 흐르는 철원에서 통분의 한탄을 하며 생을 마감했다. 1592년(선조 25년)에는 왜적에게 대탄(한탄강) 방어선이 무너지고 삭녕까지 밀리는 싸움에서 경기도 관찰사 심대(沈岱)가 무참히 살해됐다. 그 후 5년 동안이나 이곳에서 왜적들의 분탕질이 계속되는 수난을 겪었다.

1945년 8월 15일, 광복과 동시에 이 강을 경계로 남북으로 분단되었고, 6·25전쟁이 일어날 때까지 강을 사이에 두고 같은 민족끼리 총부리를 겨누며 자유로운 왕래조차 할 수 없는 비운을 겪었다. 1983년 H사에서 전곡읍 신답리와 청산면 궁평리 일원에 소수력발전용으로 1,300만 톤 규모의 연천댐을 지었다. 댐이 생긴 후 가난한 집 제삿날 돌아오듯 해마다 크고 작은 수해피해가 이어져 오다가 1996년과 1999년 두 차례의 대홍수로 댐의 양안이 붕괴되자 결국 지은 지 불과 13년 만에 댐을 완전히 철거해 버렸다.

한탄강유원지에도 한때 영광의 시대가 있었다. 물이 옥수처럼 맑고 깨끗하기로 소문난 이곳은 1970년대 초반까지는 식수로 사용할 정도였다. 이 강은 '고기 반 물 반'이라는 용어로 통했다. 쏘가리, 잉어, 누치, 바가사리, 참게 등 많은 물고기가 서식하고 있어 미식가들을 매혹시켰다.

1970년대 초에 '한탄강유원지'를 조성했다. 수정처럼 맑은 물과 햇볕에 반짝이는 드넓은 백사장! 그곳은 서울을 비롯한 수도권 사람들을 유혹했다. 도시민들이 장마철 구름처럼 몰려들었다. 급기야 한탄강 간이역을 신설하고 임시 열차까지 운행할 정도로 인파가 붐벼 40여만 평의 유원지가 턱없이 비좁았다. 시내로 이어지는 도로 주변까지 인산인해를 이뤘다. 유원지는 물론 시내의 상점에 식료품과 생필품이 모두 바닥이 났고 상인들은 즐거운 비명 속에 호황을 누렸다. 한여름 동안 장사로 번 돈을 세어볼 틈이 없어 더블 백에 처넣었다가 며칠 밤을 새워가며 돈을 세느라 혼이 났었다며 꿈같던 그 시절을 회상하는 사람도 있다.

반면 공무원들은 공휴일도 반납해가며 사고예방과 치안유지, 오물 수거 작업에 눈코 뜰 새가 없었다. 하루에 수백 톤의 오물이 쏟아져 나왔다. 사건 사고도 끊이지 않았다. 수영 미숙이나 유난히 심한 냉온차이 때문에 심장마비로 한 해에 수십 명씩 아까운 생명을 잃기도 했다.

어느 해 여름 토요일 밤이었다. 장대비가 쉴 새 없이 퍼붓더니 유원지가 침수될 위기에 처했다. 자정이 지난 시간에 비상소집된 공무원들은 야영중인 피서객들을 고지대로 대피시키기 위하여 빗속을 뚫고 이리저리 뛰었다. 강가에 밀림처럼 빽빽하게 들어찬 야영텐트를 두드리며 곤한 잠에 빠져있는 사람들을 깨워 대피시켰다. 가족이 함께 온 야영객은 그런대로 잘 따라주는 편이나 10, 20대들은 막무가내였다. 텐트 밑에까지 황토물이 밀려오는데도 아랑곳하지 않는 철부지들은 서로 부둥켜안은 채 뜨거운 사랑의 끈을 놓으려 하지 않았다. 텐트를 쓰러뜨려가며 목이 쉬도록 고래고래 소리를 질러도

"아저씨, 죽어도 우리가 죽고 살아도 우리가 살아요."

라며 귀찮게 참견하지 말라며 대드는 애들도 있었다. 조금 전까지도

용광로처럼 뜨거웠던 사랑의 보금자리는 불어난 황토물이 송두리째 집어 삼켜 흔적도 없었다. 칠흑 같은 어둠 속에 장대비를 맞으며 고지대로 피신했던 그들도 이제 불혹의 나이를 훨씬 넘겼겠지만 그 날의 악몽 속에 황홀했던 추억은 결코 잊지 못할 것 같다.

그러나 강 주변에 인구가 늘어나고 동두천 지역에 피혁, 염색 등 후진국형 공해유발 공장이 우후죽순처럼 들어서면서 강물이 급속하게 오염되기 시작했다. 특히 신천의 오염도는 심각했다. 먹물처럼 검게 썩고 심한 악취가 풍겨 물고기는 물론 미생물까지 살 수 없는 죽은 강으로 변했다. 수영조차 할 수 없는 저급수로 변하면서 사람들의 발길이 뚝 끊어졌다. 상인들은 장사가 될 리 없고 해마다 수마는 연례행사처럼 유원지를 할퀴고 지나갔다.

군(郡)에서는 30여 년간 많은 예산을 그곳에 퍼부었다. 마치 밑 빠진 독에 물 붓는 형국이었다. 투자만 했을 뿐 한 푼의 입장료도 받지 못한 유원지였다. 결국 2004년 유원지내 상가에 대한 보상을 끝내고 건물을 모두 철거하였다. 그동안 애물단지처럼 말도 많고 탈도 많았던 '한탄강유원지'는 조성된 지 30여년 만에 역사의 뒤안길로 사라졌다가 그 뒤에 제방을 돋아쌓고 고지대에 새로운 유원지를 조성했다.

댐이 철거된 게 엊그제인데 다시 강 허리를 꽁꽁 묶어 홍수조절용 '한탄강 댐'을 짓고 있다. 비경을 자랑하는 재인폭포를 비롯한 수많은 명승지들이 꼼짝없이 수장될 기구한 운명에 처했다. 누대를 살아온 삶의 터전을 잃게 된 유역 주민들의 한탄과 절규하는 목소리가 한탄강 굽이마다 메아리치고 있다.

살갗이 벗겨지도록

강한 햇볕을 쬐면 한두 차례 살갗이 허옇게 벗겨지는 것은 예사지만 세 번씩이나 벗겨져 보기는 처음이었다. 벌여놓은 사업장을 일일이 돌아보기 위해 한 해 동안 오토바이로 16,000㎞가 넘게 오갔으니 그럴 만도 하다. 서울에서 부산을 스무 번 넘게 왕복한 셈이다.

1977년 3월 15일, 개발계장으로 발탁되었다. 내가 맡은 업무는 지붕개량, 소도읍 가꾸기, 한수이북 주요도로변 정돈, 철도변 정비사업 등 새마을운동의 핵이라고 할 수 있는 주요사업들이었다. 발령장을 받자마자 군수 차에 동승한 나는 군청에서 20여km 떨어진 백학면(百鶴面)에 도착했다. 북한이 뚫은 제1땅굴이 최초 발견된 곳이다. 구석구석을 함께 돌아보고 난 후 군수는 "당신은 지금 돌아본 이 지역의 초가지붕을 완전하게 개량하기 전에는 청(廳)에 들어오지 말라."는 것이었다. 이곳은 수년 전부터 개량사업을 추진해 왔지만 주민들의 경제적 능력과 의지부족으로 지금까지 낙후성을 탈피하지 못하고 있는 곳이었다. 그 많은 초가집들을 일시에 전부 개량한다는 것은 거의 불가능한 일이었다. 눈앞이 캄캄했다. 그렇지만 새마을운동에 불가능은 있을 수 없다. 기어코 해내고 말겠다는 결의를 마음속으로 다졌다.

우선 면소재지에 있는 조그만 여인숙에 하숙을 정했다. 이 엄청난 사업을 추진하려면 주민들과 호흡을 같이 하지 않고서는 도저히 불가능한 일이기에 그 지역에서 유숙하기로 했다. 농민들은 일터에 나가기 전이 이른 새벽이나 저녁이 아니면 만날 수 없기 때문에 아침에 눈을 뜨자마자 부락으로 달려 나갔다. 관할 면장과 함께 부락을 돌며 주민들을 일일이 만나 사업을 독려하고 밤에는 부락별로 반상회를 열어 사업설명을 했다.

사업 성패의 관건인 초기 붐 조성과 경쟁심 유발에 최대의 역점을 두었다. 오늘 개량 신청한 집에 이튿날이면 작업이 이루어질 수 있도록 특별한 조치를 취했다. 이를 지켜본 주민들은 발 빠른 추진에 믿음을 갖게 되었고 한 집 두 집 개량자가 늘어나면서 이웃 간에 서로 지지 않으려는 경쟁심이 사업을 빠르게 진척시키는 계기가 되었다. 잠에서 깨어나지 못하고 조용하기만 했던 마을이 순식간에 공사장으로 변해 북적거렸다. 마을마다 수십 트럭의 슬레이트와 목재가 반입되고 수십 명의 목수와 인부가 작업에 투입되었다. 개량을 포기했던 사람들도 뒤질세라 사업에 참여하기 시작했다.

시작한 지 두 달여 만에 두일, 백령, 노곡리 지역의 그 많던 초가집들은 기와형 슬레이트로 말끔하게 개량되었다. 처음에는 누구도 불가능한 일로 생각하고 엄두를 내지 못했지만 새마을운동의 위력은 이렇게 상상을 초월한 성과로 나타났다.

또한 소하천 정비사업과 도로변 절개지 사방사업을 위하여 하루에 4,5백 명의 군 병력과 트럭, 불도저 등의 장비를 지원받아 민관군 합동으로 사업을 추진했다. 아무렇게나 방치된 하천 제방을 군장비로 다듬어 돌망태를 설치하는 작업에는 많은 인력과 호박돌이 필요했다. 하루 2개 대대병력이 동원되어 이 일을 해냈다. 면 부녀회원 이십여 명이 매일 나와 하천 변에 가마솥을 걸고 수백 명의 군인들에게 국수를 삶아 새참을 제공해 주었다. 지금도 그 풋풋한 인심과 협동심을 잊을 수가 없다.

이때 나의 유일한 교통수단은 90cc 오토바이였다. 다른 부서에는 이마저 없었지만 방대한 사업장을 관리하라라며 특별히 내게 지급해 준 기동장비였다. 이를 이용해 일 년 내내 사업장을 돌며 현장을 챙기다 보니 노출된 신체 부위가 햇볕에 그을려 흑인을 방불케 하고 팔과 목 부분의 살갗은 몇 번씩 벗겨졌다 아물기를 반복했다. 일 년 동안 분주하게 동분서주한 결과 주변 환경이 몰라보게 달라졌다.

겨우 한숨을 돌리는가 했는데 군수께서 다시 나를 불러 "그동안 고생이 참 많았는데 주택계장을 맡아 관내에 깔려있는 불량주택들을 개량해 달라"는 당부를 했다. 인사발령을 하면 그만인 상명하복의 관계이지만 힘든 사업에 시달린 사람에게 남들이 꺼려하는 힘든 업무를 또 맡기는 것이 인간적으로 미안했던 모양이다.

1978년 3월 1일 직제개편에 따라 신설되는 초대 주택계장 직을 맡게 되었다. 군수가 야속하기도 했지만 "이 일을 해낼 사람은 당신밖에 없다"는 상사가 부하에게 흔히 쓰는 말에 위안을 삼을 수밖에 없었다.

다시 새로운 사업추진을 구상하기 위하여 한탄교에서 대광리역까지 20km 구간을 도보로 걸으면서 개축대상 불량주택을 일일이 조사하고 요도(要圖) 작성과 사진을 전부 찍었다. 그리고 백여 동의 개축대상자의 현황을 파악하고 개축신청을 받았으나 예상대로 신청자는 몇 집에 불과했다. 도로변의 다 쓰러져가는 주택에 사는 사람들이 주택을 개축할 능력이 있을 리가 만무했다. 당시 국도 변의 모든 불량주택은 이유를 불문하고 이·개축(移改築)하라는 상부의 엄명이 떨어져 있었기 때문에 개량능력 유무가 중요하지 않았다. 이것이 바로 새마을운동이었다.

접도구역(接道區域) 밖에 있는 집은 그 자리에서 재건축하게 하였지만 저촉되는 집은 다른 곳으로 이축할 수밖에 없었다. 그러나 살던 곳을 떠나지 않으려는 습성 때문에 어려움이 더욱 컸다. 대안으로 인근의 토지를 매입케 하고 200여 평씩 분할해 주는 방법으로 문제를 해결했다.

건축기술자와 시멘트 벽돌, 시멘트 블록, 목재 등을 적기에 공급해 주고 불량시공이 되지 않도록 관리감독을 철저히 했다. 수백 동의 집을 개축하면서 별의별 우여곡절도 많이 겪어야 했다.

어려운 사람들은 자부담능력이 없어 보조금과 융자금만으로 주택을 개축하였는데 개중에는 양식이 떨어져 끼니를 잇지 못하는 사람도 있어 쌀을 사다 준 일도 있다. 장판 깔 형편이 없는 집엔 장판두 깔아 주어야 했다. 집터를 잡아달라고 고집하는 사람에게 내 손으로 터를 잡아 주어야 했고, 돈이 필요한 사람에는 융자를 알선해 주기도 했다. 잠시만 안 봐도 부실공사를 하려는 시공업자를 단속하고 잘못 시공한 것은 사정없이 허물고 재시공케 하던 일, 새집으로 이사 간 후 헌집을 그대로 방치하여 직원들과 함께 철거하고 뒷정리를 해주던 일 등 어느 것 하나 쉬운 일이 없었다.

'노력은 성공의 어머니'라 했듯이 끈질긴 노력 끝에 그 많던 3번국

도변의 불량주택 중 2, 3동을 제외하고 모두 깨끗하게 개축을 끝내고 산뜻하게 지붕도색까지 마쳤다. 수고가 많았다는 군수의 격려와 함께 1979년 5월 28일 내무과 감사계장으로 자리를 옮기게 되었다.

4천 리가 넘는 새마을 사업장을 오가며 살갖이 검게 타고 벗겨지도록 열정적으로 일했던 그때가 내 공직생활 33여년 중 가장 힘들었지만 한편으론 가장 보람 있었던 때로 기억된다.

공직을 떠난 지금, 시원하게 뚫린 국도 3호선을 달릴 때마다 나의 손때와 땀이 배어있는 낯익은 풍경들에서 시야가 멈춰지고, 우직한 머슴처럼 열심히 일하던 그 날의 추억들이 주마등처럼 스쳐간다.

오토바이에 얽힌 추억

　서른 살 되던 해인 1972년 봄, 나는 갑자기 군남면에서 연천군청으로 전보발령이 났다. 남들은 상급기관으로 영전했다고 축하를 해주었지만 나는 기쁨 반 걱정 반이었다. 제일 큰 걱정꺼리는 통근거리가 멀뿐 아니라 교통편이 불편한 것이었다. 집에서 십 리를 걸어 나와야 버스나 기차를 탈 수 있어 제 시간에 출퇴근을 하려면 새벽같이 집을 나서야 하는데 하루 이틀 다닐 직장도 아니니 기뻐할 문제가 아니었다. 오토바이를 구입해서 통근을 하던가, 아니면 직장 옆으로 아주 이사를 하여야 했다.

　그러나 근무지가 바뀔 때마다 삶의 터전을 옮길 수도 없는 일이니 우선 오토바이를 구입하기로 했다. 평소 때보다 소요시간이 절반가량 줄고 원하는 시간에 자유롭게 오갈 수가 있어 좋았다. 특히 야근을 밥 먹듯 하던 8급 시절이었으나 늦게까지 야근을 해도 차편을 걱정할 필요가 없었다. 자정을 넘기면 통금시간에 걸려 꼼짝도 할 수 없었을 때였으니 일을 하다가 늦으면 사무실에서 새우잠을 잔 게 한두 번이 아니었다. 지금처럼 주 5일 근무제도 아니고 토요일 오후나 일요일을 집에서 마음 놓고 쉴 수 있는 시절이 아니었다.

오토바이는 비나 눈이 올 때가 가장 불편하고 위험하다. 영하의 날씨에 노출된 몸으로 도로를 달리면 세상 찬바람이 모두 내 몸으로 빨려들어 오는 것 같았다. 바람을 잘 막아주는 옷은 가죽점퍼만한 게 없다. 그도 아니면 신문용지를 가슴속에 집어넣고 타면 엄청난 온도차이를 느낄 수 있다. 그때는 전국의 도로 포장률이 매우 낮았다. 내가 매일 조석으로 달려야 하는 국도3호선도 울퉁불퉁한 비포장 도로였다. 자동차에게 추월당할 때마다 뿌연 흙먼지가 일어 앞이 잘 보이질 않았다. 새로 갈아입은 와이셔츠의 깃이 금세 누런 먼지로 찌들었다. 사십여 리를 털털거리며 운행을 마치면 입안에서 먼지가 지끔거리고 얼굴은 화장한 것처럼 뽀얘졌다.

그때만 해도 교통량이 매우 적을 때였다. 관내의 자동차 총 수가 스무 대를 넘지 못했다. 군청에는 군수전용 지프차, 공보실 영화차, 보건소 구급차, 건설과 덤프트럭 등이 전부였고 민간병원 구급차 두어 대와 자가용 한두 대 그리고 큰 상가의 화물차 몇 대가 전부였으니 도로는 대체로 한산했다. 1년 넘게 오토바이로 통근을 해 보았지만 할 노릇이 아니었다. 7급으로 승진되면서 책임감과 업무량도 더욱 많아져 할 수 없이 18년간 정들었던 제2의 고향인 남계리(楠溪里)를 떠나 군청 옆에 있는 허름한 집을 사서 수리한 후 이사를 했다. 방 둘에 부엌 하나 그리고 두 평 남짓한 구멍가게가 달린 집이었다.

오토바이를 타면서 잊지 못할 에피소드가 많지만 1974년 2월에 겪었던 일은 지금까지 잊을 수가 없다. 다음날 오전 10시에 열리는 '군 새마을지도자대회'에서 써야 할 유인물의 원고작성이 밤 11시 경에야 끝났다. 거래하는 인쇄소(白一社)에 미리 알려 종업원을 대기시키고 밤샘으로 인쇄를 끝내야 하는 원고를 주섬주섬 각봉투에 챙겨 오토바이 뒤에 싣고 끈으로 꽁꽁 묶은 뒤 군청에서 11Km가량 떨어진 인쇄소를 향해 달렸다. 인쇄소에 도착하니 밤늦은 시간인데 사장님과 직원들이 원고가 오기를 기다리고 있었다. 오토바이에서 서류봉투를 꺼내 열었다. 이게 어이된 일인가. 50여 매의 원고 중에 달랑 한 장만이 남아 제자리를 지키고 있었다. 기가 막혀 말이 나오지 않았다. 고무줄이 아닌 끈으로 서류를 묶어 요철이 심한 비포장도로에서 오토바이가 털털거리며 달릴 때 슬금슬금 도망쳐나간 것이다.

이튿날 있을 일 년 중 가장 중요한 행사에 큰 차질을 빚을 수도 있는 사건이 벌어진 것이다. 벌에 쐰 사람처럼 급히 오토바이를 되돌려 왔던 길을 샅샅이 되짚어 가면서 칠흑 같은 어둠속에 희끗희끗하게 보이는 종잇조각들을 보물처럼 주워 모았다. 원고는 비포장도로 바닥과 하수구에 삐라처럼 바람에 날려 여기저기 나뒹굴고 있었다. 오토바이 라이트를 비춰가며 한 장 한 장씩 주워 모았다. 어떤 것은 자동차 바퀴에 짓밟혀 구멍이 뚫려 글자 일부가 식별되지 않는가 하면 어느 것은 흙탕물에 빠져 흠뻑 젖어 있었다. 밤중에 미친 사람처럼 인적이 드문 벌판길을 허둥거리며 수거를 한 끝에 다행스럽게 한 장을 제외한 원고 전부를 찾아냈다. 등에서는 식은땀이 흘러내리고 있었지만 그래도 안도의 한숨이 나왔다. 우선 주워 모은 원고를 인쇄소에 넘겨준 뒤 못 찾은 그 한 장을 찾기 위하여 다시 찬찬히 전 구간을 살피고 또 살폈지만 헛수고였다. 찾지 못한 한 장을 확인해 보니 행사시 남녀 대표지도자가 단상 앞에 나와 낭독할 '우리의 결의문'이었다. 다음날 아침에 도청 담당자가 출근하기를 기다렸다가 전화로 내용을 받아 적어 타이핑과 복사를 한 뒤 밤새 인쇄된 유인물에 끼워 넣었다. 마치

007작전을 방불케 하는 일사불란한 움직임으로 행사를 무사히 마칠 수 있었다.

요즈음은 컴퓨터에서 작성한 문서를 '보내기' 한번만 클릭하면 천 릿길 만릿길도 단숨에 상대방에게 전해지고 수십만 페이지에 달하는 분량의 원고도 손톱 크기만 한 USB에 입력하여 호주머니에 넣고 다니는 세상을 살고 있으니 얼마나 좋은 세상인가.

4차선 아스팔트로 시원하게 포장된 그 길을 삼십팔 년 전 그때처럼 오토바이 액셀을 힘껏 당겨보고 싶다.

내 인생의 돛, 글쓰기

글쓰기의 첫 단추는 뭐니 뭐니 해도 초등학교 때 방학숙제로 쓰던 일기가 아닐까? 방학 동안에 쓴 일기장을 학교에 내면 선생님께서는 "아주 잘 썼어요. 앞으로 열심히 써요."라고 일기장 말미에 적어 주셨다. 하지만 마지못해 숙제로 시작한 일기는 방학이 끝나자마자 흐지부지 중단하는 게 보편적이다.

중학생 때의 일이다. 대구에 있는 〈한국 학생신문〉사의 기자 모집 공고를 보고 이력서와 함께 사진을 보냈더니 얼마 후 멋있는 기자증이 우편으로 배달되었다. 중에는 내 이름이 또렷하게 새겨져 있고 이름 밑에 커다란 도장이 찍혀 있었다. 그리고 거기엔 권위를 상징하기라도 하듯 빨간 두 줄로 대각선을 요란스럽게 그어 놓았다. 그때부터 육하원칙을 익히고 그 틀에 맞춰 기사를 써서 신문사로 송고했다. 기사는 주로 학교소식이나 학교 글짓기에서 뽑힌 글 등을 모아 보냈다. 비록 짧은 기사를 쓰는 일이었지만 이것이 두 번째 글쓰기에 대한 접근이었다.

공직에 입문한 이듬해부터 새마을운동이 시작되었다. 1970년 내무부(지금의 행정안전부)에서 ≪농로백서(農路白書)≫를 발간하면서 농로사업추진에 따른 수기를 모집했다. 나는 〈횃불을 밝히는 마을〉이라는 제목의 글로 응모했다. 한 마을(進祥 2里)의 농로개설사업을 추진하면서 편입 토지 땅주인들의 반대를 끈질긴 설득으로 극복하고 사업을 성공적으로 이끈 내용이었다. 얼마 후 백서가 출간되어 전국에 배포되었다. 그 백서에는 단 한 편의 수기가 실렸는데 그게 다름 아닌 내 글이었다. 나에겐 큰 행운이었다.

다음해에도 새마을운동 성공사례 수기를 전국공무원과 새마을지도자를 대상으로 공모했다. 나는 여기에 〈새마을 가꾸기 사업을 끝내고〉라는 제목으로 또 글을 보냈다. 새마을 가꾸기 사업을 통해서 둘로 분열됐던 마을 주민들을 하나로 화합시키는 계기를 만든 사례였다. 1971년 12월. 내무부는 ≪지방행정 시책에 있어서 성공한 예≫라는 책자를 발간하여 전국 시군구 읍 면 동 리에 배포하였다. 책에는 모두 스무 명의 글이 뽑혀 실려 있었는데 내 글이 첫 페이지에 실려 있었다.

며칠 뒤 내무부에서 '현금등기우편물' 한 통이 배달되었다. 봉투를 여는 순간 나는 마치 첫선 보는 사람처럼 가슴이 두근거렸다. 보내는 사람은 '내무부장관 김현옥.' '경리계장 이호선.'(후에 이분이 연천군수로 부임)이라고 적혀 있었다. 최 말단 면서기가 내무부장관이 보낸 고료를 받아 들었으니 얼마나 가슴이 설레고 기쁜 일인가. 현금봉투에는 잉크 냄새도 채 가시지 않은 신권 6천 원이 들어 있었다. 전혀 생각지도 못한 원고료였다. 난생처음 받은 고료치고는 꽤 많은 금액이었다. 그 당시 내 봉급의 1/4에 해당하는 금액이었다. 제일 먼저 어머니에게 글 실린 책과 고료봉투를 드렸더니 아들이 무슨 벼슬이라도 딴 것처럼 크게 기뻐해 주셨다. 고료의 일부를 잘라 동료직원들과 식사를 같이하며 기쁨을 나눴다.

　면에서는 물론 군청에서 윗분들의 격려가 잇따랐다. 기관의 명예를 빛냈다며 칭찬을 아끼지 않았다. 그리고 두 편의 글을 군에서 매월 발행하는 〈새마을공보〉지에 연재하여 많은 군민들이 볼 수 있게 하였다. 내 사진과 함께 각 4회씩 모두 8회에 걸쳐 연재되었다. 이렇게 직원의 글이 공보지에 연재된 게 처음 있는 일이었다. 이를 계기로 내 인지도는 차츰 높아졌다.

　이 일이 있은 지 얼마 안 되어 나는 군남면사무소에서 군청 문화공보실로 발탁되었다. 그 동기는 연이어 두 차례씩이나 내무부에서 발간한 책에 글이 뽑혀 실렸고, 이어 수기가 군공보지에 매월 연재된 게 발탁의 계기가 되었다고 할 수 있다.

　2000년 10월에는 감사원 기관지 계간 ≪監査≫지에 〈중앙정부와 자치단체가 힘을 모으면 홍수는 있되 수해는 없다〉라는 수해극복 사례를 투고하여 실린 게 재직 중 마지막 글이었다.

　2003년 12월. 인터넷을 통하여 생활글쓰기 수강생모집 안내를 보고 현대백화점 미아점에 수강신청을 했다. 강의를 통하여 그동안 짬짬이 써온 글들을 정리하기 위해서였다. 한 학기만 수강하면 되겠지, 하는 생각으로 9층 7강의실을 찾았다. 강의실에 들어서려다 그만 뒷걸음질을 치고 말았다. 강의실에는 남자는 한 명도 없고 여성들뿐이어서 혹시 강의실을 잘못 찾은 줄로 착각했다. 그때 회장(최해미)이 나를 반갑게 맞아주면서 자리로 안내해 주었다. 첫 시간, 개별적으로 앞에 나가 자기소개를 하는 순서가 있었다. 시커먼 점퍼 차림으로 준비도 없이 나갔다가 여성 일색인 좁은 공간 앞에 나서서 내 소개를 하려니 긴장도 되고 떨리기까지 했다. 내세울 게 별로 없는 내 소개를 마치고 자리에 앉았으나 모든 여성들의 시선들이 낯설게만 느껴졌다. 그러나 시간이 갈수록 화롯불처럼 따뜻한 마음을 가진 그녀들에게 이끌려 한 학기 한 학기가 달빛에 구름 스치듯 흘러갔다.

이렇게 임헌영 교수님을 만난 건 내게 큰 행운이었다. 빈틈없는 합평과 날카로운 지적을 수없이 받으며 9년이란 세월이 번개처럼 훌쩍 지나갔다. 그동안에 수필 〈감자와 동침〉으로 등단도 했다.

바지저고리 만화가 이두호의 자서전 제목에 ≪무식하면 용감하다≫고 했듯이 글쓰기에 미숙한 내가 글 쓰는 것에 용감하게 나섰던 일들이 지금 생각하면 오줌싸개 아이가 키 쓰고 소금 받으러 나설 때처럼 부끄럽기만 하다. 아직 내 글은 부족하다. 그렇지만 글쓰기는 내 삶과 함께 계속될 것이다.

웅변으로 받은 면장 상

―수상여담(受賞餘談)·Ⅰ

세상에 상 안 받아 본 사람은 별로 없을 것 같다. 학창시절을 보내면서 이런 저런 상을 받고 기뻐들 하지 않았는가. 우등상, 개근상, 과제물 우수상, 특별활동상 등 종류도 다양하니 그중에서 몇 개쯤은 손에 쥘 수도 있는 게 상이다. 사회생활을 하는 동안에도 올곧은 마음을 갖고 열심히 일하다보면 크고 작은 상을 받게 마련이다. 어떤 사람은 상복이 있어 많은 상을 받는가 하면, 남보다 일을 더 많이 하면서도 상하고는 인연이 먼 사람도 더러는 있다. 그래서 상복도 타고나야 하는가보다.

나 역시 학교에서 받은 상 말고 오랜 직장생활을 하면서 여러 번 상을 받았다. 시골 면장 상으로부터 시작해 군수, 도지사, 장관, 포장, 훈장에 이르기까지 우리나라의 계층별 행정조직의 장으로부터 골고루 상을 받은 셈이다. 그리 보면 나도 어느 정도의 상복은 있었다고 생각된다.

초등학교 6학년 때였다. 6·25 날을 맞아 면(面) 주관으로 관내 학

생 웅변대회가 열린 적이 있다. 반공을 국시로 하던 때라 해마다 곳곳
에서 이런 행사가 열렸다. 학교에서 여덟 명의 연사가 참가하는 작은
행사였는데 나도 그중의 한 사람이었다. 연제는 〈상기하자! 6·25〉이
었다. 면사무소 앞마당에 조그맣게 연단을 설치하고 연대를 올려놓았
다. 그 앞에는 학교장, 면장, 지서장과 공무원 그리고 주민과 학생들
이 유월의 뜨거운 햇볕을 머리에 이고 자리를 했다. 정전협정이 이루
어진 지 얼마 되지 않은 어렵고 어수선한 시기여서 그때는 마이크도
없이 육성으로 웅변을 했다.

　차례를 기다렸다가 연단에 오른 나는 써가지고 간 원고를 연대 위
에 펴 놓고 슬쩍슬쩍 곁눈질해 가며 목이 터져라 열변을 토했다. 양팔
을 V자로 높이 쳐들면서 "이 연사는 강력하게 호소하는 바입니다"
며 태풍이 몰아치듯 소리를 높였다가 "만장하신 여러분!"하며 목소리
를 차분하게 내려 깔기도 했다. 또 절정의 대목에서는 "그렇지 않습
니까? 여러분!" 하고 마치 포효하는 사자처럼 목이 터져라 큰소리를
지르며 연대를 주먹으로 힘껏 내리쳤다. 그런데 얼마나 큰 힘으로 쳤
으면 '쾅' 하는 소리와 함께 연대 위에 놓아둔 물컵이 바닥으로 떨어져
나뒹굴었다. 순식간에 벌어진 그 광경을 본 청중들이 큰소리로 웃으
며 힘차게 박수를 쳐주었다. 당황하지 않고 침착하게 주어진 7분간의
웅변을 마쳤다.

　연사들의 웅변이 다 끝나자 이어 시상식이 있었는데 나는 그 날 운
이 좋았는지 최우수상을 받았다. 유리컵까지 나뒹굴게 한 박력 때문
에 가점이 주어진 것 같았다. 이것이 내가 첫 번째로 받은 우리나라
최 말단 행정조직의 면장표창이었다.

　그 뒤, 군 단위 초등학교 웅변대회에 세 번을 나갔지만 한 번만 간

신히 장려상을 받았을 뿐, 두 번 모두 입상권에 들지 못했다. 대회 때마다 읍내의 큰 학교에서 나온 연사들에게 번번이 쓴잔을 마시고 허탈하게 집으로 돌아왔다. 어떤 연사는 감정이입을 얼마나 잘하는지 닭똥 같은 눈물을 펑펑 쏟으며 열변을 토해냈다. 그 애들은 마치 웅변의 달인 같았다. 내 재주로는 도저히 그들의 아성을 깰 수가 없었다. 나중에 그들과 나는 같은 중학교에서 동급생으로 만나 웅변이 아닌 학업성적으로 선의의 경쟁을 하게 되었다.

행사가 끝나고 우리 연사들은 가까운 식당으로 자리를 옮겼다. 면장(김동영: 작고)님이 사주시는 점심이었다. 그런데 그 날 메뉴가 생소한 '개장국밥'이었다. 어른들도 우리와 같은 메뉴였다. 전란 뒤라 좀처럼 먹기 힘든 고깃국을 먹이고 싶어서였는지 모르겠지만 나는 거무튀튀한 뚝배기에 고기가 듬뿍 담긴 개장국밥 한 그릇을 받아 놓고 어리둥절했다. 다른 애들은 게 눈 감추듯 뚝딱 국밥그릇을 비우는데 나는 처음 먹어보는 음식인데다 느끼한 기름기와 듬뿍 뿌려진 들깨가루가 입맛에 아주 설었다. 깨지락거리며 밥알과 고깃점 몇 개만 건져 먹고 자리에서 일어났다.

상장과 상품을 들고 신이 나서 집으로 달려갔다. 잠시 뒤에 배가 뒤틀리는 것처럼 몹시 아프더니 먹은 걸 전부 토했다. 안 먹던 고깃국을 먹었으니 위가 놀라 경련을 일으킨 것 같았다.

개장국밥을 먹은 것을 안 어머니께서 "먹지 말아야할 음식을 먹었구나. 앞으론 어디 나가서 개장국은 절대 먹지 말거라."하시며 엿기름가루를 물에 타 주셨지만 여러 날 고생했던 적이 있다.

그를 계기로 할아버지께서는 집안 내력에 대하여 소상히 이야기해 주셨다. 고려 말 문신(文臣 : 知申事)이셨던 내게 20대조께서 나라(고려)가 망했음에도 목숨을 끊지 못함을 개에 비유해 옛 주인을 따르는 개의 의(義)를 취한다는 뜻으로 휘를 견(狷)으로 개명하고, 자(字)를 종견(從犬)으로 바꾸시면서까지 고려에 대한 충절을 지키셨다고 한다. 그 말씀을 전해들은 나는 그 날 이후 지금까지 개고기를 한 번도 입에 대지 않았다.

연사로 뽑혀 여러 번 웅변대회에 참가했지만 변변한 상을 받지 못하다가 그 날 받은 최우수 면장상은 나에게 새로운 자신감을 심어준 계기가 되었다.

떠밀려 받은 군수 상

―수상여담(受賞餘談) · Ⅱ

　　해마다 5월 8일. 어버이날에는 군 단위로 기념식과 함께 경로잔치를 연다. 그 날은 효자 효부를 뽑아 표창하고 많은 노인들을 초청하여 큰 잔치를 열어 위로한다. 1985년 4월 하순경이었다. 경로잔치 때 표창할 효자 효부를 추천받아 공적심의위원회를 거친 뒤 최종결재를 받기 위하여 군수실을 노크했다. 내가 내민 표창대상자 명단과 공적개요를 죽 훑어본 군수(李載錫)께서

　　"다시 해 오게."

하며 결재서류를 쓱 내밀었다. 무엇이 잘못되었는지 도무지 이해가 되지 않아

　　"뭐가 잘못된 게 있습니까?"

라고 묻자 뜬금없이

　　"거기에 당신 이름이 빠져있지 않은가."

라는 게 아닌가. 나는 그 말에 어안이 벙벙했다.

　　"예? 저라니요. 제가 무슨?…"

　"왜, 군수 상이 싫은가? 당신 같은 사람이 이 상을 안 받으면 누가 받나. 어서 가서 다시 작성해 오게."
라고 했다.

　처음엔 농담인 줄 알았으나 그게 아닌 것을 알고 여러 차례 고사했지만 내 얘기는 들은 척도 하지 않았다. 워낙 고집이 있는 그는 한번 정한 마음을 좀처럼 바꾸지 않는 게 흠이라면 흠이었다. 하는 수 없이 부랴사랴 공적조서를 만들고 추가공적심의를 한 뒤 결재를 받았다.

　상을 여러 번 받아 보았지만 이런 일은 처음이었다. 상이란 대개 상향식 추천이 관례인데 이건 그 정반대였다. 상을 줄 사람과 받을 사람이, 그것도 직속 결재라인에서 그와 같이 상을 주겠다, 안 받겠다며 옥신각신 한 사례도 그리 흔치 않아 보인다. 그렇게 나는 그 해 어버이날에 군수표창으로 효행상을 받았다.

　싫다는 내게 고집스럽게 효행상을 준 그가 실은 보기 드문 효자였다. 다섯 살 때 부친을 여의었고 하나뿐인 누이동생은 유복녀다. 그의 어머니는 그렇게 소싯적에 홀로되시어 두 남매를 양육하면서 갖은 고생을 다 하셨다. 생선장사, 떡 장사, 방물장사 등 별의별 장사를 다하면서 아들을 대학까지 공부시켰다. 그 역시 학교를 다니면서 많은 고생을 했다. 학비를 벌기 위하여 신문배달원, 외판원, 막일 등 안 해 본 일이 없었다. 겨울만 되면 내복 입은 애들이 제일 부러웠다며 바닥 떨어진 양말목을 잘라 양 팔에 내복처럼 끼고 다닌 적도 있었다. 그렇지만 그는 자기의 고생은 아무 것도 아니라며 그들 남매를 위하여 일생을 희생한 어머니가 불쌍하다며 눈시울을 적시곤 했다. 나와 그의 가족형태나 살아온 발자취가 너무나 닮은꼴이었다.

　어느 일요일이었다. 초인종이 울려 밖에 나갔더니 그가 집 대문 앞에 와있었다. 평소에 우리 어머니께 인사를 드려야 한다고 벼르긴 했지만 이렇게 방문할 줄은 몰랐다. 그는 어머니께 정중하게 인사를 드린 뒤 어머니의 두 손을 꼭 잡으며

"훌륭한 아드님을 두셔서 얼마나 좋으십니까. 효자라고 청내에 소문이 자자합니다. 제가 아드님에게 많은 도움을 받고 있습니다."
라며 어디서 무슨 소문을 들었는지 입에 침이 마르도록 내 칭찬을 늘어놓았다. 옆에서 듣기가 민망스러울 정도였다. 민선도 아닌 관선 군수가 이렇게 부하의 어머니를 찾아 인사를 드리는 경우는 극히 드문 일이었다. 동병상련이라 했던가. 우리 두 사람은 너무나 유사한 환경에서 힘들게 성장했기 때문에 이심전심으로 서로 남다른 애중(愛重)이 맞닿았던 것 같다.

하루는 도청에서 시장군수회의가 있어 동행했다. 회의가 끝나 귀청하는 길에 그를 따라 수원 시내에 있는 그의 댁엘 가게 되었다. 그렇지 않아도 그의 어머니를 찾아뵙고 인사드릴 기회를 가졌으면 했는데 마침 잘 되었다. 내 인사를 받으신 그의 어머니는 아들에게서 내 애기를 많이 들었다며 아주 반갑게 맞아주셨다.

"객지에 가있는 우리 아들을 옆에서 잘 도와주세요."
라고 부탁하시는 게 마치 물가에 내보낸 어린애 걱정하듯 하셨다. 환갑이 낼 모레인 아들인데도 그 어머니에겐 항상 어린애 같은 모양이었다.

"우리 아들은 이 세상에서 둘도 없는 효자랍니다. 아직까지 단 한 번도 내 말을 거스른 적이 없었고, 문안인사를 하루도 거르지 않았어요. 논어에 유필유방(遊必有方)이라는 구절이 있듯이 밖에 나가 귀가 시간이 조금만 늦어도 집으로 전화를 걸어 내 끼니를 걱정하죠. 뿐만

아니라 아직도 매월 받은 봉급봉투를 고스란히 내 손에 쥐어주는 아
들이랍니다.”

　물론 며느리에게 즉시 돌려주고 있지만 그 같은 아들의 효심이 마
냥 고맙다고 했다. 실타래를 풀듯 아들자랑을 하시는 모습이 그렇게
행복해 보일 수가 없었다. 말씀을 들을수록 그의 효심은 신비에 가까
웠고 저절로 머리가 숙여졌다. 내게 부득부득 상을 안겨준 그가 정작
큰 효행상을 받아야 할 사람이었다. 내겐 부끄러운 상이었다.

새마을포장 받던 날

─수상여담(受賞餘談)·Ⅲ

1975년 12월 10일 오전 10시. 대구 실내체육관에서 전국새마을지
도자대회가 열렸다. 나는 이 대회에서 새마을포장(褒章)을 서훈 받았
다. 새마을훈장과 포장은 새마을운동 유공자에게 주는 최고 영예의
상이다. 대한민국 헌법규정에 의거 국무회의 의결로 서훈자를 결정짓
는다. 7급이었던 내가 그 상을 받은 건 큰 행운이었다. 새마을 훈 포장
제도가 생긴 이래 새마을포장을 수상한 사람은 전국에서 모두 68명이
었다. 그중에 공무원은 단 3명뿐이었는데 농촌진흥청 생활개선과장
전승각 씨와 문교부 장학관실 유중석 씨, 그리고 나다.

이 상을 받을 당시 나는 새마을사업을 담당한 군 실무자였다. 시시
각각으로 시달되는 새마을사업 지침을 받아 밤새워 계획서를 만들고
낮에는 현장을 뛰어 다니며 사업을 추진하던 때였다. 뻔질나게 경기
도청을 오르내리며 사업계획과 결산을 위한 합동작업을 하고 슬라이
드를 만들어 보고회도 가졌다. 그런 과정에서 업무능력을 인정받아
포상을 받고 도청으로부터 발탁권유까지 받았다.

경기도 새마을지도과장의 적극적인 권유가 있었지만 나는 그 권유를 받아들이지 못했다. 그건 결정적인 실수였고 그 후 그런 기회는 다시 오지 않았다.

시골생활에 익숙했던 나는 갑작스레 닥칠 서툰 도시생활에 은근히 겁도 났지만 장남이라는 책임감이 더 큰 비중으로 양어깨를 짓눌렀다. 고향에 흩어져 있는 선산과 묘소 및 토지 등의 관리와 제향(祭享) 문제로 고향을 벗어나기엔 너무나 심적 부담이 컸었다.

수상자로서 대회에 참가하기 위하여 이틀 전 군내 새마을지도자와 함께 대절버스로 수원에 도착했다. 경기도내 지도자들과 합류한 우리는 수원에서 1박을 한 뒤 이튿날 대구에 도착해 두 번째 밤을 맞았다. 대회 날 이른 조반을 마친 뒤 서둘러 버스에 올라 차안에서 개인별로 비표(秘標)를 지급받았다. 그리고 몸에 지닌 동전을 비롯한 모든 쇠붙이들을 거둬 차에 두고 내렸다. 원활한 검색대 통과를 위해서다. 대회 시작 두 시간 전부터 대구 실내체육관 앞은 전국에서 모인 새마을지도자들로 인산인해를 이루고 있었다. 체육관 주변에는 삼엄한 경비가 펼쳐졌고 폭발물 검색을 하는 병사들의 손길이 분주했다.

대회에 참석한 수천 명의 지도자가 질서정연하게 차례차례 검색대에서 몸수색을 받으며 입장했다. 나는 일반수상자석에 앉았다. 지도자들의 입장이 끝나자 여러 차례 반복적인 예행연습을 했다.

정각 10시가 되자 박정희대통령이 내빈들과 함께 입장했다. "지금 대통령각하께서 입장하고 계십니다."라는 사회자의 멘트가 있자 우레와 같은 박수소리가 체육관을 집어삼켰다. 손을 흔들며 입장하고 있는 그의 얼굴엔 흐뭇한 미소가 배어있었다. 대통령이 자리에 앉을 때까지 기립박수는 계속되었다. 나중에는 손바닥이 얼얼하고 팔에 힘이 쭉 빠져버렸다. 말 그대로 흥분과 열광의 도가니였다. 그렇게 새마을운동의 용광로는 펄펄 달아올랐다.

내가 박정희 대통령을 가까운 거리에서 본 게 그 날이 처음이자 마지막이었다. 작은 키였지만 체격은 다부져 보였다. 화장을 했는지 얼굴이 불쾌한 게 매우 건강해 보였고 목소리는 카랑카랑했다.

대통령은 수상자들에게 직접 훈장을 목에 걸어주고 일일이 악수를 하며 격려했다. 많은 수상자 중에서 몇 명만 대표로 친수하고 나머지는 나중에 장관이나 도지사가 전수했다. 나는 경기도지사로부터 전수받았다.

포상이 끝나자 대통령치사에 이어 수훈자 중에서 두 사람이 나와 열띠게 성공사례를 발표했다. 두 시간 만에 모든 행사가 끝났다. 모든 참석자들에게 봉황로고가 새겨진 소형 트랜지스터라디오 한 대씩을 기념품으로 줬다.

그 후 소방행정, 을지연습, 반상회유공 등으로 경기도지사 표창 세 차례와 내무행정유공으로 내무부장관 표창을 받았다.

2002년 퇴임에 즈음하여 홍조근정훈장(紅條勤政勳章 : 3급 이상 유공 공무원에게 주는 훈장) 수상을 끝으로 상이 마감됐다. 지금까지 내가 일생동안 받은 상은 우리나라 행정계층의 최 말단인 면(面)으로부터 군(郡), 도(道), 정부(政府), 대통령에 이르기까지 한 곳도 빠진데 없이 골고루 다 받은 데 큰 의미가 있다 하겠다.

찬물도 위아래가

‘찬물도 위아래가 있다’는 속담이 있듯이 우리만큼 서열의식(序列意識)이 강한 민족이 이 지구상에 또 있을까? 어느 강사의 강연이 생각난다. “친구들 중에 아주 출세해서 잘 나가던 친구가 죽었다는 부음을 접했다. 장례에 간 친구들이 묘 앞에 양쪽으로 길게 늘어섰는데 누가 시킨 것도 아니건만 그들은 출세한 순서대로 섰더라.”는 것이다. 흉허물 없는 친한 벗들 사이에서도 이렇게 서열을 가리게 되더란 것이다. 물론 우스갯소리겠지만 우리 사회가 얼마나 높은 서열의식이 잠재돼 있는가를 풍자한 말이다.

같은 피를 나눈 종친간의 만남에서도 처음 만나면 제일 먼저 항렬을 따진다. 나보다 위 항렬인가 아래인가를 따진 다음 같은 항렬일 때는 다시 나이를 따진다. 형님뻘인지 아우뻘인지가 파악되면 형님! 아우! 아저씨! 대부님이란 호칭을 쓰면서 원만한 대화와 친목이 이루어진다.

근래에는 양자제도(養子制度)가 거의 사라지고 없지만 20세기 중반까지만 해도 친족 간 양자가 존립했다. 큰댁에 가계를 이을 사자(嗣子)

가 없으면 대부분 작은댁의 장자(長子)가 양자로 입적하였다. 내 고향에 정발장군(鄭撥將軍: 1553~1592) 후손가의 J박사는 독자임에도 불구하고 큰댁의 대를 잇기 위하여 양자로 출계하고, 대신 자신의 자리에는 작은댁 아우가 양자로 들어왔다. 아우가 직접 큰집 양자가 되지 못하고 연쇄적으로 이어지게 된 것은 가문의 서열을 파괴할 수 없기 때문이기두 하다. 즉 큰댁이 사자는 형제들 중 가장 연장지어야 한다는 장유유서(長幼有序)의 법칙에 준한 것이다.

한국인의 활동 공간에는 어디에나 보이지 않는 서열이 매겨져 있다. 방, 회의장소, 식사장소, 술좌석에서도 서열이 있고 하물며 자동차에도 차종에 따라 상석과 하석이 가려진다.

내가 공직에 있었을 때 수없이 많은 행사를 치르면서 늘 서열문제로 골머리를 앓았다. 한 사람이라도 좌석 배치를 잘못하게 되면 행사를 잘 치르고도 뒷말과 후유증에 시달리게 된다. 그들마다 잠재한 서열의식이 있으며 이에 너그러운 사람은 별로 없다. 어떤 사람은 행사에 참석하러 왔다가 좌석배치가 못마땅하다고 벌에 쏘인 사람처럼 쌩 가버리는 사람도 있다.

산 사람들의 일상사뿐만 아니라 망자에 대한 의식에서도 서열이 있다. 오히려 산사람보다 더 엄격하다. 제례의 예만 보더라도 제사상에 올리는 제물에까지 위아래와 앞뒤가 있다. 진설(陳設)할 때 조율이시(棗栗梨柿)이니, 좌포우혜(左脯右醯)이니 홍동백서(紅東白西)니 하는 것은 제사상에 올려놓는 순서와 위치를 말한다. 즉 대추가 제일 으뜸으로 맨 앞줄 첫 번째에 올리고 그 다음으로 밤, 배, 감 순으로 놓으라는 뜻이다. 신위께 술이나 메(밥), 갱(국)을 올릴 때에도 왼쪽(제상을 바라봤을 때)에 먼저, 오른쪽을 나중에 올리는 게 예절에 맞는다. 왼쪽이 고(考)의 신위이니 이는 남존여비(男尊女卑)의 사상에서 비롯된 듯하다.

우리의 신체부위도 서열적으로 판단해 왔다. 목 부위 이상 머리 부분을 가장 높게 보았고 배꼽이하 부분을 낮게 보았다. 또 왼쪽보다 오른손을 높은 서열로 귀하게 여겼다. 얼굴이나 수염을 만지거나 갓을 쓰고 벗을 때에는 오른손을 사용했는가 하면 발을 씻는다든지 용변 후 뒤처리를 할 때는 왼손을 사용했다.

발에도 서열이 있다. 남의 집 대문이나 방에 들어설 때 또는 사찰이나 향교, 사당에 발을 들여 놓을 때 오른발부터 들여놓는 게 예의에 맞는다. 남의 집 대문 안을 왼발부터 들여 놓는 것도 법도에 어긋나는 일로 여겼다. 유일하게 왼발을 먼저 들여 놓는 곳은 상가(喪家)의 문턱을 넘을 때이다. 이런 경우들은 모두 존우비좌(尊右卑左)의 사상에서 비롯된 것들이다. 하지만 요즘 들어 이와 같은 의식들이 점차 사라지고 있지만 수백 년 동안 전통적으로 내려온 관습이라 아직도 이들 사상으로부터 자유롭지는 못하다.

우리가 일상생활 속에서 상대방에게 어떤 물건을 건네주고 받을 때, 왼손에 잡았던 물건도 오른손으로 옮겨 전달하고 받을 때도 오른손이나 양손으로 받는다. 술좌석에서 술잔을 주거나 술을 따를 때에도 반드시 오른손으로 따르고 받는다. 시대가 아무리 변했어도 왼손으로 술잔을 권하고 따르거나 왼손으로 악수를 청하거나 명함 같은 것을 왼손으로 내민다면 받는 사람은 기분이 상하고 예의 없는 사람이라고 할 것이다.

왜 우리는 살면서 일거수일투족마다 서열이 존재하고 그의 노예가 되어 살아왔을까. 조선조 오백년 동안 유교문화 속에서 살아온 탓도 있겠지만 서열의식은 유교가 발상되기 훨씬 이전에 우리 조상들의 삶 속에 뿌리 깊게 자리 잡고 있었을 것으로 보인다. 약 30만 년 전 신석기시대를 거치면서 사냥을 통한 유목생활에서 벗어나 벼와 보리농사를 짓는 등 영농을 통한 정착생활로 변화되면서 한곳에서 땅을 일구며 씨족이나 부족사회를 이루고 살았다. 그러려면 그곳에는 반드시 언겨한 서열과 규율이 있어야 그들에게 안정과 질서기 유지될 수 있었을 것이다. 그처럼 긴 역사 속에 뿌리 깊게 자리 잡은 서열의식을 다만 체계적으로 정리한 공자나 맹자가 오늘날 평등주의자들에게 지탄을 받고 있는 건 아닐지….

요즘 같은 글로벌 산업사회에서는 그 같은 서열 개념이 많이 희석되고 퇴화됐지만 아직도 그 틀에서 완전하게 탈피하지 못하고 있다. 어쩌면 정도의 차이는 있겠지만 그 굴레에서 벗어나지 못할지도 모른다. 서열 없인 질서가 깨지는 게 인간이나 동물의 세계이니까.

과연 위계질서가 무너진 평등사회가 살기 좋은 세상일지는 앞으로 두고 봐야 할 일이다.

만우절 단상

나뭇가지마다 파란 잎사귀와 상큼한 꽃향기를 욕심 부려 길어 올리는 4월에는 만우절(萬愚節)이 처음 우리를 맞는다. 재미있는 거짓말이 허용되는 이 날, 한두 번 속은 것도 아닌데 해마다 번번이 속아 넘어가는 것도 건망증의 변종인가 싶다. 다음에는 꼭 속지 말자고 다짐을 해 두지만 이듬해에 그럴싸한 또 다른 거짓말에 여전히 속는다.

친구 중에 아주 짓궂은 장난꾸러기가 있다. 목소리 변성을 잘 내는 그가 시치미를 뚝 떼고 장난전화를 걸면 속아 넘어가지 않는 사람이 별로 없을 정도이다.

만우절과 겹친 어느 일요일 아침, 집으로 전화 한 통이 걸려왔다. "나, 군수인데요. 지금 내 방으로 좀 나와 줄 수 있어요?" 그 날따라 전화 감도가 별로 좋지 않았다. 그 친구가 일부러 전화기를 멀리 대고 장난을 치는 게 분명하다고 착각한 나는 '야! 너 웃기지 마. 내가 또 안 속는다. 안속아.' 라며 전화를 끊어 버렸다. 전화벨이 다시 요란하게 울렸다. 이번에는 상대방의 음성도 확인하지 않은 채 '야! 장난치지 마, 끊어.' 그 말을 송화기 속에 우겨 넣은 나는 잽싸게 수화기를 내려놓았다.

　잠시 후 우리 집 초인종에서 '엘리제를 위하여' 멜로디가 흘러나왔다. 군수의 지시를 받고 달려온 당직자였다. 내가 전화를 받지 않고 자꾸 끊어서 보냈다는 것이다. 그 친구의 장난이 아니었음을 그때서야 알았다. 돌다리도 두들겨보고 건너던 내가 이게 무슨 낭패란 말인가. 상사에게 무례를 저질렀으니 참으로 난감했다. 매도 빨리 맞는 게 낫다는 속담처럼 한시라도 빨리 찾아가 정중한 사과를 해야 할 것 같았다. 군수실 문을 조심스럽게 열었다.

　"군수님, 죄송합니다. 만우절 장난 전환 줄 알고 그만…."

　의외로 그는 화 대신 엷은 미소를 지으며

　"이 사람아, 무슨 전화를 그렇게 받나, W군이 그런 장난을 잘 친다며?"

　우리 친구들 간에 장난이 심하다는 것을 그도 잘 아는 터라 그 같은 나의 실수를 너그럽게 이해해 주었다. 고마웠다.

　그동안 친구는 만우절마다 양치기 소년처럼 이런저런 장난 전화를 내게 걸었다. 하여 나는 또 속지 않겠다는 잔꾀에 내 자신이 빠진 것이었다.

　그는 뛰어난 장난꾸러기이기도 하지만 행동이 당차고 멋쟁이다. 항상 머리부터 발끝까지 기름기가 반지르르하게 차려 입어야 성이 풀리는 깔끔한 성격이다. 친구들은 그를 가리켜 '폼생폼사'라고들 한다. 만우절뿐만 아니라 평상시에도 그의 장난은 새록새록 끝이 없다. 그의 장난에 번번이 속아 넘어가면서도 그를 싫어할 수 없는 것은 그의 악의 없는 재치 때문이다.

　그는 오랜만에 만난 사람에게 느닷없이 "자네 몹시 피곤한가 보네,

고개 들어! 고개! 코피 나네.” 하면서 크리넥스를 한 장 뽑아 얼른 손에 쥐어준다. 그때 대부분의 사람들은 허둥지둥 턱을 치켜 올리면서 코를 틀어막는다. 술좌석에서 소주병을 슬쩍 비우고 그 속에 맹물을 채워 먹이는가 하면 좌중에서 슬그머니 먼저 빠져나가 발 큰 친구 구두 속에 작은 구두 쑤셔 넣기, 구두 속에 물 부어놓기 등 그의 짓궂은 장난은 샘솟듯 끝이 없다. 나이 들어가면서도 만우절뿐 아니라 한 달에 한 번씩 이십여 명의 동창들이 모임을 갖고 철부지 동심으로 돌아가 이런저런 우스갯소리와 장난을 치며 함박꽃 같은 환한 웃음을 나눌 수 있는 친구들이 있어서 좋다.

원래 만우절은 서양에서 유래한 풍습이다. ‘에이프릴 풀스 데이(April Fools’ Day)’, 이 날 속아 넘어간 사람을 ‘4월 바보(April fool)’ 또는 ‘푸아송 다브릴(Poisson d'avril)’ 이라고도 부른다.

세계 5대 만우절 거짓말 중 재미있는 것은 ‘인스턴트 컬러 TV’ 사건이다. 1962년 스웨덴에는 TV채널이 단 하나뿐이었는데 그것도 흑백이었다. 한 방송국 기술담당자가 뉴스시간에 나와 흑백TV 수상기를 간단하게 컬러로 바꿀 수 있는 기술이 개발됐다고 말했다. 그가 주장한 신기술은 “나일론 스타킹을 TV화면에 씌우면 컬러로 TV를 볼 수 있다.”는 것이었다. 이 방송을 본 수백만 명의 시청자가 이 어처구니없는 방법을 그대로 따라 했다가 만우절 거짓말이었음을 뒤늦게 알고 박장대소했다는 재미있는 이야기가 전해지고 있다.

해마다 만우절이면 전국 소방서에 거짓 장난 전화가 수없이 걸려와 골치를 썩이고 있다. 할 수 없이 2004년에 ‘허위신고에 대한 과태료 처분’ 제도를 도입했더니 그 해 475건이었던 장난 전화 건수가 2010년에는 98건으로 크게 줄었다. 이 같은 허위신고는 만우절 의미를 크게 훼손시키고 있다.

가벼운 거짓말로 서로 속아주고 속이면서 즐거워하는 날 만우절! 우리나라뿐만 아니라 미국이나 유럽에서도 사람들에게 거짓말을 하거나 장난을 쳐도 크게 나무라지 않는 날이다. 물론 거짓말이 어떤 종류의 것이라도 좋다는 것은 아니다. 악의가 없고 남에게 해를 끼치거나 죄가 되지 않는 순수하고 익살스런 장난이나 거짓말이어야만 한다.

인생이 오죽 팍팍하면 이런 날까지 만들었겠냐만 이 날만이라도 재미있는 거짓말로 즐거운 웃음과 생활의 활력을 충전해 보면 어떨까.

봄 불은 여우불

　‘봄 불은 여우 불’이라는 속담처럼 봄철만 되면 이곳저곳에서 크고 작은 산불이 수도 없이 일어난다. 산불감시원을 채용하여 예방활동을 강화하는 한편 공무원들은 비상체제에 들어가고 산불진화 헬기를 취약지역에 기동 배치하는 등 산림당국과 지방자치단체에서는 해마다 많은 예산과 인력, 장비를 투입하여 산불을 막아보려고 안간힘을 쓰고 있다. 하지만 좀처럼 줄어들 기미는 보이지 않고 점점 그 건수가 늘어나고 대형화되어 가고 있는 추세다.

　산불발생 원인은 참 다양하다. 봄철 가뭄에 따른 건조한 날씨가 산불을 부채질하고 있지만 사람들의 부주의가 주된 원인이다. 농경지에 쥐불을 놓는다거나 입산자들이 무심코 버린 담뱃불 등에 의한 실화(失火)가 대부분이지만 방화로 추정되는 산불도 허다하다. 생계수단으로 화전(火田)을 일구기 위하여 몰래 불을 놓는 경우인데 요즈음은 많이 줄어들었다. 담배, 모기향, 만수향(萬壽香) 등을 이용한 시한발화기법(時限發火技法)을 이용하여 불을 놓기 때문에 방화범은 이미 수 시간 전에 발화지점에서 벗어나 버린 데다 증거물도 거의 찾을 수 없어 범인을 색출하기란 한강 백사장에서 바늘 찾기보다 더 힘들다.

155마일 휴전선에서는 연례행사처럼 화공작전(火攻作戰)의 일환으로 산불이 일어난다. 강한 북풍이 부는 날을 택일하여 북한 초소에서 출발한 불씨는 삽시간에 휴전선을 타고 넘어 우리 군부대의 군사시설물과 산림을 집어 삼키려고 불기둥을 세우며 무섭게 남쪽으로 달려온다. 그때마다 군과 공무원이 나서서 산불 확산을 막기 위하여 필사의 노력을 기울인다.

유난히 산불이 많이 일어났던 어느 해 봄, 밤새워 산불과 씨름하던 일이 생각난다. 아침부터 세 차례나 산불현장에 나가 힘들게 진화를 마치고 사무실에 들어와 퇴근을 준비할 때였다. 청내 방송으로 "산불 발생, 전 직원은 즉시 방화복을 착용하고 대기 중인 버스에 승차하기 바랍니다."라는 소리에 모두들 "아유. 또 불!" 하며 지친 몸을 다시 이끌고 차량에 분승하여 발화지점인 '조밭골'로 이동했다. 산골짜기가 워낙 깊고 산세가 험한 탓에 붙여진 지명이다.

우리가 도착했을 때는 벌써 발화선이 길게 퍼져있어 불길을 잡기가 퍽 어려워 보였다. 불이 그 지역만 벗어나면 또 다른 광활한 임야로 번지기 때문에 어떻게든지 그곳에서 불이 더 이상 미꾸라지처럼 빠져 나가지 못하게 막는 게 중요했다. 화드득거리며 맹렬히 번져가는 화선(火線)을 따라 길게 늘어서서 진화작업을 벌이고 있을 때였다. 갑자기 강한 돌풍이 불더니 불길이 총알처럼 빠른 속도로 산허리를 휘감았다. 산짐승과 새들이 화들짝 잠에서 깨어나 필사의 탈출을 시도했지만 성난 불길은 그들에게 나갈 길을 열어 주지 않았다. 고라니 한 마리가 껑충거리며 불속에서 빠져 나오려고 안간힘을 써보나 이글거리는 불속에 갇혀 고꾸라졌다. 꿩 같은 조류들도 푸드득거리며 사력을 다해 비상을 꾀하지만 역부족인 듯 뜨거운 불구덩이에 날개를 접고 만다. 산토끼와 다람쥐 같은 작은 짐승들도 그곳을 빠져 나올 수 없는 게 뻔했다.

무서운 불길이 휩쓸고 간 자리엔 시커멓게 탄 죽음의 재밖엔 아무 것도 남는 게 없었다. 생태계의 파멸이었다. 기세등등한 불길 앞에 우리는 아연실색하고 말았다. 수없이 많은 화재현장을 뛰어 다녔지만 그 날 밤 우리 앞에 펼쳐진 화마의 위력은 상상을 초월한 광경이었다. 진화작전을 변경할 수밖에 없었다. 접근을 용납하지 않는 불과 계속해서 맞서다가는 사람도 집어삼킬 게 분명했다. 제2선으로 후퇴를 하였다가 다시 전열을 가다듬고 맞불 놓기 방식으로 전환했다.

"후레자식과 바람은 밤에는 잔다."고 했듯이 자정을 훨씬 넘기자 바람이 차츰 수그러지고 찬이슬이 내리면서 미친 듯이 날뛰던 불의 위력도 조금씩 꺾이기 시작했다. 이때를 놓칠세라 진화에 박차를 가했다. 등짐살수기로 물을 뿌리고 솔가지로 두들겨 패고 삽과 괭이로 흙을 파서 화점(火點)에 뿌렸다. 마지노선을 지키기 위하여 혼신을 다해 불과의 결투를 벌이고 있을 때, 갑자기 "쾅"하는 폭발음과 비명이 골짜기를 뒤흔들었다. 불발탄이 터지면서 파편이 튀어 B계장의 옆구리 살갗을 스쳐 지나갔다. 다행히 큰 부상은 아니었다.

진화에 나섰다가 이런 위험한 사태에 직면할 때가 종종 있다. 연기에 질식되거나 불길에 갇혀 사상자가 발생하고 6·25 때 매설한 지뢰나 수류탄 같은 종류 미상의 폭발물이 터지는 사고도 빈번하게 일어난다. 군과 공무원이 아니면 그런 위험한 화재현장에 들어갈 사람이 없다. 얼마 전까지만 해도 산불이 나면 인근부락의 주민들도 팔을 걷어 부치고 같이 산불을 끄곤 했지만 산업화사회로 접어들면서 주민들의 참여를 기대하기란 매우 어려워졌다.

희뿌연 먼동이 스멀거리며 반대쪽 능선을 비집고 붉은 태양이 불끈 솟아올랐다. 마치 치열한 육박전 끝에 고지를 탈환한 듯 사방에서 매캐한 매연이 피어오르는 산상에서 맞는 태양이어서인지 여느 때와 다른 아주 묘한 감정이 가슴에 와 닿았다. 날이 밝자 시장기가 물밀듯이 밀려들면서 전신에 맥이 풀렸다.

산 위로 공급된 빵과 우유를 받아든 모두는 햇빛에 드러난 서로의 몰골을 바라보며 허탈한 웃음을 참을 수가 없었다. 눈썹과 머리가 불에 그슬리고 콧구멍은 밤새 드나든 쥐구멍처럼 까맣게 그을렸고 얼굴은 앙괭이*로 얼룩져 있는 게 가관이었다. 함께 밤을 새워가며 진화 작업을 진두지휘한 황준기 군수의 리더십이 있었기에 우리 이백여 명의 공직자들은 혼연일체가 되어 그 날 밤의 산불을 제압할 수 있었다.

고시 출신으로 첫 임지에 부임했던 그 해에 그가 겪은 산불과의 경험은 아마 평생을 두고 잊지 못할 것이다. 하루에도 서너 차례씩 발생하는 산불로 동에 번쩍 서에 번쩍 뛰면서 산 속에서 새벽을 열었으니 그 악몽 같은 추억을 어찌 잊을 수 있겠는가. 지금 중요한 나랏일을 맡고 있는 그에게서 산불과 싸우던 지구력처럼 훌륭한 정책들이 샘솟을 것으로 믿는다.

국토의 70%가 산이니 산불을 완전히 근절시킬 수야 없겠지만 지금처럼 해마다 수백 정보가 넘는 산림자원을 잿더미로 망쳐버릴 수는 없지 않은가. 산불진화 헬기와 각종 현대적인 장비를 더 확충하여 우리 세대처럼 목숨을 담보한 채 솔가지를 휘두르며 산불과 싸우는 원시적 방법에서 탈피하는 것이 아름다운 우리의 강산을 지키는 첩경일 것이다.

산이 좋아 산을 찾고 산에서 기쁨과 건강을 구하는 대신 산을 아끼
고 사랑하는 마음가짐이 산처럼 커지기를 기대해 본다.

*얼굴에 먹이나 검정으로 그려 놓은 모양

불혹의 수험생

대학로 마로니에 공원을 지날 때마다 5급 승진시험 보던 때가 생각난다. 불혹(不惑)이 넘어 겪은 수험생활이 힘들고 험한 길이었지만 그래도 그 시절이 그립다.

일반직 공무원은 두 번의 중요한 시험관문을 통과하여야 한다. 그 첫 번째는 입문 때의 공채시험이고, 두 번째는 사무관(事務官) 승진시험이다. 보통 9급 공채로 들어와 15년 정도 열심히 근무한 사람 중 일부에게 기회가 주어진다. 나는 17년 만에 5급 승진예정자로 도(道) 발령을 받았다. 그동안 서기, 주사보, 주사 등 세 차례의 승진을 했지만 공무원의 꽃이라고 일컫는 과장으로 보직되던 그때가 가장 기분이 좋았다. 그러나 앞에 가로놓인 시험이라는 험한 장벽을 넘을 때까지는 한시도 마음을 놓을 수가 없다. 낙방하면 하위직급으로 내려앉아야 하는 창피를 감수하든가, 아니면 그동안 공들여 쌓아온 공직생활을 아주 접어야 한다. 기호지세(騎虎之勢)란 이를 두고 하는 말일게다.

시험으로 인한 스트레스와 과로, 낙방에 따른 좌절감으로 해마다 두세 명의 사망자나 자살자가 속출했다. 지금은 그 같은 승진시험 제도가 없어졌다. 자치단체장이 낙점만 하면 사무관에 임명될 수 있다. 시험에 따른 인력소모와 행정공백을 막을 수 있는 이점은 있으나 질적 저하와 지방선거의 논공행상(論功行賞)으로 악용될 소지가 있는 게 흠이다.

시험은 네 과목으로 1, 2차로 나누어 치러진다. 1차는 객관식으로 헌법과 행정법이며, 2차는 주관식 논문으로 행정학과 지역사회개발론이다. 낮에는 업무에 정진하면서 밤에 공부하는 주경야독의 자세로 단독학습을 시도했지만 쉽지 않아 다른 수험생들과 그룹을 지어 수원에서 강사를 초빙하여 수강을 했다. 2단계로 종로에 있는 D학원에서 이론특강을 들었다. 수강이 끝나면 밤 10시 반이 조금 넘었다. 종각역에서 의정부까지는 전철과 버스를 타면 됐으나 그곳에서 집까지는 택시 외에 다른 교통수단이 없었다. 다른 지역은 이미 1982년 1월에 통금이 해제되었지만 연천은 그때에도 통금지역이었다. 자정이 넘은 시각에 집으로 가려면 그때마다 지서(파출소)에서 야간통행증을 발급받아야 겨우 통행이 가능했다.

선배과장(여인근 산림과장)의 소개로 의정부 수락산 기슭에 자리잡고 있는 석림사(石林寺) 처소로 들어갔다. 유 보각 스님께서 조용한 별채의 방과 식사까지 제공해 주셨다. 바람과 새, 계곡물소리가 전부인 아주 고즈넉한 산사였다. 산 계곡에서 졸졸거리며 바위를 미끄러져 내리는 물소리와 온갖 새들의 지저귐만이 유일한 벗이었다. 저녁마다 소쩍새의 애끓는 울음소리와 이따금씩 바람결에 들려오는 풍경소리는 내 가슴에 야릇한 서글픔을 안겨 주었다. 새벽마다 아침공양을 알리는 목탁소리에 맞춰 요사채로 향하는 계단을 하나 둘씩 오르내리며 둔해진 머릿속에 한 문제라도 더 입력하려는 중얼거림이 애처

롭기까지 했다. 아침공양 전에 꼭 대웅전 법당에 들러 부처님 앞에 납작 엎드려 '시험에 꼭 합격하게 해 주세요.'라고 염치없이 매일 빌었다.

5월의 따스한 햇볕에 애기 손바닥만 하던 연록색의 떡갈잎이 제법 커져 바람에 너풀너풀 손사래를 칠 때였다. 몇 달 동안 머물렀던 산사에서 짐을 챙겨 서울 청진동의 S장 여관으로 자리를 옮겼다. 시험일자가 얼마 남지 않아 최종마무리를 짓기 위해서였다. 그곳은 오래 전부터 경기도의 지정 여관처럼 객실 대부분을 수험생들이 사용했다. 학원이 밀집한 종로에는 이렇게 각 시도에서 모여든 수백여 명의 수험생들이 북적거리고 있었다.

새벽 4시에 일어나 세 끼 식당에 다녀오는 시간 외에는 자정이 넘을 때까지 조그만 책상 앞에 쪼그리고 앉아 책과 씨름을 했다. 주로 오전에는 주관식을, 오후에는 객관식에 7대 3의 시간 배분을 했다. 나날이 힘겨운 자기와의 싸움이었다. 수험생 중 최고령자는 G시의 J씨로 57세였다. 그는 아들 며느리가 위로차 다녀갔다고 각방에 별식(別食)을 돌리며 넋두리도 빼놓지 않았다. 남달리 몸이 약한 Y씨는 과로 때문에 결국 병이 나 쓰러졌지만 입원할 시간적 여유가 없어 여관방에서 의사의 왕진으로 링거를 꽂고 견뎌냈다. 방을 같이 쓰던 황소처럼 건장한 조석형 씨도 누적된 과로로 며칠을 끙끙거리며 앓았다. 내가 가족 대신 그를 보살피는 동안 측은한 생각마저 들었다. 대한민국 공무원들이 꼭 이래야만 되는가. 허탈감에 빠지다가 다시 마음을 가다듬었다. 나는 다행히 병치레 없이 잘 버텼다.

객관식은 주로 사법고시, 행정고시, 외무고시 또는 7급 공채 기출문제를 입수해 공부했다. 주관식은 출제예상 A. B. C급으로 각 30문제씩 선정하여 공부하다가 시험날짜가 가까워지면 C와 B를 차례로 버리고 최종에는 A급 문제만을 중점적으로 다루었다. 힘겨운 일 년여의 세월이 흘렀다. 사람은 노력에 따라 초능력이 나올 수 있다는 것을 그때 실감했다. 처음보다 많은 실력이 쌓여 자신감도 어느 정도 생겼다. 하지만 막상 시험일자가 하루 앞으로 다가오자 점점 초조해지기 시작했다. 시험 전날 평소보다 저녁식사를 가볍게 하고 일찍 잠을 청해보았으나 새벽까지 깊은 잠을 이루지 못하고 몸만 자반 뒤집듯 했다. 조반도 잘 먹히지 않았다. 수면부족과 공복상태로 시험장에 나갔다.

동숭동에 있는 전 서울대학교 건물(현, 마로니에 미술관)에서 두 시간동안 1차 객관식 시험이 치러졌다. 예상한 대로 만족스러웠다. 시험을 마친 수험생 대부분은 오랜만에 고향으로 내려가 1박 2일간의 가족상봉을 한 후 다시 상경하기로 약속하고 헤어졌다. 나는 동료의 자동차편으로 고향에 내려갔다. 수개월 만에 단 이틀간의 짧은 가족과의 만남을 끝내고 다시 2차 시험고지를 정복하기 위하여 상경했다. 반(半) 짐을 훌훌 벗어 던졌는데도 여전히 어깨에 무거운 쇠뭉치가 누르고 있는 것 같았다. 예상문제를 반복해서 써가며 머릿속에 차근차근 입력했다.

2차 시험일인 1986년 7월 9일, 동숭동 시험장에는 친구와 직장동료들이 일찍부터 와 있었다. 꼭 붙으라며 엿과 찰떡을 사들고 그곳까지 와준 그들이 고마웠다.

지정석에 앉아 시제(試題)가 떨어지기만을 조용히 기다렸다. 수백명이 모인 장내였지만 쥐죽은 듯 숙연했다. 모두 그간 열심히 공부한 범주에서 출제가 되었으면 하는 바람들이었다. 시험예비 종이 가슴을

두근거리게 울렸다. 내무부(현, 행정안전부)에서 시험 감독관들이 입
실했다. 시험에 관해서 제반 주의사항을 엄숙하게 전했다. 드디어 시
험개시 종이 울리고 논문작성 용지와 시제가 발표되었다. 앞쪽에서
먼저 받아본 사람들이 술렁거렸다. 예상 밖의 문제가 출제되었기 때
문이었다. 난이도 높은 문제는 아니었지만 의외의 문제였다. 출제비
중이 낮을 거라며 제쳐 놓았던 문제가 나온 것이다. 빗나간 출제에
당황한 수험생 두 명이 급기야 졸도했다. 그들은 즉시 출동한 구급차
에 실려 서울대학교병원으로 후송되었다. 대부분의 수험생들은 한동
안 넋을 잃은 사람들처럼 멍하니 허공만을 응시했다.

한참동안 눈을 감은 채 아무것도 쓰지 못하던 나는 몇 개월 전 석림
사에서 공부했던 기억이 번개처럼 뇌리를 스쳤다. 연습지에 재빨리
문장개요를 적은 뒤 서론과 본론, 결론 순으로 논문작성에 임했다.
다행히 제한시간 안에 32쪽의 답안작성을 원만히 끝낼 수 있었다. 주
사위가 던져진 후 발표까지의 3주는 너무 긴 시간이었다.

마침내 내무부로부터 합격통지를 받았다. 긴 터널을 빠져나온 느낌
이었다. 십 년 묵은 체증이 후련하게 뚫리는 것 같았다. 날아갈 듯
기뻤다.

'86아시안게임'이 열리던 여름, 내무부 지방행정연수원에 교육 입
교하여 8주 동안 초급간부로서의 교양을 쌓았다. 이렇게 직급에 관
(官) 자 하나를 붙이기 위한 힘겨운 과정을 끝내고 그해 10월 13일,
드디어 행정사무관으로 임관되었다.

물은 강철도 꺾는다

1996년 7월 26일. 장마전선이 남북으로 오르락내리락하더니 시커먼 구름떼가 몰려오면서 우동 발처럼 굵은 빗줄기가 쏴쏴 성난 소리를 지르며 곤두박질치기 시작했다. 순식간에 임진강과 한탄강 유역에 위치한 파주시 문산읍과 연천군 대부분의 지역이 수해의 늪에 빠져들었다. 재해대책 비상체제로 전환된 공무원들은 피해 예상지역으로 달려가 저지대 주민과 강가에 흩어져 있는 피서객들을 안전지대로 대피시켰다. 밤 10시가 지나자 빗줄기가 차츰 가늘어지더니 강물도 더 이상 불어나지 않고 소강상태를 유지했다. 기상청의 장마가 끝났다는 일기예보를 듣고 '휴! 이제 살았다'며 모두는 안도의 숨을 내쉬었다. 밤 11시경 절반의 직원만 비상근무자로 남고 나머지는 집에 돌아가 휴식을 취하며 대기하라는 지시가 내려졌다.

지친 몸을 잠시 쉬려고 집에 왔으나 다시 굵어지기 시작한 빗줄기는 금방 무슨 일이라도 낼 것처럼 점점 거세졌다. 마치 양동이로 쏟아붓는 것 같은 집중 폭우로 돌변했다. 불안한 예감이 들어 등청을 서둘렀다. 가족들도 모두 일어나 한밤중에 장대같이 쏟아지는 빗속을 헤치고 집을 나서는 나를 걱정스러운 눈으로 바라보았다.

임진강과 한탄강, 장진천의 수위가 빠르게 상승하면서 여기저기 교통이 두절되는 곳이 늘어났다. 밤은 아직 칠흑같이 어두운데 비의 위력은 더욱 커지면서 읍내 시가지가 하천의 역류로 침수될 가능성이 높아졌다. 민방공 재난경보 사이렌을 울려 주민들을 긴급 대피시키기 위하여 경기도청에 경보발령 승인요청을 했다. 곧 승인이 떨어졌고 경보사이렌은 고막을 찢을 듯 새벽공기를 갈랐다. 그러나 그 큰 경보음도 우악스러운 비 소리가 삼켜버려 잘 들리지 않았다. 다시 가두방송 차량을 내보내 골목골목을 돌며 대피 계도방송을 했다.

저지대에 사는 주민들은 군청이나 학교, 교회, 회관 등으로 피신하고 일부 주민들은 아래층 가재도구를 위층으로 대충 옮기고 옥상에 머물기도 했다.

굵은 빗줄기 사이로 스멀스멀 먼동이 틀 무렵, 예상했던 대로 차탄천이 물줄기를 정반대 방향으로 돌려 빠른 속도로 역류하기 시작했다. 흙탕물은 눈 깜짝할 사이에 시내 전체를 집어 삼켰고 많은 주민들이 대피해 있는 군청도 물속에 갇혔다. 처음엔 성큼성큼 달려오는 물길을 모래주머니로 틀어 막아보려고 안간힘을 써보았지만 성난 자연 앞에선 어린애 소꿉장난에 불과했다. 많은 집들이 지붕 위까지 물이 차오르고 도로변 가로등과 전신주는 흙탕물 위로 겨우 고개만 삐죽 내밀고 숨이 찬 듯 헐떡거리고 있었다.

군청과 학교, 교회건물 등에는 집을 잃은 많은 이재민들로 북적거렸다. 대부분 맨손으로 몸만 피해 나온 사람들이라 먹을 것은 물론 입을 것, 덮을 것조차 없었다. 다행이었던 것은 한 번에 수백 명의 밥을 지을 수 있는 밥 차가 신속하게 지원되어 많은 이재민들에게 원활한 급식을 할 수 있었다. 그러나 무더운 날씨에 전기와 상수도가 끊긴 건물은 생지옥이나 다름이 없었다. 가장 견디기 힘든 것은 수세식 화장실의 악취였다.

이틀간 내린 강우량은 무려 687.4mm나 되었다. 일 년 동안 내려야 할 비의 절반이 넘는 양을 불과 이틀 동안에 몽땅 쏟아 부은 것이다. 9명이 급류에 휩쓸려 희생되었고 건물 3,100여 채가 물에 잠겼으며 주택 700여 채가 반파 또는 완파되었다. 2,000정보의 농경지가 물에 쓸려 버렸고 연천댐조차 맥없이 무너져 흉물스러운 몰골을 드러냈다. 1,000억 원에 달하는 재산 피해와 5,000여 명의 이재민이 발생하였다. 여러 마을이 고립상태로 전기, 상수도, 통신까지 두절되는 최악의 재난이 발생했다. 고립된 마을에 헬기로 물과 구호품을 전달하려고 하였으나 기상상태가 그마저 허락하지 않았다. 하는 수 없이 평소 자동차가 달리던 도로 위로 고무보트와 모터보트를 띄워 구호활동을 펴 나갈 수밖에 없었다.

고립된 마을에서 한 산모가 산기가 있어 위급하다는 아마추어 무선사의 무전 연락을 받고 그곳에 모터보트를 투입하여 신속하게 병원으로 이송시켜 무사히 건강한 딸을 낳게 했다.

경원선 철로와 도로가 여러 군데 끊겨 한동안 주민들의 발이 꽁꽁 묶여 큰 불편을 겪었다. 평소 부드럽기만 하던 물이 도로를 뚝뚝 잘라 버리고 열차가 달려도 꿈쩍도 않던 철로레일을 눅은 엿가락처럼 휘게 하는 무시무시한 괴력을 보여 주었다.

군청 앞에 있는 우리 집도 성할 리가 만무했다. 선공후사(先公後私)라고는 하지만 코앞에 있는 내 집의 피해를 뻔히 알고도 들여다 볼 시간적 여유가 없었다. 재난 상황실장의 책무가 그만큼 중차대하고 촌음을 다투는 일이었다. 사흘이 자나서야 잠깐 짬을 내 집안에 들어섰을 때의 그 황량함이란 이루 말할 수 없었다. 안마당에는 명개흙이 무릎까지 쌓여 있고 정성들여 담아 놓았던 간장 고추장 된장독은 여기저기 사방으로 흩어져 진흙 속에 처박혀 있었다. 지하실 보일러 유류탱크는 담겨있던 석유를 전부 토해버리고 대신 시뻘건 흙탕물로 배를 가득 채우고 있었다. 성난 물은 닫혔던 현관문을 도둑처럼 열어제치고 신발장에 있던 구두와 운동화 등을 전부 끌어내 서해로 몰고 가버렸다. 방안에 있던 가전제품과 가구들은 물을 흠뻑 먹고 뒤틀려 가고 있고 방바닥은 여기저기 꺼져있는 게 폐가나 다름이 없었다. 그러나 이 정도의 피해는 다른 사람들에 비하면 아무 것도 아니었다. 집이 흔적도 없이 사라져 버렸는가 하면 지붕 위까지 물이 차오른 집이 허다했다. 집을 잠깐 둘러본 나는 다시 폭주되는 재난 수습에 여러 날 밤을 꼬박 새워야 했다.

　우리 민족은 참 따뜻한 마음을 지녔다. 수해소식을 전해들은 국민들은 자신의 불행처럼 생각하고 많은 위문금품을 앞다퉈 보내주었는가 하면 자원봉사 활동에 발 벗고 참여하여 수재민들을 따뜻하게 격려해 주고 일손을 도와주었다. 그렇게 자원봉사자, 군인, 공무원, 기업체 임직원 등 온 국민이 한마음으로 나서서 수마가 할퀴고 간 수재민들의 아픈 상처를 어루만져 주었기에 그들은 재기할 수 있었다. 우리 집도 일주일이 지난 후에야 친구들의 도움으로 복구를 시작할 수 있었다.

　장맛비를 고통스러운 비라 하여 고우(苦雨)라고도 한다. 조선 4대 문장가 계곡(谿谷) 장유(張維 : 1587~1638)가 '고우(苦雨)'라는 시에서 "석 달 가뭄은 오히려 견디지만/ 사흘 비는 감당하기 어렵다."고 읊

었듯이 해마다 장마철만 되면 많은 사람의 목숨을 앗아가고 재산피해
를 입히는 무서운 재해가 반복되고 있다.

　평소 보슬비보다는 주룩주룩 쏟아지는 장대비를 더 좋아하던 내가
'자라보고 놀란 가슴 솥뚜껑보고도 놀란다.'고 그 날 하늘이 무너질
듯 퍼붓던 폭우가 빚어낸 참상이 너무 커서인지 이젠 후드득거리는
빗소리만 들어도 가슴이 쿵쾅거린다. 강철도 검불 꺾듯 하는 장대비
가 싫어졌다.

지독한 가뭄

봄 가뭄이 그렇게 심한 것은 난생 처음 겪어 보았다. 2001년 2월 중순에 병아리 오줌만큼 추적추적 진눈개비가 내린 것을 끝으로 6월 중순까지 무려 122일 동안 한 차례의 소낙비도 내리지 않았다. 석 달도 아닌 넉 달 가뭄은 기상관측 이래 60년 만에 처음이란다. 긴 가뭄에도 한줄기 소나기는 있는 법인데 그마저도 없었다. 기상청의 일기예보는 한결같이 쾌청으로 일관했다. 오보(誤報)라도 좋으니 비 내린다는 기상캐스터의 목소리를 한 번 듣고 싶었다.

예년 이맘때까지의 강수량은 500여mm가 넘었는데 그의 10%에도 못 미치고 있었다. 아침마다 구름 한 점 없이 붉게 타오르는 태양은 온종일 사람들의 등가죽을 벗길 위세로 뜨거웠다. 사람도, 식물도 불가마처럼 이글거리는 태양열에 배겨나지 못하고 축 늘어져 가쁜 숨을 몰아쉬고 있었다. 식물들이 목이 말라 바작거리며 신음하는 소리가 들려오는 것 같았다. 밭작물은 거의 수확을 포기할 정도였고, 타들어가는 못자리마저 살리지 못하면 벼농사도 낭패 볼 수밖에 없었다. 가뭄이 길어질수록 농민들의 근심은 태산처럼 커졌다. 농민들은 군수를 찾아와 상수도 물이라도 이용해 모를 낼 수 있게 해달라고 떼를 썼다. 오죽 답답했으면 그랬을까?

군(郡)에서는 한해대책에 전 행정력을 쏟아 부었다. 전 직원이 비상근무를 하면서 안간힘을 써보았지만 역시 인간의 능력은 한계가 있었다. 예비비는 물론 가용재원까지 가뭄극복에 집중적으로 투입했다. 소방차를 비롯한 산불방지용 급수차량과 청소대행업체의 오수분뇨차, 그리고 군부대가 보유한 급수차까지 총동원하여 거북등처럼 갈라진 못자리에 물을 길어다 부었다.

고문리(古文里) 양수장은 한탄강(漢灘江)물을 퍼 올려 군내 최대 수도작(水稻作) 지대인 고문리와 통현리(通峴里), 은대리(隱垈里) 지역 1,000여 정보(町步)의 논에 관수(灌水)를 하여 왔는데 강물이 말라붙어 더 이상 퍼 올릴 물이 없었다. 지금까지 한 번도 그래 본 적이 없었다. 설치돼 있는 대형 양수기는 물이 없어 낮잠을 잘 수밖에 없었다. 할 수 없이 강을 건너질러 보를 막고 쇠침처럼 졸졸 흐르는 적은 양의 물까지 가두어 두었다가 제한 양수를 할 수밖에 없었다.

계속되는 가뭄은 인심을 메마르게 하였고, 양같이 순한 사람들을 사나운 사자로 만들었다. 물싸움이 밥 먹듯이 벌어졌다. 물싸움은 대개 이웃 간의 싸움이다. 농토를 중심으로 옹기종기 모여 살며 조석으로 만나면 호형호제(呼兄呼弟)하는 친근한 사이지만 물꼬 다툼에는 한 치의 양보도 없다.

나중엔 부락 간 집단 물싸움으로 번졌다. 조금씩 퍼 올린 물을 지역별로 순차 공급하다 보니 수백여 명의 마을 주민들이 몰려나와 자기들의 몽리(蒙利. 저수지나 보 따위 수리시설의 혜택을 입음)구역으로 먼저 가져가려는 아귀다툼이 벌어졌다. 결국 논 물 대는 일에까지 공권력을 투입했다. 공무원과 경찰력으로 부락민들의 수로 접근을 차단시키고 계획관수를 하기에 이르렀다.

몇 개의 양수장을 긴급 증설하는 한편, 수백 대의 양수기를 이용해 고인물만 있으면 모두 퍼 올렸다. 지표수가 바닥을 드러내고 개미가 코를 골게 되자 이제는 지하수를 찾아 나섰다. 관정을 뚫기 위하여 수많은 지하수개발업체가 모여 들었다. 군부대의 땅굴 시추기(試錐機)까지 가뭄극복에 나서는 등 군인들도 크게 한몫을 했다. 고자리 쑤시듯 크고 작은 관정을 무려 430여 개나 뚫었다. 환경적 측면에서 보면 바람직한 일은 아니지만 이렇게 하지 않고서는 농사를 망칠 수밖에 없었다.

한해(旱害)가 가장 극심한 연천군(漣川郡)에 대통령이 올 모양이다. 이에 앞서 국무총리가 다녀가고 건설교통부장관과 농림수산부장관 등 고위층인사들이 부산을 떨며 줄줄이 다녀갔다. 윗분 행차에 앞선 대비책들이다. 경호실과 비서실에서 미리 안전점검과 의전에 관한 준비를 마치고 통제에 들어갔다. 내 사무실에는 경호실 지휘부가 설치되었다. 이튿날인 5월 24일 김대중(金大中) 대통령이 왔다. 서울에서 출발한 헬기가 요란한 굉음을 내며 공설운동장에서 내렸다. 전용차로 모심는 현장에 들러 가뭄을 이겨내며 모심기를 하는 농민들을 격려했다. 거동이 불편한데다 건강도 안 좋아보였으나 일기불순하고 국태민안하지 않으니 마음 편히 쉴 수나 있겠는가.

다시 은대리 벌판에서 작업 중인 대형 관정시추 현장으로 갔다. 농업기반공사에서 추진하는 사업이다. 때에 맞춰 시추기가 요란한 엔진소리를 내기 시작했다. 남겨두었던 목표단계의 지하층을 시추봉이 뚫는 순간 지하수가 분수처럼 시원스레 솟구쳤다. 참석자 모두는 박수를 치며 크게 환호했다. 각 방송사의 취재가 부산했다.

이중익(李重翼) 군수는 현장 브리핑에서 모내기는 무슨 일이 있어도 6월 7일까지 완료할 것임을 보고하면서 '임진강 수중보' 설치 등 몇 가지 숙원사업도 건의했다. 대통령은 군수의 굳은 의지표명에 고개를 끄덕이며 모내기를 조기에 마칠 것을 당부하면서 건의사항에 대하여 적극 지원하라고 임석한 장관에게 지시한 후 그곳을 떠났다. 저녁 뉴스에 대통령의 한해 지역 방문소식이 톱뉴스로 나왔다.

그런데 대통령이 다녀간 후, 군수가 거짓말 보고를 했다는 주민 여론이 봄바람 불 듯 솔솔 일기 시작했다. 물이 없어 까맣게 타들어 가는 그 넓은 벌판을 무슨 재주로 2주 안에 모심기를 하겠다는 건지, 되지도 않을 일을 허위로 보고했다는 것이다. 그 당시 실상을 본 사람들이라면 그렇게 생각하는 게 당연했다. 그만큼 상황이 좋지 않았다. 불가능한 일을 허위로 보고했다면 응분의 처분을 받아야 한다. 옛날 같으면 상감을 기만한 죄로 곤장 맞고 파직감이 아닌가.

나는 농산부서가 제출한 브리핑 자료를 검토하는 과정에서 모내기 완료 일자를 일주일이나 앞당겨 조정했다. 5월 하순이면 모내기가 모두 끝났던 지역인데 가뭄이 심하다하여 6월 중순까지 끌고 간다면 보고할 의미도 없거니와 소출도 크게 떨어지기 때문에 날짜를 앞당겼다. 우리 기획부서는 이렇게 다른 부서에서 제출하는 자료를 검토하면서 수정 보완된 보고서를 윗선에 보고하는 예가 간혹 있었다.

그 해의 한해 극복을 위한 노력은 하나의 전투를 방불게 했다. 모든 공무원은 물을 찾아 밤낮을 가리지 않고 뛰어 다녔다. 2, 3단 양수는 예삿일이고 5단 양수까지 시도했다. 이렇게 다단양수를 하다 보니 투입되는 예산이 생산가격을 웃도는 지역도 있었다. 경제적인 측면만으로 보면 묵정논으로 묵혀야 했지만 수지타산이 맞지 않는다고 농토를 묵힐 수는 없는 게 농심(農心)을 헤아리는 지방행정이다.

불가능한 일로 여겨졌던 모내기가 대통령에게 약속한 날보다 하루 전에 끝났다. 공무원 집단이기에 해낼 수 있는 개가였다. 인간의 지혜와 힘으로 자연의 일정부분을 극복할 수 있음을 체험했지만, 그것은 미약한 인간의 익지에 불과했음을 깨닫게 했다. 수십여 억 원의 예산과, 수천 명의 인력이 투입되어 모내기를 끝낸 지 열흘이 되던 날, 넉 달간의 긴 가뭄 행진이 끝나고 드디어 하늘 문이 활짝 열렸다. 가늘던 빗줄기가 국수발처럼 차츰 굵어지자 탈수 증세로 비틀거리며 너부러졌던 모든 생명체가 기쁨의 찬가를 부르며 너풀너풀 춤을 추는 것 같았다. 122일간의 기나긴 목마름이 단 두세 시간 만에 완전히 해결되었다. 역시 자연의 힘은 위대했고, 인간의 능력은 아주 보잘것없다는 사실을 극명하게 보여주었다. 세찬 빗줄기가 얼굴을 따갑게 때려도 그 비를 미친 사람처럼 실컷 맞아보았다.

빗줄기가 세차질수록 동네 사람들의 마음은 아랫목 엿가락 늘어지듯 느긋하고 행복해졌다. 이웃 간에 목청 높여 물싸움했던 일들을 후회했을 게 뻔하다. 논두렁이 출렁거리도록 논물 가두기를 끝낸 저녁이면 빈대떡이라도 몇 장 부쳐놓고 막걸리 한잔 서로 나누다보면 물싸움 때 노여움도 잠시일 뿐, 다시 이웃사촌인 것을….

폭염에 움츠렸던 개구리, 두꺼비들도 왕눈을 껌뻑이며 빗물을 흠뻑 뒤집어쓰고 제짝 찾는 소리에 들판이 시끄러워졌다. 온갖 만물이 생동 그 자체였다. 어둠이 있어야 밝음의 소중함을 알듯이, 긴 가뭄 뒤에 내린 비는 보석보다 값졌다.

격랑의 33년 노를 젓다

지방공무원에 발을 들여 놓은 지 33년 만에 정년을 일 년 반 남겨두고 명예퇴직을 신청했다. 남은 기간 동안 공로연수에 들어갔다가 정년을 맞아도 되지만 좀 아쉬운 듯 할 때 후진을 위해서 자리를 비켜주고 싶었다. 2002년 7월 5일, 많은 친지와 후배들의 환송을 받으며 퇴직을 했다. 그렇게 훌훌 털고 나오니 마음이 기쁘고 홀가분했다. 새로운 제2의 인생을 하루라도 더 많이 살고 싶었다. 결코 짧지 않은 긴 세월 동안 갖가지 시련을 극복하며 한 발짝 한 발짝 걸어오다 보니 청춘은 온간 데가 없다.

꿈과 패기가 넘치던 20대에 처음 공직에 입문했던 게 엊그제 같은데 어느새 칠십 대의 길목에 들어섰다. 그동안의 삶이 힘든 것만큼 이마엔 주름이 깊어졌고 가는 백발이 가을바람에 나부끼는 갈대와 같다. 풋풋한 총각공무원으로 불리던 내가 어느덧 아들, 딸, 며느리, 사위, 손자들이 포도송이처럼 주렁주렁한 할아버지가 되었다. 번개처럼 스쳐간 세월이 아쉽지만 마음은 부자 같다.

내가 걸어온 길은 격랑의 길이었다. 6,70년대의 농업선진화와 새마을운동을 통한 지역개발사업, 80년대의 민주화운동 그리고 90년대의 지방자치와 공직사회의 변화 그리고 2000년대의 정보화 사회로 진화하면서 나라의 선진화와 국민들의 의식과 생활수준은 몰라보게 향상되었다.

50불에 불과하던 국민소득이 400배가 넘는 2만 3천불 시대에 살고 있다. 최 말단 9급으로 출발하여 회똑한 사다리를 조심스럽게 한 칸 두 칸 오르듯 부이사관(3급)까지 올랐으니 얼마나 감사한 일인가. 나를 사랑하고 아껴준 가족과 상사, 그리고 선후배와 동료들의 도움이 있었기에 오늘의 내가 있다. 그동안 경쟁자와 시기하는 도전자가 왜 없었겠는가. 그러나 항해하는 배가 암초를 피해 높은 파도를 헤쳐 나가 듯 어려운 고비를 잘 넘길 수 있었다. 그때마다 등대 같은 귀인을 만나 같이 노를 저어준 고마운 분들을 잊을 수가 없다.

한 달 봉급이 12,500원일 때부터 시작했다. 쌀 두 가마 반을 살 수 있는 돈이었다. 늘 쥐꼬리만 하다는 별칭을 떨칠 수 없었다. 퇴직 몇 해 전까지만 해도 항상 생활비 적자를 면키 어려웠다. 아무리 아껴 쓰며 살아도 한 달 중 열흘치 정도의 생활비가 항상 모자랐다. 그때마다 마이너스통장에서 당겨썼다가 봉급날 갚고 다시 허덕여야 하는 게 다람쥐 쳇바퀴 돌 듯 반복되었다. 마치 가난한 농부가 가을걷이를 마치고 이것저것 갚고 나면 양식거리가 부족한 실상과 비슷했다. 그러나 퇴직 무렵에는 처우가 많이 개선되어 그런 악순환의 고리를 끊을 수 있었지만 세월은 더 이상 나에게 그런 여유를 허락해 주지 않았다.

격랑의 세월 33년은 용광로의 쇳물처럼 뜨거웠고, 파도처럼 거센 세월이었다. 1970년 10월 2일, 정부가 전국의 동리(洞里)마다 시멘트 335포대씩을 운송해주며 벌인 새마을운동은 낙후된 대한민국 농어촌에 '잘 살아보자'는 새로운 활력소를 심어준 역사적 사건이었다.

농촌의 환경을 개선하기 위하여 좁은 길을 넓혀 농로를 만들고, 초가지붕을 슬레이트나 기와로 개량하고, 쓰러져가는 오두막집을 양옥집으로 개량하며 돈이 되는 소득증대사업도 펼쳤다. 횃불을 밝히며 땀 흘린 흔적들이 고향 길목에서 지금도 나의 눈길을 잡아당기고 있다.

등가죽이 맞닿게 허기진 배를 움켜쥐고 타달타달 넘어야 했던 우리 민족의 애환이 서린 보릿고개! 봄철만 되면 먹을 양식이 떨어져 대여곡이라도 얻어 보려고 아우성이었다. 그렇게 오천 년 동안 가난을 숙명으로 알고 살아야 했던 우리는 '녹색혁명'으로 일컫는 '통일벼(IR667-98-1-2)'가 1971년 탄생하면서 보릿고개에서 해방되었다. 이 벼를 한 포기라도 더 심어 식량 자급자족의 꿈을 이루기 위하여 발바닥이 부르트도록 들판을 뛰어다니던 일이 꿈만 같다.

비상계엄 하에서 1972년 11월 21일 국민투표로 확정된 유신헌법이 12월 27일 공포되었다. "한국 사람은 한국 사람의 몸에 맞는 옷을 입어야 한다."며 유신헌법의 필요성을 계도해야 했고, 어느 때는 "유신헌법은 악법이므로 폐지해야 한다."는 일구이언적 모순에 빠져야 했다. 그 시대를 산 공직자라면 누구라도 영혼이 없다는 비난을 피할 길이 없다.

감사직에 있던 1979년 10월 26일, 나는 감사요원들을 이끌고 백학면에 종합감사를 나가 있었다. 그곳에서 박정희 대통령이 김재규(중앙정보부장)에 의해 시해되었다는 뉴스를 듣고 나라의 안위를 걱정하며 서둘러 귀청을 했던 일이 생각난다. 군청 대회의실에 빈소가 마련되었고 각급 기관단체 임직원과 주민들의 조문 행렬이 이어졌다. 눈시울을 적시며 슬퍼하는 사람들이 의외로 많았다. 인간의 정이 얼마나 끈끈한지, 더러운 욕망과 배신 그리고 저주가 또 얼마나 무서운가를 낱낱이 보여준 사건이었다.

1980년 5월 18일, ‘광주민주화운동’이 일어났다. 당시에는 ‘광주소요사태’라고 했다. 그로 인해 193명의 사망자와 47명이 행방불명되는 큰 희생이 따랐다. 이는 한국 현대사의 치명적인 상처로 남게 되었다. 5월 31일에는 신군부가 ‘국가보위비상대책위원회(국보위)’를 만들어 대대적인 공무원 숙정과 불량배 소탕이라는 명분으로 군(軍)시설에 ‘삼청교육대’를 만들었다. 노소를 불문한 3만 8천여 명이 그곳에 강제로 입소되어 아주 심한 훈련을 받았다. 갔다 온 사람의 말에 의하면 그건 훈련이 아니라 인간 이하의 체벌이었다고 했다. 온 나라가 북극의 빙하처럼 꽁꽁 얼어붙었다.

내무부가 주관한 5급 승진시험에 합격하여 1986년 10월 13일, 공무원의 꽃이라고 불리는 행정사무관에 임관되었다. 불혹을 넘긴 나이에 치른 힘든 시험이었다. 6개의 시제(試題)를 받아 논문을 작성하려면 미련스러울 정도의 노력이 필요했다. 그 고행 길도 이젠 그리운 추억이다.

1995년 7월 1일, 전국적으로 실시된 지방자치제는 지방행정에 큰 변화를 가져왔다. 시 도지사와 시장, 군수 그리고 지방의원을 주민이 직접 선출함으로써 민의가 폭넓게 행정에 반영되고 주민의 행정참여 기회가 크게 늘었다. 그렇지만 부작용도 많았다. 일시에 과다한 예산이 투입되었고 출신지역별 선심성 예산이 편성되기도 했다. 절대 중립적이어야 할 공직자가 인맥을 따라 줄서기를 하는 폐단이 생겼고 자기 줄에 서주지 않았다 하여 벌목하듯 쳐내는 사례도 비일비재 했다. 그뿐 아니라 가장 심각한 사회적 병폐는, 같은 지역사회에서 호형 호제하던 사람들이 선거를 치르고 나면 무서운 정적(政敵)으로 변해 서로 반목하며 원수처럼 지내는 일이다. 선거판에 발을 들여 놓았다 가 패가망신 아니면 영어(囹圄)의 몸이 된 사람은 또 얼마나 많은가.

1996년 7월 26일, 내가 기획실장으로 재직할 때였다. 군(郡) 전 지역이 사상 최악의 수해를 입었다. 처참하게 피해를 입고 망연자실하던 주민들의 일그러진 모습, 수해로 얼룩진 깊은 상처를 아물리기 위하여 동분서주하던 그 세월이 악몽과 같다.

긴 세월동안 양 어깨에 짊어졌던 무거운 사명감과 높은 도덕적 기준에서 벗어나는 마음이 깃털처럼 가볍고 홀가분했다. 선배들이 떠날 때 스코틀랜드 민요 〈작별〉을 합창하며 눈시울을 적시던 틀을 깨고, 나는 큰 딸이 연주하는 피아노곡 〈마이웨이(my way)〉를 들으며 제 2의 인생길을 향해 환한 웃음으로 퇴임식장을 나섰다.

제 5 부

고향 우물

어버이날 일기

어버이날, 아이들로부터 카네이션 꽃을 받을 때마다 불현듯 어머니가 보고 싶어진다. 그러면 고향집 울안에 흐드러지게 핀 매화와 철쭉꽃으로 작은 꽃다발을 만들어 어머니 묘소로 달려간다. 어머니께서는 생전에 꽃을 무척 좋아하셨다. 뜨락 빈터에 갖가지 화초와 꽃나무를 손수 심어 가꾸는 일을 큰 낙으로 삼으셨다. 철따라 예쁘게 피는 꽃을 바라보며 소녀처럼 기뻐하시던 모습이 다시 피는 그 꽃을 볼 때마다 눈에 선하다.

묘소 가는 길목의 산천은 어느새 녹음이 한창 짙어지고 있었다. 곱게 피었던 개나리, 진달래 꽃잎은 검붉게 멍이 들어가고, 박꽃처럼 하얀 꽃가루를 뿌려대던 벚꽃 진 자리엔 작은 북채 같은 파란 빛이 앙증맞게 대롱대롱 매달려 있다. 벌써 아카시아 꽃이 송알송알 하얀 얼굴을 비집을 준비를 하는 걸 보니 어느덧 초여름이 봄의 포근한 잔등에 업혀 문지방을 훌쩍 넘어온 듯 했다.

한식날 뒤 이제야 찾았으니 불효가 막심하다. 자식이 또 있는 것도 아닌데…. 어머니는 오늘도 조용하게 주무시기만 한다. 77년 동안 혼

자 외롭게 짊어지셨던 무거운 짐이 너무 버거우셨나보다. 가지고 간
꽃다발을 어머니의 발치에 놓아 드렸다. 여린 꽃잎이 스치는 미풍에
파르르 떠는 게 마치 내 마음의 울림 같다. 투박한 상석(床石) 위엔
황금빛 송홧가루가 내려 앉아 햇빛에 반짝거렸다. 뒷산에서 까마귀가
요란하게 깍깍거리고 뻐꾸기의 구성진 울음소리가 청승맞다.

　묘소 곳곳에 여러 가지 잡초들이 서루 앞 다퉈 키 재기를 하고 있었
다. 개망초, 씀바귀, 바랭이, 도라지, 둥굴레 등 그 종류도 다양했다.
갖가지 풀씨들이 인근 산에서 바람에 실려 이곳에 터전을 잡았다. 그
중에서도 개망초란 놈은 욕심꾸러기였다. 수많은 종족을 번식시켜 놓
고 우쭐대듯 바람에 나부낀다. 뽑아보니 야생초 아니랄까봐 뿌리가
쇠심줄같이 질겼다. 잡초들과 몇 시간동안 손씨름을 하다 보니 손목
에 자가품이 났다. 몸은 온통 땀으로 범벅이 되고 허리도 아팠다. 해
가 서산에 뉘엿뉘엿 질 무렵쯤에서야 잡초들의 소탕이 끝났다. 묘소
주변이 훤해지고 마음은 홀가분해졌다. 이렇게 뽑고 돌아서면 보란
듯이 고개를 내미는 게 잡초의 근성이다.

　세상근심 다 던져 버리고 영계(靈界)에 계신 어머니는 아들 며느리
가 곁에서 몇 시간을 총총걸음을 해도 아무런 기척이 없으시다. 왜
자주 오지 않느냐는 꾸중도, 오랜만에 만난 반가움도, 풀 뽑느라고
수고했노라는 단 한마디의 말씀도 없다. 이승과 저승을 가로지른 장
벽이 이처럼 철옹성보다 두텁다.

　삼주 이정보(三洲 李鼎輔 1693~1677: 영조 때 大司成, 吏曹判書)의 시
조 한 수가 생각난다.

　낙일(落日)은 서산(西山)에 져서 동해(東海)로 다시 나고

추풍(秋風)에 이운 풀은 봄이면 푸르거늘
어떻다 최귀(最貴)한 인생은 귀불귀(歸不歸)하느니

　묘소를 떠나기 전에 어머니를 한번 안아보고 싶었다. 누워계신 머리맡으로 다가가 어리광부리듯 와락 어머니 목을 얼싸안았다. 비단결처럼 보드라웠던 어머니의 살결 대신 용미(龍尾)에 돋은 까칠한 잔디만 양손에 한 움큼 쥐어졌다. 옛날 어머니의 구수한 냄새대신 비릿한 풀냄새가 콧속을 흐려 놨다. 콩닥거리는 내 심장박동이 저 깊은 땅속 어머니의 가슴속까지 이어졌으면 좋으련만….
　가슴에 응어리져 있던 그리움이 복받쳐 올랐다. 꽃다운 나이에 홀로되셔서 우리 남매를 위해 한 평생을 희생하시며 한 많은 삶을 살다가 가신 어머니가 한없이 불쌍했다. 오래도록 함께하며 효도하지 못한 회한(悔恨)의 눈물이 양 볼을 적셨다.
　'어머니! 그동안 얼마나 적적하고 외로우셨어요? 어머니가 밤잠을 설치며 공들여 키운 손자는 은행간부가 되어 제 처자식과 함께 미국에서 5년 동안 근무하다가 들어온 지 1년 만에 다시 인도네시아로 떠나 오늘 같이 오지 못했습니다. 3년 후에나 돌아온답니다. 생면부지 증손자들이 보고 싶으시죠? 저도 그 녀석들이 무척 보고 싶습니다. 큰손녀는 서울교대를 졸업하고 서울에서 초등학교 선생이 되었습니다. 이화여대에 들어갔다고 좋아하시던 둘째 손녀는 결혼해서 아들 둘을 낳고 잘 살고 있고요, 아침마다 어머니께서 책가방을 머리에 이고 학교에 데려다 주셨던 막내 손녀는 숙대를 졸업하고 은행원이 되어 개미처럼 힘겹게 일하고 있습니다.'
　고해성사를 하듯 이런저런 이야기들을 중얼중얼 고하다 보니 어느

새 해거름이 어슬렁거리며 다가와 내 등을 떼민다. '어머니 또 오겠습니다.' 땅거미 속에 묻혀가는 유택(幽宅)을 적막강산에 두고 떠나는 발걸음이 물에 젖은 솜뭉치처럼 무겁다.

대추

　우리 집 뜰 대추나무에 망울망울 매달린 대추가 가을을 물들이는 햇볕에 수줍은 듯 빨갛게 얼굴을 붉힌다. 여름동안 뜨거운 태양에서도 시퍼런 알몸으로 잘도 버티더니 더 이상은 못 참겠나 보다. 산들바람에 울긋불긋한 옷으로 갈아입고 가을 맞을 채비를 서두른다.

　대추나무가 천여 년 전에 중국을 통하여 우리나라에 들어왔으니 긴 세월만큼이나 그에 얽힌 이런저런 이야기와 추억도 많다.

　나는 대추가 탱글탱글 익어 갈 때마다 외가댁 생각이 불현듯 떠오른다. 집에서 삼십 리가 넘는 산골길을 졸랑졸랑 어머니의 길라잡이가 되어 외가에 가면 외할머니께서 대추설기를 만들어 주셨다. 씨를 발려낸 대추와 밤, 호박고지, 잣 등을 찹쌀가루에 켜켜이 넣어 푹 쪄낸 달착지근한 그 대추시루떡 맛이 아직도 입안에서 맴돌고 있다.

　"대추를 먹으면 늙지 않는다."는 옛말이 있다. 단백질과 지방 등의 영양소와 무기원소, 비타민 C와 P가 많이 들어있어서 그렇다고 한다. 특히 비타민 P는 노화방지와 모세혈관을 튼튼하게 해줘 고혈압과 동맥경화 등의 성인병예방에 아주 좋다.

어릴 적 목뒤에 큰 부스럼이 난 적이 있었다. 지금 같으면 병원에서 간단한 수술로 치료하겠지만 그땐 시골에서 그만한 일로 병원을 간다는 건 상상도 할 수 없었다. 어머니 손에 쥐어진 날카로운 대추나무가시에 사정없이 찔린 후에야 봉싯하게 고여 있던 고름과 굳은 피가 홀쭉하게 빠졌다. 이렇게 대추나무가시는 종기를 치료할 때 요긴하게 쓰였는가 하면 우는 아기에겐 공포의 상징물이기도 했다.

나무 중에서 가장 게으르게 싹을 틔우는 게 대추나무이다. 춘사월이 다 가도록 앙상한 나뭇가지를 허공에 내놓고 긴 겨울잠에서 깰 줄 모르는 게으름뱅이 대추나무! 다른 나무들이 바쁜 발걸음으로 봄길을 재촉하는데도 대추나무는 서두름이 없이 느긋하다. 그래서 옛날부터 양반나무라고 불렀나 보다.

이런 설화도 있다. 어느 날 밤나무가 대추나무에게 "게으름뱅이 대추나무야, 나는 벌써 새순이 이만큼이나 자랐는데 너는 언제쯤 나를 따라올래."라며 조롱하듯 말했다. 대추나무는 밤나무에게 "네가 아무리 서둘러봤자 추석 차례상에는 너보다 내가 먼저 올라 갈 테니 걱정하지 말라."고 점잖게 말했다. 늦잠에서 깨어난 대추나무는 여름동안 부지런히 잎과 꽃을 피우고 열매를 영글렸다. 밤나무가 다시 "너처럼 몸집이 작고 씨도 커서 쓸모도 없는 것을 누가 차례 상에 쓰겠니."하면서 약을 올렸다. 대추나무는 "나중에 보면 알아."라고 점잖게 말했다.

추석이 되자 사람들은 잘 익은 대추를 따다가 조율이시(棗栗梨柿)라는 원칙에 따라 밤이나 배, 감 등의 과일보다 대추를 첫 번째 순위로 진설한 후 차례를 올린다. 잘난 척 우쭐대던 밤나무는 그때서야 자기의 분수를 깨닫고 대추나무에게 공손해졌다고 한다. 대추가 실과(實

棗)는 비록 작지만 관혼상제례(冠婚喪祭禮)에는 물론 우리의 일상생활과 약제로도 널리 쓰인다.

제례 때 과일의 서열을 정하게 된 것은 조선조 관직(官職)에서 연유됐다고 한다. 대추(棗)는 씨가 하나이고 붉은 색이므로 임금에 비유됐다. 그 다음이 밤(栗)인데 한 송이에 세 개의 밤알이 들어 있다하여 삼정승(三政丞 : 영의정 좌의정 우의정)을 의미하였다. 감(柿)은 씨가 여섯 개여서 육조(六曹 : 이, 호, 예, 병, 형, 공조)를 상징했고, 배(梨)는 육질이 희다하여 만백성에 비유했다고 한다.

대추는 민간신앙에서 길조로 여겼다. 태몽에 대추를 보거나 제사에 썼던 대추를 며느리에게 먹이면 아들을 낳는다고 믿어왔다. 요즈음도 폐백 때 새 며느리의 절을 받은 시부모가 제일 먼저 폐백 상에 놓인 대추를 한 움큼 집어서 며느리의 치마폭에 던지며 "아들 딸 쑥쑥 많이 낳아라."며 자손의 번성을 기원하는 것도 이와 같은 맥락이다.

선인들은 대추가 많이 열리기를 기원하며 대추나무를 시집보내는 풍속으로 단옷날 정오에 두 개로 갈라진 나뭇가지에다 돌을 끼워주었다. 우리 집 나무도 오래 전에 이렇게 시집을 보냈는데 이젠 장가 든 돌을 꼭 끌어안고 놓지 않는다. 찰떡궁합인가 보다.

대추나무는 음력 육칠월에 세 번 드는 복(伏)날마다 꽃을 피워 열매를 맺는데 이 날 비가 오면 수분(受粉)이 잘 되지 않아 대추 흉년이 든다고 하여 시집가야 할 큰애기들이 울었다고 한다.

대추와 관련된 속담도 있다. 강건하고 다부진 사람을 가리켜 '대추 방망이 같은 사람'이라고 하며 여기저기 빚을 많이 진 것을 가리켜 '대추나무 연 걸리듯 했다'고 말한다. 하지만 좋은 인연과 사랑이 대추나무에 연 걸리듯 하면 얼마나 좋을까….

이 가을 촌동(村童)시절의 이런저런 사연과 추억들이 대추알처럼 송알송알 익어간다.

고향 우물

옛날에는 촌락을 조성하는데 제일 먼저 고려한 게 샘이었다. 사시사철 마르지 않는 샘 줄기를 찾으면 자연히 그 주변에 마을이 생기고 사람들은 그 물을 나눠 먹으며 정답게 살았다. 억수장마가 져도, 등가죽을 까는 가뭄이 들어도 더 늘거나 줄지 않는 우물은 그 마을의 축복이었다. 만에 하나 수량(水量)이 줄거나 샘 길이라도 다른 곳으로 돌면 어쩌나 하고 염려하는 마음으로 그곳에서는 부정한 것도 금기했으며 철따라 떡을 해다 놓고 우물 신을 받들었다.

심신을 정갈하게 하고 인적이 드문 새벽이나 야심한 밤에 정안수를 떠다가 뒤곁 장독대에 올려놓고 투박한 손바닥을 비비며 가족의 평안과 소원을 빌던 어머니들의 정성도 바로 이 우물물에서 시작됐다. 집집마다 부엌에는 정결하게 물독이 놓이고 거기엔 아침저녁으로 맑은 물을 가득 채웠다. 치렁치렁 늘어진 삼단 같은 머리를 곱게 빗어 올려 은비녀로 망울망울 쪽진 새댁의 머리엔 왕골로 엮은 따리가 소담한 물 항아리를 편안하게 받쳐주었다. 겨울에는 모락모락 김이 피어오르고 한여름에는 냉장고처럼 시원한 두레우물 속에 참외, 수박 같은 과

일이나 열무김치, 콩국 같은 것을 담가두었다가 먹기도 했다.

이젠 상수도에 밀려 그런 우물로 어우러진 마을의 모습은 소설 속에서나 볼 수 있다. 박완서는 〈그 여자네 집〉에서 우물물을 긷는 여인의 소박하게 피어오르는 첫사랑을 이렇게 그렸다.

"방구리로 물을 길어 가는데 저만치서 만득이가 오는 게 보였다. 그걸 본 곱단이는 에구머니나. 흘러내린 치마말기를 치켜 올리려고 급히 방구리 손잡이를 놓아버린 것이다. 방구리가 깨진 건 말할 것도 없다. 곱단이가 열너덧 살 가슴이 살구씨만큼 부풀어 올랐을 무렵이었다. 저고리를 짧게 입고 치마말기로 가슴을 동일 때라 임질을 할 때면 겨드랑과 가슴이 드러나게 돼 있었다."

내 고향 풍경을 사진으로 찍어 그대로 옮겨놓은 것 같다. 어디 내 고향뿐이랴. 우리네 삶의 터전이 대부분 그랬던 걸…. 우물가는 여인네들이 시집살이의 한을 달래며 담소를 나누던 곳이기도 했다. 기쁜 일, 슬픈 일, 자랑하고 싶은 얘기들을 물 항아리에 소복소복 담아 나르던 터라 어느 집에서 죽이 끓고 밥이 끓는지, 숟가락이 몇인지 서로 다 알고 지낸 건 우물가 수다 덕분이었다.

거센 파도처럼 산업화의 바람이 밀어닥친 1960년대 후반, 한복남 작곡의 "앵두나무 우물가에 동네 처녀 바람났네…."로 시작하는 〈앵두나무 처녀〉 노래가 크게 히트하면서 정겹고 고요했던 농촌마을 우물가는 시골처녀들이 모여 함께 서울로 줄행랑치기를 모의하던 곳으로 풍자되었다.

대중가요는 그 시대를 반영한다는데 이 노래는 우리 농촌의 새로운 전환점을 알리는 신호탄이었다. 이 노래가 유행할 무렵 농촌 처녀들이 대도시의 공장으로 썰물처럼 빠져나갔고 그 뒤를 청년들이 따랐다. 도시에 정착하여 성공한 젊은이들이 있는가 하면 멋모르고 도시에 발을 들여 놓았다가 낭패 본 이들은 또 얼마나 많았던가.

이제 농촌에서 아이의 울음소리를 들어 보기가 쉽지 않다. 우물이 사라져버리듯 젊은이들이 대부분 농촌을 떠났기 때문이다. 일부 남아 있는 총각들은 결혼할 상대가 없어 피부색과 언어가 다르고 문화가 다른 이국 처녀를 데려다 장가를 들고 있다. 이제 우리 사회는 다문화 다인종 며느리시대로 바뀌었다.

우물시대를 마감하고 상수도시대를 연 것도 그 유행가가 들불처럼 번져나갈 때부터이다. 새마을사업으로 마을마다 간이상수도가 설치되어 수천 년 동안 머리로 이거나 져 나르던 수고로움에서 벗어나 집에서 수도꼭지만 틀면 물이 콸콸 쏟아져 나오게 되었다.

우리나라 최초의 상수도는 1895년 부산에서부터 시작되었다. 서울은 13년 뒤인 1908년에 영국인이 조선수도공사를 설립하고 '뚝섬여과지공사'를 완공하면서 급수가 시작되었다. 오늘날 전국 급수인원이 무려 4,500여만 명에 달할 뿐만 아니라 한 사람당 하루 평균 급수량도 365리터에 이르는 선진국 수준이다. 이렇게 상수도 보급률이 높아지면서 우리에게 미친 위생적, 문화적 영향은 매우 컸다.

인류가 처음에는 빗물이나 표류수를 먹다가 우물을 파게 되었고 지질이 연하고 수맥이 얕은 곳에서는 수동펌프를 박아 지하수를 끌어올려 물을 이용해 왔다. 그 뒤 간이상수도로 발전했다가 지방상수도를 거쳐 이젠 광역상수도 시대에서 살고 있다. 그러나 높은 이용률에 비해 수돗물에 대한 불신의 벽은 여전히 허물지 못하고 있다.

미래에 어떤 형태로 물을 이용하게 될지 모르지만 어릴 적에 조롱박으로 퍼먹던 순수한 고향 우물물에 대한 향수는 잊지 못할 것 같다.

땔감의 변천

우리는 반세기 전만 해도 땔감을 초목에 의존해서 살았다. 산에 나무가 자랄 새 없이 마구 베어다 아궁이에 불을 땠으니 산은 늘 헐벗고 황폐했다.

추수가 끝나면 일꾼을 사거나 이웃 간 품앗이로 겨울 땔감을 장만했다. 마당 섶에 그득하게 쌓인 풋나무가리와 부엌 뒤에 차곡차곡 쌓인 장작더미만 봐도 마음이 따뜻해졌다. 이렇게 겨울채비를 마치면 한겨울 어떤 추위와 폭설이 내려도 아무 걱정이 없었다. 선조들의 행복관은 '등 따숩고 배부르면 그만'이라는 말에 잘 나타나 있다. 그처럼 식량과 땔감의 비중을 반반으로 여겨왔다.

땔감을 이용한 온돌난방을 쓰는 나라는 세계에서 오직 우리나라뿐이다. 얼마 전 러시아 연해주에서 온돌 유적이 발견된 적이 있는데 그 곳이 발해의 땅이었음을 입증해 주는 좋은 증거다. 지명에 따라 땔감의 종류도 다르다. 대관령이나 새재와 같이 령(嶺)이나 재 자가 붙는 고장에서는 대개 장작이나 삭정이를 땔감으로 쓴다. 그리고 조밭골, 가마골 같은 고장에서는 주로 풋나무와 장작을 병용한다. 이런 지역들은 땔감 하나는 풍족하다. 그러나 벌말, 평촌말 같은 벌판 마을에서는 나무가 귀해 곡초(穀草) 따위를 주로 땔감으로 썼다.

안성에서 피란생활을 할 때, 땔감 때문에 큰 고초를 겪었던 일이 있다. 그곳은 농경지에 비해 산이 적은 탓에 땔감 구하기가 식량 구하는 것 못지않게 힘들었다. 농사를 짓는 원주민들은 볏짚이나 밀, 보리짚, 콩대 등은 물론 옥수숫대나 수수깡의 뿌리까지 캐내 흙을 털어 말린 뒤 땔감으로 쓰고 있었다.

그러나 농사가 없는 피란민들은 식량을 마련하기에도 벅찬데 설상가상으로 땔거리까지 걱정하며 살았다. 하다못해 남의 산소 잔디를 갈퀴로 긁어다가 때야 하는가 하면, 밭에 떨어진 콩잎이나 들깻잎을 긁어다가 땔감으로 썼다. 그것도 주인이 알면 밭에 거름을 긁어간다고 야단을 쳤다. 산주의 감시가 얼마나 심했던지 남의 산에 낫이나 갈퀴를 들고 들어갈 엄두도 내지 못했다. 솔잎이나 솔방울이라도 주워보려고 산에 들어갔다가 산주에게 혼쭐만 나고 쫓겨난 일도 있었다. 먹을 게 없어 뱃속은 쪼르륵거리는데 군불이라도 따뜻하게 땠으면 좋으련만 그곳에선 그 일도 쉽지 않았다.

며칠 전 통일전망대에 다녀왔다. 강을 사이에 두고 손에 잡힐 듯 아른거리는 북녘 땅, 헐벗은 민둥산을 바라보면서 씁쓸한 생각이 들었다. 초목이 자랄 새 없이 잘라다 때야 하는 북한 주민들의 생활이 저 산만 보아도 어떠하리란 게 짐작되었다. 반세기 전 가난할 때 우리도 저와 비슷했는데 지금 우리의 만산(萬山)은 푸르른 삼림으로 그득하다. 산천마저 남북한이 저렇게 극명한 차이를 보이고 있다.

원시시대 수렵생활에서부터 농경사회에 이르기까지 아주 오랜 세월동안 우리 곁을 지켜준 땔감은 초목이었다. 산업사회에 접어들면서 땔감은 혼조상태를 보이기 시작했다. 초목땔감을 밀어내고 석탄이 우리의 가정과 공장, 학교 등으로 밀려들어 왔다. 산의 나무들은 오랜만에 무차별적인 남벌을 면할 수 있게 되었지만 대신 인간의 피해는 컸다. 형체나 소리도 없고 냄새도 없는 일산화탄소는 저승사자보다 더 무섭게 많은 사람들을 죽음의 길로 내몰았다. 그것도 가난하고 불쌍한 사람들의 인명을 더 많이 앗아갔다. 어디 그뿐인가. 그 석탄을 캐내기 위하여 얼마나 많은 광부들이 어둡고 숨 막히는 지하 막장에서 검은 먼지와 힘겨운 싸움을 했던가.

석탄의 시대는 그리 길지 않았다. 석탄을 맥없이 무너뜨리고 그 자리를 차지한 석유! 과연 우리의 발밑에는 한 방울도 허락하지 않았단 말인가. 한때 영일만에서 석유가 쏟아져 나온다는 소식에 온 나라가 떠들썩하던 환호성이 현실이었으면 얼마나 좋을까. 아쉽고 한편으로 부끄러운 역사의 한 장이다.

지구가 기우뚱거릴 만큼 늘어나는 자동차, 선박, 공장, 보일러 등이 하마처럼 삼켜버리는 기름 때문에 요즘 검은 대륙 사람들의 콧대가 한껏 높아지고 있다. 하루가 다르게 하늘 높이 치솟고 있는 유가는 급기야 석탄과 초목의 향수를 다시 불러일으키고 있다.

석유와 함께 핵연료와 물, 태양, 바람 등을 이용한 전기 땔감시대로 접어든 지도 꽤 오래되었다. 전기가 우리의 안방과 산업시설에 없어서는 안 될 주요한 땔감으로 자리 잡고 있다.

미국의 경제학자 제러미 리프킨(Jeremy Rifkin)은 그의 저서 〈수소혁명(水素革命)〉에서 "수소의 등장으로 화석에너지에 의존하는 탄소시대가 종말을 고할 것이며, 이는 기존의 경제, 정치, 사회를 근본적으로 바꾸는 또 하나의 혁명적인 일이 될 것."이라고 말했듯이 가스와 석유, 석탄이 고갈되기 전, 머지않은 장래에 세계에 고르게 분포된 물을 이용한 새로운 땔감(수소)시대가 우리 앞에 활짝 열리게 될 것이다.

되찾은 우측보행

2009년 10월 1일부터 보행방식이 좌측에서 우측으로 바뀌었다. 우선 교통시설을 중심으로 시행하고 있지만 갑작스런 변경에 많은 사람들이 어리둥절해 한다. 좌측보행을 해온 지 벌써 88년이나 되니 몸에 밴 습관이 하루아침에 어찌 쉽게 고쳐질 수 있겠는가. 요즘 길을 걷다 보면 새로운 규정에 따라 우측보행을 하는 사람이 있는가 하면 종전의 습관대로 좌측보행을 고집하는 사람이 있어 서로 뒤엉키기 일쑤이다.

일부 지하철역은 에스컬레이터의 상하 행 위치를 좌측에서 우측으로 변경하고 바닥에 화살표로 진입방향을 표시했지만 평소처럼 에스컬레이터에 들어섰다가 "어머나"하고 비명을 지르며 뒷걸음쳐 빠져나오는 모습도 종종 눈에 띈다. 한참동안은 이런 혼돈 속에서 살아야 할 것 같다.

우측보행을 최초로 규정했던 게 1905년 '대한제국규정'이었다. 그러나 일본이 우리나라를 병탄(倂呑) 이후 조선총독부의 '도로취체규칙' 개정에 따라 일본 방식대로 좌측보행을 하기 시작한 게 1921년이니 그 역사가 결코 짧지는 않다. 일본 강점기에 설치된 철도 중 일부는 지금도 좌측통행 방식이다. 지하철 1호선도 아직까지 좌측통행을 하고 있다.

1946년 미군정이 차량통행 방법은 우측으로 변경하였으나 사람의 보행방식은 그대로 됐다. 1961년 우리 정부가 '도로교통법'을 제정하면서 "보행자는 보도와 차도의 구분이 없는 도로에서는 좌측통행을 하여야한다."라고 명시한 게 오늘에 이르렀다. 이렇게 좌측보행이 당연한 보행문화로 자리 잡고 있었던 것이다.

우리 민족은 원래 오른쪽을 중히 여기고 왼쪽을 낮춰보는 존우비좌(尊右卑左) 사상에 젖어 살았다. 우는 오른쪽이란 뜻만 있는 게 아니라 귀하고 바르고 소중하다는 뜻도 내포되어 있다. 해가 돋는 동쪽을 우로 여겼고 해가 지는 서쪽을 좌로 생각했다. 그뿐 아니라 명문이나 명족을 우성(右姓)이라고 했고 바른길을 우도(右道)라고 했다. 학문을 숭상한다는 뜻으로 우문(右文)이라는 말도 써왔다.

광화문처럼 세 개의 문으로 되어 있는 궐문을 드나들 때도 아무렇게나 드나드는 것이 아니었다. 가운데 문(中門)은 왕이나 중국사신 만이 다닐 수 있었고 오른쪽 문은 사대부와 양반계급이, 왼쪽 문은 중인 이하의 서민이 다니게 했다. 향교나 문중 사당의 문을 보면 대부분 삼문(三門)으로 되어 있다. 대개의 사람들이 세 개의 문 중에서 중앙에 있는 넓은 문이 신도(神道)라는 것을 알지 못하고 서슴없이 출입하는 걸 본다. 우문으로 들어가 좌문으로 나오는 게 법도이다. 물론 신의 길을 밟았다고 이를 탓하는 신은 없다. 다만 관습에 어긋날 뿐이다.

하급자가 상급자의 오른쪽에 앉지 않는 것을 예의라고 생각했으며 남성이 여성의 우측에 자리했다. 살아 잠자리에서는 물론 죽어서 부부합장 시에도 남우여좌의 원칙을 철저히 지켜왔다. 술을 따르거나 커피 잔을 가져다 줄 때 왼손을 쓰는 것을 큰 실례로 여기고 있다.

직장생활을 하다보면 본의 아니게 현재보다 못한 다른 부서나 직책으로 옮겨지는 경우가 있는데 이를 가리켜 좌천(左遷)이라고 한다. 좌천되는 걸 싫어하듯이 자연히 좌측을 꺼려한다. 유아기에 접어 든 아이들이 왼손으로 물건을 잡으면 왼손잡이가 된다며 자꾸 오른손으로 쥐도록 어머니들이 교정해 준다. 왼손으로 제물(祭物)을 만들거나 만지지 않아야 한다는 것도 모두 이런 비좌사상이 근원이라 할 수 있다.

이 같은 존우사상은 우리뿐만 아니라 세계가 공통적이다. 그 원인은 여러 가지겠으나 오른쪽이 편하고 왼쪽이 불편하게 느껴지기 때문이 아닐까?

인도의 고행승(苦行僧)들도 두상에 손을 댈 때는 오른손으로 하고 몸의 하체를 만지거나 처리하는 일은 반드시 왼손을 사용하는 관습을 지켰다. 그러나 역학(易學)에서는 이와 정반대의 입장으로 좌존사상이 투철했다. 조선조에서 중국의 이 같은 좌존사상에 의한 관직을 받아들여 좌의정(左議政)을 우의정(右議政)보다 상위직위로 삼았다.

우측보행이 글로벌 통행방식인데도 우리는 사람은 좌측으로, 자동차는 우측으로 통행하는 기형적인 방식을 근 한 세기 동안 지켜왔다. 이런 보행방식을 갑자기 바꾸자니 한동안 혼선과 다소의 불편이 따르겠지만 우리 민족의 오랜 관습과 상반되게 생활해온 일본식 좌측보행을 늦게나마 바꾸게 된 것은 다행한 일이다. 일본에게 빼앗겼던 '대한제국규정'을 104년 만에 되찾은 것은 우리 민족혼을 되찾은 거나 다름없는 일이다.

밥이 보약

21세기 들어 쌀이 남아돌아 걱정이 이만저만이 아니다. 쌀값 하락에 반발하여 일부 농민들이 다 익은 벼를 트랙터로 갈아엎는 장면을 TV를 통해 보면 마음이 아리다. 바닥 밑으로 추락하는 쌀값에 농민들은 더 이상 버티기 힘든 것 같다. 시장 어디를 가도 날이 갈수록 물건값이 떨어지는 것은 눈을 씻고 봐도 없다. 인건비를 비롯한 비료, 농약, 농자재 등의 값은 물론 세금(토지분 재산세)이 천정부지로 치솟고 있는데 유독 쌀값은 추풍낙엽 같다.

나는 매년 가을이면 한 해 동안 먹을 쌀을 산다. 지난해에는 정부매상용 벼 한 포대(40kg)에 62,000원을 주고 샀는데 올해에는 50,000원씩을 주고 샀다. 소비자의 입장에서 보면 싸져가는 쌀값이 싫을 리가 없다. 그러나 이 같은 현상이 지속된다면 농촌은 더 이상 버틸 기력을 잃고 말 것이다. 건강한 사회로 발전해 나아가려면 생산자와 소비자가 공존할 수 있어야 한다. 어느 한쪽이 균형을 잃고 무너지면 다른 한쪽도 그 영향으로 피해를 입을 게 강 건너 불 보듯 뻔하다.

우리나라는 원래 쌀 부족 국가였다. 역사를 살펴봐도 백성들이 배불리 먹고 살던 시절은 별로 없어 보인다. 오죽하면 조석으로 만날 때마다 "진지 잡수셨어요?"라는 인사말이 가장 친근한 인사가 되었겠는가. 원, 명, 청나라 때부터 좋은 쌀은 조공(朝貢)이라는 명목 하에 그들에게 빼앗기고 초근목피로 질경이처럼 힘겹게 살아온 우리의 선조들이다. 더구나 20세기에는 조선을 강점한 일본의 집요한 쌀 수탈로 우리의 식량난은 더욱 심각했었다. 조선총독부는 "쌀밥은 건강에 해롭다."느니 "쌀밥을 먹으면 머리가 나빠진다."는 등의 말도 안 되는 쌀 유해설(有害說)까지 만들어 홍보하면서 우리의 쌀을 수탈해갔다.

8·15광복 이후에도 식량난은 여전했다. 설상가상으로 6·25전쟁을 겪고 더욱 고통스러운 기근의 늪에서 허덕였다. 한국인치고 지긋지긋한 보릿고개를 경험하지 않은 사람이 얼마나 있겠는가.

박정희(朴正熙) 대통령시절 초에도 쌀 부족현상은 여전했었다. 호구지책으로 대대적인 절미운동을 폈다. 쌀로 술이나 떡, 엿 같은 것을 만들어 팔지 못하게 하고 가정마다 절미단지를 부뚜막에 올려놓고 끼니때마다 식구 수만큼의 쌀 한 수저씩을 아꼈다. 이 같은 운동으로 인해 여러 해 동안 쌀 막걸리가 사라지고 대신 밀, 옥수수, 조 등의 잡곡으로 술을 빚어 먹었다. 혼식운동은 모든 직장과 학교, 군부대 등에서도 예외는 아니었다. 학교에서는 학생들이 혼식도시락 검사를 받은 뒤 식사를 했다. 생활형편이 나은 일부 아이들은 겉에만 살짝 잡곡밥으로 위장하는 '뚜껑도시락'이 생겼던 것도 바로 이때였다.

1976년은 통일벼가 대량 심겨진 해로 우리민족이 숙명처럼 걸머지고 살던 보릿고개의 멜빵을 벗어 던진 해였다. 쌀의 자급자족을 처음 이룩한 역사적인 원년이다. 그러나 그것은 과화숙식(過火熟食)이 결코 아니었다. 박정희 전 대통령의 "우리도 한번 잘 살아보자."는 정치철학을 바탕으로 볍씨개량과 획기적인 영농방식 개선에 힘쓴 농업기술자가 있었기에 가능했다. 특히 전국의 일선 시군 읍면동 공무원과 농촌교도소(농촌지도소로 바뀌었다가 현재 농업기술센터) 지도사들의 노고가 컸다. 이들의 끈질긴 설득과 기술보급 노력이 밑거름이 되어 오늘의 쌀 자급을 달성한 것에 대해 아무도 이의를 달지 못할 것이다.

보온못자리 권장과 영농개선 지도를 위해 이른 새벽부터 밤늦게까지 들판과 농가를 찾아 동분서주하던 일들이 엊그제 같다. 함께 했던 그때 주역들은 어디서 오늘의 현실을 바라보며 붉게 타들어가는 저녁 노을처럼 지내고 있을까?

쌀 생산량은 해마다 470~480만여 톤을 계속 유지하고 있는데 소비량은 점점 줄어들고 있다. 1995년에는 1인당 106.5kg의 쌀을 소비하던 것이 2008년에는 75.8kg으로 대폭 줄었다. 그뿐 아니라 해마다 외국산 쌀이 수십만 톤씩 수입되고 있다. 쌀시장을 개방하지 않은 데 대한 벌칙성 수입이다. 이렇게 국내 쌀 생산량은 줄지 않고 쌀 소비는 점점 줄어드는데 외국 쌀까지 계속 들여오다 보니 정부양곡창고는 지독한 비만증에 걸려있어 해마다 막대한 예산이 보관비용으로 쓰이고 있었다.

요즘 일부 사회단체에서 "쌀을 북한으로 보내 쌀값을 안정시키라."는 이색적인 주장을 펼치고 있다. 이명박 대통령까지 나서서 "쌀의 소비를 늘리기 위해 쌀 가공식품 제조를 대폭 늘리라."고 지시했다. '쌀밥에 고깃국 먹는 게 소원'이라던 우리가 이젠 쌀이 남아돌아 주체를 못하다니 격세지감이 든다.

얼마 전 서울 프레스센터에서 열린 '쌀의 과학' 학술포럼에서 최진

호 부경대 식품생명공학부 교수 등이 쌀의 건강효과를 과학적으로 증명한 연구결과를 발표했다. 쌀은 다이어트뿐만 아니라 혈당, 혈압조절 등의 효과가 큰 '종합 건강곡물'이라고 한다. 특히 현미(玄米)가 보약이란다. 쌀밥 먹고 99 88 건강하게 살자.

풋바심

내가 좋아하는 TV프로는 다큐멘터리 쪽이다. 그 중에서도 산, 강, 바다, 동물의 세계와 실크로드, 세계테마기행 등, 자연과 역사를 소재로 한 것에 흥미가 있다. 그리고 퀴즈프로도 단골로 본다. 우리말 겨루기, 1대 100, 도전 골든 벨에 이르기까지 퀴즈프로는 다 좋아하는 편이다.

얼마 전 KBS의 '우리말 겨루기' 프로에서 어렵게 1, 2단계를 통과하고 마지막 단계에 오른 여성 출연자가 있었다. 나이는 30대 중반쯤 되어 보였는데 그녀는 초반부터 문제를 잘 풀어 달인이 될 것 같은 예감이 들었다. 시청을 하는 내내 미지의 그녀가 성공하기를 마음속으로 빌며 응원을 했다. 달인이 되려면 마지막 3라운드에서 연속적으로 세 문제를 모두 맞혀야 하는데 첫 번째와 두 번째 문제까지도 잘 풀었다.

이제 한 관문만 통과하면 우리말 달인으로 등극하면서 상금도 무려 삼천여만 원을 받게 되는 순간이었다. 보는 사람도 긴장되는데 출연자는 얼마나 긴장이 될까 싶었다. 그러나 그녀는 오히려 담담하고 차분해 보였다. 마지막 문제는 두 글자로 된 낱말이었다. 문제의 도움말은 '익기 전의 곡식을 지레 베어 떨거나 훑는 일'이라고 했다.

출연자의 표정으로 보아 정답을 알지 못하는 것 같았다. 사회자는 조금이라도 시간을 끌어 주려고 보충설명까지 더해 주었다. 5초간의 카운트다운에 들어갔지만 고개만 갸우뚱거릴 뿐 끝내 정답을 말하지 못해 아깝게 달인도전에 실패했다. 큰 상금도 물거품처럼 사라졌다. 사회자가 이미 탈락한 다른 출연자들에게도 "정답을 알고 있었느냐?"고 물었지만 다 알지 못했다고 고개를 저었다.

그 날의 정답은 '바심'이었다. 나도 처음에는 잠시 헷갈렸었다. 도움말을 보면 '풋바심'이 분명한데 여기서 묻는 문제는 두 글자 낱말이기 때문이었다. 이내 풋 자를 뺀 바심이 정답인 것을 알아차린 후 출연자가 옆에 있기라도 한 듯 '바심' '바심'을 연거푸 외쳤다.

풋바심! 이 말은 우리 민족의 애환이 깃든 단어인데 어느새 퀴즈에 출제될 만큼 낯설어졌다. 험난한 보릿고개를 풋바심으로 근근이 구명도생(求命圖生)하며 넘던 게 엊그제 같다. 더디게 익어가는 보리나 벼 이삭에 부채질을 해서라도 빨리 여물게 하고 싶은 절량민(絶糧民)의 타들어가는 심정은 일각이 여삼추 같았다. 종다래끼를 허리에 차고 설익은 이삭을 창칼로 삭둑삭둑 잘라다가 가마솥에 말려 절구질을 하여 끼니를 잇던 풋바심이 이젠 아득하게 먼 옛날 얘기처럼 느껴진다.

삼국시대부터 조선조에 이르기까지 환곡제도(還穀制度)가 끊임없이 이어져 왔다. 가을에 양곡을 사창(社倉)에 확보해 두었다가 춘궁기에 어려운 백성들에게 빌려주어 굶주림을 덜게 하고 가을에 이자를 붙여 받아들이는 제도였다.

　대한민국이 수립된 이후에도 국민들의 삶은 별반 나아지지 않아 '대여양곡(貸與糧穀)'이라는 이름으로 봄철 절량민의 생계를 도왔다. 그뿐 아니라 1956년부터 미공법(美公法) 480호에 의거 미국으로부터 밀가루와 분유 등의 많은 잉여농산물을 원조 받아 '자조근로사업'이라는 명목으로 영세민(零細民)을 구호했다. 재원만 다를 뿐 요즘의 '희망근로사업'이 이와 유사하다. 지금은 영양가 있는 학교 무상급식으로 아이들이 배불리 점심을 먹고 있지만 6·25전쟁 후에는 학생들의 허기진 배를 원조 받은 분유를 쪄 만든 딱딱한 덩어리나 우유로 쑨 죽으로 점심요기를 하던 때가 있었다.

　그밖에 '장리(長利)쌀'제도도 성행했는데 이는 사금융(私金融)과 비슷하여 이자가 매우 높았다. 가난한 사람이 춘궁기에 식구들을 굶겨 죽이지 않으려고 울며 겨자 먹기 식으로 부자에게 머리를 조아리며 비싼 장리쌀을 빌려다 먹어야 했다. 쌀 한 가마를 빌리면 가을에 한 가마 반을 갚아야 하는 고리였는데 이때 부자들은 짭짤하게 재미를 보았다. 또 일부 지역이긴 하지만 모 종교단체에서 지원한 양곡(일명 교회 쌀)이 있었는데 이자 미(米)가 10~20%정도로 싼 편이어서 이를 얻으려는 경쟁이 매우 심했다.

　이것도 저것도 형편이 되지 않는 사람은 '고지'로 양식을 미리 빌려다 먹기도 했다. 고지란 논 한 마지기의 농사일을 하는데 얼마의 값을 정하여 모내기로부터 김매기까지의 일을 도맡아 해주기로 하고 미리 받아쓰는 품삯을 말한다. 일종의 고용계약인데 중요한 건 반드시 논 주인이 원하는 날짜에 일을 해주어야 하는 불평등이 뒤따랐다. 고지를 먹은 사람은 항상 약자로서 자기 일에 앞서 고지 일을 최우선으로 하여야 했다.

　이렇게 반세기 전만 해도 '민이식위천(民以食爲天)'으로 살았다. 즉 '백성은 먹는 것으로 하늘을 삼는다.'는 뜻이다. 그만큼 먹고 사는 게 가장 힘든 과제였다. 그러나 요즘 쌀이 남아돌아 농민과 정부의 고민이 태산처럼 크다. 쌀 소비를 늘리기 위해 쌀 식품개발에 역점을 두고 있다. 쌀 막걸리와 쌀라면, 쌀 과자, 쌀 케이크 등을 만들어 먹고는 있지만 이것만으론 역부족이다.

　"쌀독에서 인심 난다."는 속담도 있는데 웬일인지 세상인심은 그렇지 못하다. 날로 각박해지는 인심은 점점 물신주의(物神主義)로 빠져들고 사회적 물질적 불만은 풍선처럼 부풀고 있다. 아흔아홉 섬 가진 사람이 백 섬을 채우려고 안달복달을 하는 세상이다. 바심을 까맣게 잊더라도 지족(知足)할 줄 아는 삶을 살 순 없을까?

밥

　사람이 세상에 태어나서 한 평생 대략 몇 끼의 밥을 먹을까? 얼마를 살다가 죽느냐에 따라 다르겠지만 요즘 보통 80세까지는 거뜬히 산다고 보면 적어도 팔만 팔천여 끼의 밥을 먹는 셈이다. 무게로는 한 끼에 먹는 양을 300g 정도로만 계산해도 26,400kg이나 된다. 4톤 트럭 6.6대에 가득 실은 밥을 먹는다는 계산이다. 여기에다 반찬이나 과일, 간식 등을 합치면 일생동안 적어도 열 트럭분 이상의 음식을 먹는다고 볼 수 있다. 그러니 사람의 위장(胃腸)이 얼마나 많은 노동에 시달리고 있는지 알만하다. 불쌍한 위, 그래서 한국인의 사망원인 1위가 위장병이 아닌가.

　지구상에 밥을 먹지 않고 사는 사람은 한 명도 없다. 우리나라와 중국, 일본 등 동남아 지역에서는 밥을 주식으로 하고 있지만 우유나 고기, 빵, 감자 등을 주식으로 하는 나라들도 있다. 종류와 먹는 방식만 다를 뿐 살기위해 먹는 마찬가지의 밥이다.

　매일 먹어야 하는 밥, 좋아도 먹고, 싫어도 먹어야 하는 밥, 이 밥의 모태(母胎)는 벼라는 낟알이다. 까칠까칠한 볍씨가 이 세상에 태어나

제 목숨을 아낌없이 보시(普施)하여 살아 숨 쉬는 많은 사람들의 목숨을 구해내는 업연(業緣)을 지고 있다.

한 톨의 볍씨가 한 알의 밥이 되기까지에는 적어도 여든여덟 번 정도의 손길이 닿아야 한다고 해서 쌀미(米) 자(字)가 만들어졌다고 한다. 모판의 모로 자라 들판의 벼로 커 가마니 속 나락이 되었다가 방앗간에서 껍질을 다 벗고 물과 불의 담금질을 견뎌낸 후에 하얀 기쁨의 눈물을 자글자글 삭히며 열반에 들 때, 비로소 밥이라는 숭고한 경지에 이른다. 아무리 상다리가 부러지게 차린 진수성찬도 그건 오로지 밥을 위해 존재한다는 걸 보면 밥이 얼마나 위대한 것인가.

밥의 종류는 여러 가지이다. 우리가 흔히 밥이라고 하면 쌀밥을 일컫는데 쌀밥은 도정 정도에 따라서 현미(玄米)밥, 반도미(半搗米)밥, 칠분도미(七分搗米)밥, 배아미(胚芽米)밥 등으로 나뉜다. 그리고 잡곡밥으로는 보리밥, 조밥, 수수밥, 옥수수(강냉이)밥, 콩밥, 팥밥 등이 있다. 이렇게 한 가지만이 아니고 여러 가지 잡곡을 함께 섞기도 하는데 오곡밥이 그것이다. 요즘은 칠곡밥, 열곡밥도 생겨났다. 또 계절에 따라서 제철에 나는 채소나 견과류 등을 섞어서 계절의 맛을 즐기는 밥으로 감자밥, 완두콩밥, 콩나물밥, 무밥, 송이밥, 밤밥, 굴밥 등 다양하다.

한국에서 대보름날 먹는 오곡밥과 약밥(약식), 그리고 겨울철에 즐겨 먹는 김치밥 등은 맛과 영양이 좋은 밥 중의 하나이다. 밥은 보통 밥그릇에 따로 담아 반찬과 함께 먹는데, 한국의 비빔밥이나 서양식의 필러프(piluf), 중국식의 차오판(炒飯) 등과 같이 다른 재료와 함께 조미(調味)된 밥도 있다. 휴대하기 편리한 밥으로는 우리나라의 주먹밥과 김밥이 있고 일본식의 초밥 등이 있다.

이런 밥도 먹는 이에 따라 이름이 달리 불러진다. 부처님께 올리는 것은 마지(摩旨), 임금님은 수라(水刺), 어르신은 진지, 하인은 입시, 귀신에겐 메, 군식구는 눈칫밥이라고 한다. 밥 중에서 가장 서러운 밥이 눈칫밥이란다.

먹는 때와 장소에 따라 모내다가 먹으면 못밥이요, 밭일하다 먹으면 기승밥, 끼니 사이에 먹으면 새참, 밤에 속이 허전해서 먹으면 밤참이다. 밥도 아니면서 밥 이름이 붙은 먹지 못하는 밥도 있다. 톱밥, 도장밥, 실밥, 보습밥, 가랫밥이 있는가 하면 동식물의 이름에 붙은 밥으로는 개구리밥, 연밥, 까치밥 등이 있다.

본뜻을 왜곡시켜 쓰이는 밥도 있다. "너 나쁜 짓 하면 '콩밥' 먹는다." 이때 '콩밥'은 감옥에 간다는 뜻이다. 절대 먹지 말아야 할 밥이다. 요즘은 콩이 몸에 좋은 식품이라 하여 몸값이 쌀보다 네 배정도나 비싼데 콩이 이 말을 듣고 섭섭하다고 할 것 같다. 또 흔히 군대에서 "너 '짬밥'이 얼마나 돼?"는 군대생활한 지 얼마나 되느냐? 즉 고참과 신참을 가릴 때 쓰이는 말이다. 먹다 남은 밥을 '잔밥'이라고 하는데 이렇게 엉뚱한 뜻으로 변용되기도 한다.

하루 세 끼니 먹는 밥! 이 밥을 구하기 위하여 사람들은 일생동안 얼마나 많은 시련과 좌절을 겪었는가. 그리고 그로 인해 흘린 땀과 눈물은 몇 섬이나 되는가. 이제 좀 살기가 나아졌다고 쌀에 대한 소중함, 밥에 대한 고마움을 잊어버리고 살고 있지는 않은지 한번 되새겨 볼 일이다.

이미 8.5트럭분의 밥을 먹었으니 내가 축낸 밥그릇 높이가 실없이 높아 보인다.

술

목구멍으로 술술 잘 넘어간다하여 술이라지만 내게는 잘 넘어 가기는커녕 아주 껄끄러운 게 술이다. 나는 남들이 좋아하는 술좌석이 싫었다. 조금만 마셔도 뒤따르는 고통이 이만저만한 게 아니기 때문이다. 술과 친해보려고 무진장 애써보았지만 계란으로 바위치기나 다름없는 무모한 짓이었다. 결국 그에게 범접할 수 없음을 깨닫고 친해지기를 포기한 지 오래이다.

중국 당나라 초기에 왕부(王敷)가 쓴 구어소설 〈다주론(茶酒論)〉를 보면 차(茶)와 술(酒)이 논쟁을 벌이는 내용이 있다. 차가 말하기를 "나는 귀족과 제왕의 문을 드나들면서 평생 귀한 대접을 받는 신분이다."라고 자랑을 하자 이에 뒤질세라 술이 말했다. 그렇지만

"군신이 화합하는 것은 나의 공로이다."

라고 반박했다. 그러자 차가

"나는 부처님께 공물로 쓰이지만 너는 가정을 파괴하고 음욕을 돋우는 악이다."

라며 비난하자 술이 다시 입을 열었다.

　　"차는 아무리 마셔도 노래가 나오지 않고 춤도 나오지 않으며 위병의 원인이 된다."

라고 맞받았다. 이렇듯 술은 다른 음식이 할 수 없는 원활한 의사소통과 화합을 이룰 수 있고 노래와 춤 같은 흥을 돋아준다. 그렇지만 자칫 잘못하면 건강을 해치고 패가망신할 수도 있는 게 술이다. 그래서 "술은 매력적인 여인의 감미로운 혀 같기도 하고 사나운 독사의 혀 같기도 하다."고 하지 않았는가.

　　우리 사회는 지나칠 정도로 술을 권한다. 세계에 내놓으면 금메달감이 틀림없어 보인다. 오죽하면 술을 권하는 권주가(勸酒歌)까지 있겠는가. "잡수시오, 잡수시오, 이 술 한잔 잡수시오. 이 술 한 잔 잡수시면 천만 년이나 사오리다…." 흔히들 술은 권하는 맛에 먹는다며 분에 넘치게 권하는 것을 미덕으로 삼고 있다. 어떤 때는 먹지 않을 수도 없고 또 권하는 대로 먹을 수도 없을 때가 많다. 33년 동안 직장생활을 하면서 술 때문에 곤욕을 치른 게 한두 번이 아니었다.

　　내 몸에는 알코올을 분해시키는 효소가 없어 보인다. 소주를 한 잔만 마셔도 얼굴은 물론 전신이 홍당무처럼 빨개지고 마라톤 결승점에 방금 도착한 선수처럼 숨이 차고 가슴이 쿵쾅거리며 뛴다. 어쩌다가 분위기에 휩쓸려 기준량을 조금만 넘기게 되면 빨갛던 얼굴색이 백지장처럼 창백해지면서 사시나무 떨듯 오한을 느끼고 열물까지 토하면서 정신이 몽롱해진다. 이쯤 되면 거의 생사의 문턱을 시계추처럼 왔다갔다 하는 지경이 된다.

　　어떤 상사는 "술 못 먹는 사람은 일도 못한다."며 반강제적으로 술을 퍼 먹이려고 한다. 술을 더 먹여 분위기를 띄우려는 수단이지만 술에 약한 사람에게는 고문이나 다름없다. 제일 무서운 고문은 좌장

앞에 순서대로 한 사람씩 나아가 받아든 술잔을 그 자리에서 비우고 다음 사람에게 잔을 넘기는 '릴레이식 주법'이다. 이 경우에는 피할 수도 어디에다 슬쩍 쏟아 버릴 수도 없는 터라 꼼짝없이 마셔야 한다. 나는 막무가내식 사양형이었지만 어떤 친구는 받은 술을 턱밑으로 줄줄 흘려 와이셔츠가 흠뻑 젖게 꾀를 부리다가 벌주(罰酒) 세례까지 받고 인사불성이 되는 진풍경도 여러 번 보았다.

술의 기원은 언제일까? 점쳐보기 어렵지만 거슬러 가면 인류가 탄생할 때부터 술이란 걸 처음 자연에서 채집해 먹었을 것으로 추측된다. 움푹 팬 바위틈이나 나뭇가지 사이에 머루나 다래, 살구, 복숭아, 산딸기 같은 열매들이 익어 떨어져 그곳에 빗물이 고여 발효된 천연 과실주를 원시인들이 처음 맛을 보고 대취하여 크게 환호했을 것 같다. 이게 발효주의 효시가 아닐까싶다. 유목과 수렵시대에는 동물의 젖으로 술을 담가 먹었을 것이고 농경사회로 접어들면서 곡식으로 지은 밥에 누룩을 넣어 발효시킨 술이 정착되었을 것이다. 기계문명의 발달로 양조기술이 새롭게 개발되면서 다양한 술들이 만들어져 애주가들을 즐겁게 해주고 있다.

술은 만드는 방법에 따라 크게 세 가지로 구분힌다. 첫째 양조주(釀造酒 : 또는 발효주(醱酵酒)라고도 함)가 있는데 과즙을 발효시킨 포도주 등과 곡류를 발효시켜서 만든 맥주, 청주, 탁주 등이 이에 속한다. 알코올 함량은 보통 1~18%로 비교적 낮은 편이다. 두 번째로 증류주(蒸溜酒)를 들 수 있는데 발효된 술이나 액즙을 거르지 않은 채 증류시켜 만드는 술로서 소주, 브랜디, 가오량주, 보드카, 진, 위스키 등이 있다. 알코올 함량이 20~50% 정도로 독한 술인데 추운 지방에서 즐겨 마신다. 세 번째는 알코올에 향기와 맛, 색깔을 조정하는 약제를 혼합하여 만들거나 주류끼리 혼합하여 만드는 혼성주(混成酒)가 있다. 합성청주, 감미과실주, 리큐어, 약미주(藥味酒) 등이 이에 해당된다.

시대의 흐름에 따라 음주문화도 많이 변하고 있다. 왕권시대와 군사정권 때는 술좌석에서까지 권위주의적 타성에 젖어 있었다. 민주화와 지방자치시대가 열리면서 점차 개선과정에 있으나 아직까지도 그 관습에 젖어 가끔씩 사회적 물의를 빚는 경우를 보게 된다. 신입사원이나 신입생 환영식에서 선배의 강압적인 술 퍼먹임 때문에 아까운 생명까지 잃었다는 소식을 접할 때마다 아직도 후진성 음주문화에서 벗어나지 못함이 아쉽기만 하다.

지난날 술좌석에서 겪었던 갖가지 즐겁고 괴로웠던 일들이 여러 폭의 영화장면처럼 내 머릿속에 겹쳐진다.

청계산 산행기

청계산(淸溪山) 망경대(望京臺, 618m)를 찾았다. 600여 년 전 한 선비가 걸었던 발자취를 더듬어 보기 위한 산행이었다. 이 산의 원래의 이름은 청용산(靑龍山)이었다. 청용이 승천했다는 전설이 전해져오고 있다. 산정에는 꽤 넓은 석대가 있는데 이게 만경봉(萬景峰)이다. 그곳에 오르면 발아래로 만경이 펼쳐져 보인다고 하여 유래된 이름이었다.

고려조가 망한 뒤 한 선비가 벼슬을 훌훌 벗어던지고 이 산에 있는 청계사에 은둔하면서 죽장망혜(竹杖芒鞋)로 매일 산에 올랐다. 그는 제일 높은 만경봉에 올라 멀리 시야 끝자락에 가물거리는 개경(開京) 쪽을 바라보면서 고려의 멸망을 슬퍼하며 통곡하였다. 이 이야기가 후세 사람들에게 전해지면서 만경봉을 망경대로 바꿔 부르게 되었다고 한다.

그가 바로 고려 충신 조견(趙狷 : 1351~1425) 선생이다. 고려 말 문신으로서 지신사(知申事. 都承旨)의 벼슬에 있었으나 이성계, 정도전, 조준 등이 주도한 역성혁명에 걸림돌이 되는 인물로 지목되어 영남안

렴사(嶺南按廉使 : 지금의 경상도 도지사)의 외직으로 내쳐졌다. 예상했던 대로 얼마 안 가 고려는 망하고 조선이 개국되었다. 새 조정에서는 그에게 호조전서(戶曹典書)의 벼슬을 내리고 여러 차례 불렀으나 받지 않고 한동안 두류산(지리산) 속에 은거하다가 청계산으로 옮겨 은둔 생활을 했다.

나라가 망했음을 슬퍼하며 그는 원래의 이름 윤(胤)을 견(狷)으로 개명하고 거경(巨卿)이었던 자(字)를 종견(從犬)으로 바꾸었다. 이는 나라가 망했는데도 죽지 못하고 있음을 개에 비유한 것이며 개는 옛 주인을 따르는 의(義)를 취함에 있다는 뜻이다. 푸른 소나무와 산은 항상 변함이 없다는 뜻으로 호를 송산(松山)으로 짓고 두 아들의 이름 까지 석산(石山)과 철산(鐵山)으로 개명하였다. 그리고 3대 동안 벼슬길에 나서지 말 것을 아들들에게 훈계하였다.

이태조는 그의 친형 조준(趙浚, 領議政)을 비롯한 여러 신료를 대동하고 청계사에 있는 그를 찾아 함께 힘을 모아 나라의 큰일을 하자고 청했으나 그의 굳은 의지를 꺾지 못했다. 청계산 일대를 사패지로 주고 이태조가 떠나자 “이곳은 내가 있을 곳이 못된다.”며 그는 다시 양주 수락산 기슭으로 거처를 옮겨 뜻을 같이하는 정구(鄭矩), 원선(元宣) 등의 학자와 함께 후학에 힘쓰면서 여생을 마쳤다. 의정부시 송산동은 그의 호를 따 붙여진 지명이다. 그는 성남시 여수동에 예장되었으며 성남시 향토유적 제3호로 지정되어 보존되고 있다.

어느 산이나 오르내리는 길은 많은 법, 이 산도 예외는 아니었다. 나는 청계사 오른편 능선을 따라 올라 갔다. 가파른 언덕이 한동안 이어졌다. 숨이 턱에 차올랐다. 약 삼십여 분만에 만경대와 이수봉

(545m)으로 갈라지는 산마루 세 갈래 길에 도착했다. 오른쪽으로 이수봉과 국사봉(540m)이 있고 왼쪽으로 약 삼십여 분 더 올라가면 석기봉과 청계산의 정상 망경대가 있다. 그곳에서 북쪽방향으로 약 35분가량 가면 매봉(583m)에 이르고 여기서 약 45분가량 더 가면 옥녀봉(375m)이 나온다.

청계산은 이렇게 남북으로 뻗은 능선을 중심으로 펼쳐진 산이다. 산세가 수려하며 숲 또한 울창하고 계곡이 깊고 아늑하다. 과천의 서울대공원을 병풍처럼 둘러치고 있다. 산정을 중심으로 4개 자치단체의 관할구역으로 나뉜 분기점이다. 북쪽으로는 서울특별시 서초구, 동쪽에는 성남시, 서쪽으로는 과천시, 남쪽으로는 의왕시와 접해 있다.

사공이 많으면 배가 산으로 올라가고 대장장이 집에 식칼이 논다는 속담이 있듯이 주변에 네 개의 쟁쟁한 시(市)가 연접해 있지만 등산로의 편익시설과 관리 상태는 미흡했다.

서쪽 과천시 방면으로는 산세가 만만치 않게 가파르고 험했다. 능선을 따라 대공원 방향으로 철조망이 길게 쳐져 있다. 동물원에서 탈주한 동물들이 더 이상 도망치지 못하게 친 방책선 같다.

망경대는 군사시설물이 딱 버티고 있어 민간인 출입이 허용되지 않았다. 그가 수시로 올라 개경(개성)을 바라보며 탄식했다는 그곳에 오르지 못하는 아쉬움을 간직한 채 대신 북쪽에 쌍둥이처럼 붙어 있는 청계봉에 올랐다. 대여섯 명 가량 앉을 수 있는 넓이의 석대였다. 나는 그곳에 서서 그가 그랬듯이 개성 쪽을 한참동안 응시했다. 개성 땅이 어렴풋이나마 보였으면 좋으련만 대기가 공해로 희뿌옇게 찌든 탓에 남산타워까지의 시계만을 허락해 주었다.

　망국의 한이 얼마나 컸으면 이 험한 산정에 매일 올라 설움을 달랬을까? 절신(絶臣)의 길이 얼마나 험하고 외롭고 허망했을까? 비통했던 그의 마음을 어떻게 헤아릴 수 있겠는가.

　하산 길에는 그가 버적거리게 타들어가는 갈증을 달래며 애호체읍(哀號涕泣)했던 마왕굴 샘터에 들렀다. 큰 바위 밑으로 맑은 샘물이 송알송알 솟아나고 있었다. 마치 그의 눈물과 탄식을 보는 것 같았다.

　산행을 마친 뒤 대종회 임원들과 함께 청계사에 들러 성행 주지스님을 잠시 면담했다. 반갑게 맞아준 스님께서는 "평양조문(平壤趙門)이 아니었으면 우리 청계사가 지금 이렇게 존재하고 있겠습니까. 저의 절에서는 늘 감사의 뜻으로 조문의 안녕과 번영을 비는 대형 연등을 법당에 걸고 축원하고 있습니다."라고 말한다. 사찰의 역사를 꿰뚫고 있는 주지스님이 고마웠다. 스님의 말씀대로 청계사는 조문의 원찰이었다. 고려 충렬왕 때 문하시중을 지낸 정숙공 조인규(趙仁規)의 별서(別墅)였으며 전란 등으로 여러 차례 소실되어 폐허가 될 때마다 조문에서 모든 불사비용을 부담하여 여러 차례 중창해 온 절이다. 지금은 대한불교조계종 용주사의 말사에 속해있다.

　불사이군(不事二君)의 굳은 절개로 끝까지 고려의 유신(遺臣)으로 산 그는 정몽주, 이색, 길재 등과 함께 두문동(杜門洞) 72현(賢)으로 남게 되었다.

　이 글에 소개된 송산공(松山公) 조견은 필자의 20대조이며 정숙공 조인규는 23대조이다.

경원선은 나의 고향

그리운 사람을 기다리는 설렘과 떠나보내는 아쉬움의 추억들로 가득한 고향역과 기차. 동해에서 잡은 팔딱팔딱 뛰는 싱싱한 생선을 우리 집 밥상에 올려주던 고마운 경원선(京元線). 아직도 어릴 때 원산역에서 실려 오던 청어, 고등어, 노랑태의 담백한 감칠맛을 잊을 수 없다.

경원선은 경성(京城)에서 원산(元山)까지 35개역 222.3km를 잇는 철도로 1910년 10월에 착공하여 1914년 9월 16일에 전 구간이 개통되었다. 초기에는 이용률이 매우 낮았으나 연변에 금강산, 석왕사(釋王寺), 원산해수욕장 등의 관광명소가 있어 계절에 따라서는 임시 열차를 증차하기도 했다. 1928년 9월 1일에는 원산과 상삼봉(上三峯)을 잇는 함경선이 개통되어 경원선과 연결됨으로써 삼칠 일씩 걸리던 서울~회령간이 약 스물여섯 시간, 서울~청진간이 약 스물두 시간으로 단축되었다.

또 1931년 7월 1일에는 철원역에서 내금강을 잇는 116.6km의 금강산 지선이 개통되면서 경원선 승객은 기하급수적으로 증가하였다. 특히 봄과 가을의 관광 시즌에는 경성에서 내금강까지 직통 침대열차를 운행하여 세계적인 명산인 금강산 관광을 더욱 편리하게 할 수 있었다. 금강산 노선에는 스물여덟 개의 역이 있었으며 약 네 시간이 소요되었다.

경원선은 개통된 지 삼십일 년 만에 삼팔선으로 인해 남북으로 두 동강이 났고, 금강산 지선은 대부분 북한 치하에 들어갔다. 북한은 이들 철도를 6·25남침을 위한 군수물자 수송에 이용했다. 아직도 연천역에는 그 당시 탱크와 군수물자를 삼팔선 부근으로 실어 나르기 위해 만들어 놓은 하역시설이 그대로 남아있다. 아이러니한 것은 얼마 전까지 우리 한국군의 탱크들이 군사훈련을 하기 위해 이 시설을 이용하고 있었다. 그러나 요즘엔 연천역 남방 차탄천 건너편에 새로운 군사전용 시설을 했다.

증기기관차가 용산을 떠나 원산역까지 가려면 중간지점인 연천역에서 물을 보충해야 한다. 그때 세워진 높이 23m의 급수탑이 전쟁을 겪으면서 수많은 총탄과 파편의 상흔을 간직한 채 지금도 쓸쓸하게 그 자리를 지키고 있다.

휴전선 남쪽 민통선 안에는 철원역과 월정리역이 철로 없는 최북단역으로 남아 "철마는 달리고 싶다"고 몸부림치고 있다. 월정리역에는 아직도 전쟁으로 멈춰선 여객 열차의 녹슨 잔해가 반세기 동안 흉물스럽게 그 모습을 드러내 보이고 있다.

경원선은 6·25전쟁이 끝난 후 용산에서 신탄리간 88.8km를 운행하였으나 1978년에 성북역까지, 1986년에는 의정부역까지, 2006년에 소요산역까지 전철화 사업이 완료되어 동두천역에서 신탄리역까지 35.7km 구간만을 운행하고 있었다. 마치 도마뱀이 꼬리가 잘려나간 것 같다.

2011년 7월 26일에 쏟아진 폭우로 초성철교 상판이 쓸려 내려가 2012년 3월 20일까지 반년 넘게 운행이 전면 중단되기도 했었다. 이렇게 장기간 철도운행이 정지된 것은 전쟁 후 처음 있는 일이다.

경원선은 나와 질긴 인연으로 이어져 오고 있다. 6·25전쟁 때는 우리 가족이 짐짝처럼 화물칸에 실려 피란길을 떠났었고, 초등학교 때 친구들과 창경원으로 가슴 설레는 수학여행을 가면서 탔던 것도 경원선이다.

서울로 통학할 때는 칠흑 같은 어둠이 내려앉은 새벽 십리 길을 걸어 전곡역에서 서울행 첫 기차를 탔다. 두 시간 가량 덜거덕거리며 달려가면 아침저녁 통근차만 정차하는 황량한 금호동 간이역이 나를 맞아주었다. 가파른 언덕길을 올라 학교에 가면 나는 항상 첫 번째 등교자였다. 수업이 끝나 집에 갈 때에는 왕십리나 청량리역까지 걸어 나와 기차를 탔다. 한 달간의 통학권의 유효기간이 끝났는데도 다음 달 표끊기를 며칠씩 미루고 왕십리나 청량리역에 있는 우리들만의 비밀통로(개구멍)를 통해 무임승차의 스릴을 즐기던 일이 생각난다. 역무원에게 걸려 모자도 뺏기고 혼났던 일들이 엊그제 같다. 그땐 그 짓이 왜 그렇게 재미가 있었는지 통학생치고 그 짓 안 해 본 사람은 별로 없어 보인다.

왕십리와 청량리역 구간은 유난히 열차의 속도가 느렸다. 지금의 전철도 마찬가지이다. 때문에 그곳은 학생들이 달리는 기차에서 뛰어내려 담대함을 과시하던 구간이기도 했다. 영화의 한 장면처럼 달리는 기차에서 뛰어내리는데 성공한 아이들은 이튿날 개선장군이나 된 것처럼 무용담을 늘어놓았다.

　군에 입대하던 날, 의정부 중앙초등학교에 집결한 나는 호송헌병들의 감시 하에 경원선 기차에 몸을 싣고 논산 제2훈련소로 입대를 했다. 달포 동안 신병교육을 마치고 빡빡머리 이등병이 된 나는, 봄처녀 가슴 설레듯 서울행 기차를 탔다. 또한 원주, 춘천, 홍천 등지에서 군 생활을 하면서 휴가 때마다 그리운 가족과 친구들을 만날 생각에 들뜬 기분으로 탔던 경원선 기차! 인천에 있는 초등학교로 전학 보낸 아들이 집에 왔다 갈 때마다 부모 곁을 떠나기 싫어 손등으로 눈물을 훔치며 탔던 경원선! 평생 동안 그 주변을 물매미처럼 맴돌며 살고 있으니 경원선은 분명 나의 고향과 같다.

　하루 빨리 통일이 되어 두 동강난 허리를 하나로 봉합하고 종착역인 원산까지 단숨에 달려 명사십리(明沙十里)를 가보고 싶다. 철원역에서 금강산가는 전동차를 갈아타고 금강산 비경도 구경하고 싶고, 두만강 건너 중국의 광야를 헤치고 시베리아 벌판을 질풍처럼 달려 유럽 땅도 밟아보고 싶다.

증조할머니가 쌓은 성

나는 증조할머니가 공들여 쌓은 성(城)을 지키는 성지기로 살았다. 튼튼한 성을 쌓기 위하여 삼십여 년 간 걸으셨던 고난의 가시밭길을 떠올리면 성을 잘 지켜야겠다는 절실한 책임감에 어깨가 무거웠다. 큰 성을 쌓으신 일에 비할 바는 아니지만 성을 지켜내는 일도 녹록하지가 않았다.

전쟁으로 폐허가 된 성을 다시 복구하여야 했고, 다 집어 삼킬 듯 휘몰아치는 내풍을 만나 성이 허물어져 내리면 돌을 주워다 다시 쌓아야 했다. 비록 성지기의 역할이 힘들었지만 성은 나의 자존심을 지켜주었으며 밖에서 불어오는 어떤 유혹과 외풍에도 흔들리지 않는 버팀목이자 방패이기도 했다. 이 성이 바로 내가 조상님으로부터 물려받은 땅이다.

내가 18세 때 할아버지로부터 상속받은 이 땅은 증조할머님께서 피땀으로 장만하신 땅이다. 할머님은 우리 집안으로 시집오셔서 후손을 잇지 못하고 소년과부가 되셨다. 꽃다운 23세의 젊은 나이에 남편을 여의게 되자 한 집안의 대(代)를 단절시킬 수 없다며 어떻게든지 돈을 벌어 집안을 일으키고 양자(養子)를 들이기로 결심하셨다.

지금은 여성들의 직업도 남자 못지않게 다양하고 개방적이지만 그 때만 해도 여자가 할 수 있는 일이라고는 농사일이나 길쌈 같은 것밖에 없었다. 젊은 과수가 들판에 나가 남정네와 어울려 농사일을 할 수도 없고 오로지 낮이나 밤이나 베틀에 올라 손끝이 다 해지도록 북질을 하셨다. 밤이면 무섭게 밀려오는 적막 속에 찌그럭거리는 베틀 소리가 유일한 벗이었다고 한다. 시장기를 이겨내기 위해 동치미국물이나 냉수에 간장 몇 방울을 넣어 마시며 허기와 고독을 이겨내셨다고 한다.

마흔일곱 되시던 해에 일곱 살 된 큰댁 조카를 양자로 입양했다. 그 뒤 더욱 열심히 무명과 명주, 삼베를 짜서 피륙을 내다팔아 농토를 한 떼기 두 떼기씩 넓혀 나갔다. 자갈밭이건 비탈 밭을 가리지 않았다. 돈만 모이면 그렇게 토지를 사들여 남에게 아쉬운 소리 안 해도 될 만큼 커다란 성을 쌓아 놓으시고 53세의 젊은 나이에 외로운 가시밭길에서 고달프게 짊어졌던 무거운 짐을 내려놓으셨다.

6·25전쟁이 끝난 지 십여 년 만에 다시 찾은 그 땅은 말 그대로 폐허였다. 빽빽하게 들어찬 굵은 나무들도 문제였지만 땅속 곳곳에 전쟁 때 미군이 매설한 지뢰가 독사처럼 도사리고 숨어있는 게 더 큰 골칫거리였다. 사람이 접근을 할 수 없어 토지로서의 기능을 상실한 무용지물이나 다름없었다. 그렇지만 이 땅을 포기할 수는 없었다. 증조할머님께서 어떻게 장만하신 땅인데…. 장손(長孫)으로서의 책임감에 양어깨가 물에 젖은 솜이불처럼 무거웠다. 다른 땅을 사는 값보다 더 많은 비용이 들더라도 어떻게든지 땅으로서의 기능을 되살리는

게 증조할머님에 대한 예의이자 장손의 도리라고 생각했다.

　이름난 지뢰탐지 기술자를 수소문해서 불렀다. 생명을 담보로 하는 탐지작업인지라 그 비용이 만만치 않게 들었다. 그래도 감행했다. 백여 발도 넘는 M1대인지뢰를 캐냈다. 그리고 장비를 들여 나무와 풀뿌리를 캐내고 작답(作畓)을 했다.

　인접해 있는 선산에도 많은 지뢰가 묻혀있었다. 겨우 폭 1m정도로 지뢰를 탐지한 산길에다 드문드문 돌로 표시를 해놓고 십 수 년 간 그것만을 밟고 성묘를 다녀야 하는 불편과 위험이 따르고 있었다. 두 차례에 걸쳐 산 전체에 대한 제거작업을 마쳤다. 천신만고 끝에 지뢰를 캐내고 개간한 땅에 이태 동안 벼농사를 짓자 겨우 논 모양새를 갖추었을 때였다.

　그 땅에 어느 날 소리 소문도 없이 군부대가 주둔해 버렸다. 토지 전체에 임시막사를 짓고 군인들이 북적거리고 있었다. 기가 막혔다. 부대장을 만나 이게 무슨 경우냐고 따져 묻고 즉시 철수해 달라고 요구했다. 그러나 그는 "토지수용 수속 중이니 그렇게 알라."며 털끝만큼의 미안한 기색도 없이 당당하게 말했다. 이 땅만은 절대 수용에 응할 수 없다고 강조했으나 그 뒤 여러 차례 직장까지 찾아와 "공직지가 솔선해서 협조해야 되지 않느냐."며 수용승낙서에 날인해 줄 것을 요구했다. 그러나 마지막 보루인 이 땅마저 내줄 수는 없어 끝까지 버텼다. 그런 우여곡절 끝에 결국 부대는 다른 곳으로 이전했다. 막무가내로 거절하면서도 내심 큰일을 당할 것 같은 불안한 예감을 지울 수가 없었다. 군사정권하에서 마음만 먹으면 그까짓 개인의 토지징발은 식은 죽 먹기보다 쉬운 때였음을 잘 알기 때문이었다. 뜻대로 부대가 다른 곳으로 이전해간 건 하늘과 증조할머님께서 도와주신 것 같다.

어느 날 그 땅에 낯모를 묘가 생겼다. 수소문해보니 K씨의 부친 묘였다. 남의 땅에 묘를 쓴 사연인즉 인접한 그의 산으로 착각했다는 것이다. 모르는 사람도 아니고 참 난감했다. 다른 곳으로 이장해 줄 것을 오히려 내가 간곡하게 부탁을 했다. 그렇지만 한사코 선처를 바랬다. 역지사지로 결국 인접한 그의 임야를 대토로 받고 묘소 주변 토지 일부를 잘라 그에게 이전해 주었다. 증조할머님에게 죄스러운 마음을 금할 수가 없다.

증조할머님께서 삼십여 년에 걸쳐 천신만고 끝에 쌓아놓으신 이 성이 자자손손 탈 없이 지켜지기를 바란다. 이 땅은 나의 네 자녀와 두 손자 그리고 그 뒤 후손 대에도 '분할상속물'이 되는 것을 원치 않는다. 오로지 장손(長孫)의 몫으로 계속 이어지기를 바라는 나의 깊은 뜻을 후손들이 알아줬으면 좋겠다.

아! 잘도 간다

"산다는 거 다 그런가 봐 이렇게 저렇게 생긴 대로 산다. 검은 머리 어느새 파뿌리 되니 나도 모르게 눈물 난다. 아! 세월은 잘도 간다. 구름에 달 가듯이 눈 깜짝할 사이에 흘러간다. 잘도 간다. 세월이….'"

조영남과 김도향이 부른 노래 〈가는 세월〉의 가사다. 그렇다. 이 세상에 존재하는 모든 것은 간다. 그리고 변한다. 안 가고 안 변하는 선 아무 깃도 없다.

봄이 되면 갖가지 꽃들이 아름다운 자태로 피어 그윽한 향기를 내뿜지만 얼마 되지 않아 시들어 떨어진다. 그래서 '화무십일홍'이라 했지 않은가.

여름 태양이 뜨겁게 제아무리 위력을 떨쳐도 옷깃 사이로 솔솔 파고드는 가을바람에는 맥을 못 추고 그 힘을 잃는다. 산과 들에 오색찬란하게 물든 아름다운 단풍도 삭풍과 찬 서리를 견디지 못하고 우수수 낙엽으로 떨어져 겨울을 맞게 된다. 위세를 부리던 겨울 동장군도 강남에서 제비가 물고 온 훈풍에는 더 이상 버티지 못하고 꽁꽁 얼었던 대지가 맥없이 풀리고 만다. 이 세상에는 영원한 밤도 없고 그치지 않는 장마도, 폭풍도 없듯이 영원한 것은 아무것도 없다.

우리 인생살이도 자연의 섭리와 별로 다를 게 없다. 이 세상에 태어난 모든 사람은 반드시 가야만 한다. 아무도 이 길을 피할 수는 없다. 가난한 사람도 부자도, 못난 사람도 잘난 사람도, 지위가 높은 사람도 낮은 사람도, 못 배우고 많이 배운 사람도 끝내는 죽게 마련이다. 이러고 보면 한 세상 잠시 왔다 가는 것 아등바등 거리며 살 것도 아닌데 살다보면 인생살이가 어디 그런가. 옛말에 "대하천간(大廈千間)이라도 야와팔척(夜臥八尺)이요 양전만경(良田萬頃)이라도 일식이승(日食二升)이라"고 했지만 남보다 더 갖고 싶고, 더 예쁘고 싶고, 더 많이 배우고 싶고, 더 높은 지위에서 천하를 호령하고 싶은 것이 사람의 끝없는 욕심인 것을…. 누구도 그 같은 욕망의 굴레에서 벗어나기 힘든 게 인생 아닌가?

짧은 인생을 정신없이 달려오다가 어느 정상에 서서 살아 온 지난 세월을 되돌아 볼 때 고관대작을 지냈으면 무슨 소용이며 돈을 많이 벌어 잘 먹고 잘 입었으면 무엇하나? 또한 지금 여기까지 오도록 가진 것 없이 아무것도 이루지 못했다고 땅을 치며 한탄한들 이제 와서 무슨 소용이 있겠는가? 어차피 우리 인생이 떠날 때는 아무것도 가지고 가지 못하는 것을….

해탈한 법정스님이 아니더라도 인간은 죽음 앞에선 겸손해지고 무겁게 짊어졌던 짐들도 하나씩 둘씩 내려놓고 싶어 하는 게 보편적인 본심 같다.

한 유대인 노인이 뜰에 묘목을 심고 있는데 마침 그곳을 지나가던 나그네가 그 광경을 보고 물었다.

"언제쯤 그 나무에서 열매를 수확할 수 있습니까?"

"한 70년쯤 후에나…."

노인의 대답에 나그네는 고개를 갸우뚱하며 다시 물었다.

"노인장께서 그때까지 사실 수 있습니까?"

그러자 노인은 딱 잘라 대답했다. "아닐세. 내가 대어났을 때 과수원에는 열매가 잔뜩 열렸었네. 아버지께서 심어두셨기 때문이지. 나도 그저 우리 아버지와 똑같은 일을 할 뿐이라네."했다.

한적한 밤길을 마다않고 달려와/ 단잠 적셔 깨우는 개울물소리

누군가 했더니 너였구나// 새벽녘 머리맡에/ 소곤소곤 다가서는 부드러운 바람소리

누군가 했더니 너였구나// 오뉴월 타는 번개/ 뜀박질하는 먹구름들

누군가 했더니 너였구나// 검은 말총머리에 여린 눈꽃 피게 하고

골 깊은 밭고랑 쟁기질로 이랑 내는 게/ 누군가 했더니 너였구나//

미워도 잡지 못해 놓아 보내는/ 그 잔등에 업혀/ 굽이굽이 볼 것, 못 볼 것 다 보고도/

알 수 없는 얼굴/ 늘 뒤통수만 보여주고 도망가는 너.

─조현상, 〈歲月〉 전문

구름에 떠가는 달처럼 잘도 흘러가는 세월 속의 인생, 무겁게 욕심 부리지 말고 뜰에 과일나무 한 그루를 심는 여유를 부려보자.

올봄에 고희기념으로 우리 집 뜰 악에 심은 대추, 사과, 자두, 매실 등 과일나무 몇 그루가 파란 손수건을 너풀너풀 흔들며 내게 미소 짓는다.

한 충직한 공직자의 자전
- 조현상의 수필세계-

임헌영 | 문학평론가

1. 자전적 수필의 전형

　노년에는 누구나 도교적 경지를 체험하게 된다. 건강하든 환자든, 부자든 가난하든, 권세를 누렸든 억압과 설움에 살았든 가릴 것 없이 자신의 생이 황혼 길에 접어들었다고 생각하게 될 즈음에는 덧없는 지난 세월에 대한 회한이 솟아나기 마련이다. 그 무위(無爲)와 허무의 식을 어떻게 대처하느냐는 문제는 각자가 살아온 지난 세월의 인품과 교양과 능력과 운명의 총체적인 융화가 빚은 개화(開花)로 나타날 것이다. 그 중 가장 아름다운 꽃이 회상록일 것이다. 아무리 하찮은 존재도 나름대로의 숱한 삶의 굴곡을 겪을 수밖에 없는 것이 우리네 인생살이가 아니던가. 한국인은 기록을 남기지 않기로 이름 높다. 여러 이유가 있겠지만 그리 자랑스러울 바 없는 초라한 자신의 삶을 후손들에게 굳이 전하고 싶지 않다는 심경을 이해할 만도 하다. 기록을 남기지 않는다는 건 곧 역사가 빈약하다는 뜻과 통하고, 역사의 빈약은 그 국가와 민족의 정신적인 자산의 빈곤으로 이어진다. 부정과 부패로 점철되는 우리 권력의 역사야말로 철저한 기록과 역사적인 심판이 없었기 때문이 아닐까.

모든 국민이 자신의 생애를 기록으로 남기는 캠페인을 벌이자는 게 내 평소의 생각이다. 그 기록의 형식은 여러 가지가 있겠으나 자전적인 에세이가 가장 적합하다고 생각한다. 나의 이런 지론에 가장 근접한 에세이가 바로 조현상 작가의 ≪세월≫이다.

오랜 공직생활로 워낙 치밀하고 성실하며 올곧기 때문에 나와 함께 산문창작 수업을 하면서 가장 많은 글을 쓴 분도 바로 조현상 작가이다. 세상의 공직자가 다 이분만 같다면 우리 사회는 한결 밝고 행복해질 것이라는 판단이 들도록 만드는 인품이다.

그에게 문학이란 무엇일까?

수필은 도를 닦는 마음으로 쓰는 글이라고 했듯이 내 삶의 뒤안길을 성찰해 보는 심정으로 썼다. 소재를 미화시키지 않고 진솔하게 쓰려고 노력했다. 감미로운 감동과 재미를 가미시키지 못한 게 자전적 수필의 한계라고 핑계대고 싶지만 사실 그건 아니다. 나는 그렇게 쓸 재주도 없지만 그렇게 쓰고 싶지도 않다. 소용돌이치는 역사의 흐름 속에 33년간 지방행정에 몸담았던 경험과 시대적 배경들을 서툰 솜씨로 군더더기 없이 적었다. 사실 수필이라고 하기엔 그리 적합하지 않다. 하지만 일선 말단행정의 단면과 한 시대의 생활상을 엿볼 수 있는 기록이 되기를 나는 더 원했는지 모른다.
– 〈작가의 말〉

삶의 발자취를 성찰하겠다는 작가의 의지를 겸허하게 표현한 대

목인데, 굳이 평한다면 이런 글도 충분히 수필이 될 수 있을 정도가
아니라 오히려 더 널리 흥미 있게 읽힐 수도 있다고 자부해도 될 것이
다.

그러나 성찰의 계기를 만든 원인은 사뭇 도교풍이라 여간 문학적이
지 않다.

해가 서산을 기웃거린다. 붉게 타들어가는 저녁노을이 아름답다. 새아침
을 열기 위하여 저리도 장엄한 떠남을 하는가. 이 저녁 마음이 휑하니 허전
하다. 허리를 굽혀 숨 가쁘게 달려 온 인생길에 떨어진 낟알을 하나씩 둘씩
다래끼에 주워 담고 싶다.

– 〈작가의 말〉

황혼을 아침의 잉태로 풀이하는 이 작가의 사상에는 자신의 성찰
이, 그 회억의 기록들 한 알 한 알들이 싹을 틔워 꽃으로 화사하게
피어나 내일의 태양을 맞을 것을 기대하는 심경이 오롯하게 담겨있
다. 내일의 태양은 곧 후손들일 것이며, 그 태양을 우러러볼 꽃들은
그들의 마음의 양식일 터이다.

조현상 작가의 삶에 대한 성찰이 소중한 또 다른 한 이유는 개인적
인 성찰만이 아니라 충직한 한 지방 관료의 시선에 비친 한국 사회의
풍속도란 점이다. 독학으로 공무원 시험을 거쳐 임용되어 오로지 충
직과 능력으로 승진, 아부와 낙하산 인사의 덕을 전혀 보지 못한 채
오직 성실과 근면으로 지방공직자로서 최선을 다한 한 선량한 인간의
눈에 비춰진 한국사회를 작가는 양념처럼 점묘파식으로 삽입해서 독
자들에게 긴장감을 고조시킨다.

추억담이란 당사자에게는 신나고 재미있겠지만 다른 사람들에게는 그저 사돈네 쉰 김치 이야기쯤으로 시큰둥할 수도 있다. 이걸 흥미 있게 읽히도록 만드는 약방 감초가 바로 정보의 활용인데, 조현상은 그 성실성으로 이걸 철저히 잘 배합하고 있다.

정보와 세상을 보는 눈이라는 조미료 때문에 조현상의 회고 수필은 누구에게나 흥미 있게 읽힐 것이다.

2. 선조, 고향, 그리고 출생

작가는 자신의 출생을 〈세상 구경〉이라고 칭한다. "평양조가(平壤趙家)" 가문의 28세손(世孫)인 그의 이름은 "아버지께서 '나라의 어질고 현명(賢明)한 재상(宰相)이 되라'는 여망에서 현상(賢相)이라고 지어주셨다."

평양 조씨 선조에 대해서는 작품 〈청계산 산행기〉에서 긍지심을 갖고 자상하게 소개해 주고 있다. 서울 시민들의 사랑을 듬뿍 받는 청계산(淸溪山)에 "죽장망혜(竹杖芒鞋)로 매일 산"에 올라 "개경(開京) 쪽을 바라보면서 고려의 멸망을 슬퍼하며 통곡"했던 인물이 있었는데, 그가 바로 평양 조씨의 조견(趙狷, 1351-1425) 선생이다.

그는 "나라가 망했음을 슬퍼하며 원래의 이름 윤(胤)을 견(狷)으로 개명하고 거경(巨卿)이었던 자(字)를 종견(從犬)으로 바꾸었다." 이어 그는 "푸른 소나무와 산은 항상 변함이 없다는 뜻으로 호를 송산(松山)으로 짓고 두 아들의 이름까지 석산(石山)과 철산(鐵山)으로 개명하였다. 그리고 3대 동안 벼슬길에 나서지 말 것을 아들들에게 훈계하였다." 이런 연고로 청계사는 평양조문(平壤趙門)의 원찰이라고 그 내력을 소상히 밝히면서 작가는 "이 글에 소개된 송산공(松山公) 조견은 필자의 20대조이며 정숙공 조인규는 23대조이다."고 끝맺는다.

이만한 조상이면 벌금 안 내고도 자랑할 만하지 않는가.

작가 조현상은 "아주 잘생긴 스님 한 분이 예쁜 동자승(童子僧)을 안고 들어와 어머니에게 안겨주는 태몽"으로 잉태, 1943년(癸未年) 7월 12일(陰) 정오가 조금 지난 시각에 경기도 연천군(漣川郡) 미산면(嵋山面) 백석리(栢石里) 독재에서 태어났다.

고향에 대해서는 〈경원선은 나의 고향〉에 소상하게 그려주고 있다.

"동해에서 잡은 팔딱팔딱 뛰는 싱싱한 생선을 우리 집 밥상에 올려주던 고마운 경원선(京元線). 아직도 어릴 때 원산 역에서 실려 오던 청어, 고등어, 노랑태의 담백한 감칠맛을 잊을 수 없다."는 한많은 경원선. 조현상 특유의 정보 탐색으로 경원선의 전모가 드러난다.

경성(京城)에서 원산(元山)까지 35개역 222.3km를 잇는 철도로 1910년 10월에 착공하여 1914년 9월 16일에 전 구간이 개통되었다. 초기에는 이용률이 매우 낮았으나 연변에 금강산, 석왕사(釋王寺), 원산해수욕장 등의 관광명소가 있어 계절에 따라서는 임시 열차를 증차하기도 했다. 1928년 9월 1일에는 원산과 상삼봉(上三峯)을 잇는 함경선이 개통되어 경원선과 연결됨으로써 삼칠 일씩 걸리던 서울~회령간이 약 스물여섯 시간, 서울~청진간이 약 스물두 시간으로 단축되었다.

또 1931년 7월 1일에는 철원역에서 내금강을 잇는 116.6km의 금강산 지선이 개통되면서 경원선 승객은 기하급수적으로 증가하였다. 특히 봄과 가을의 관광 시즌에는 경성에서 내금강까지 직통 침대열차를 운행하여 세계적인 명산인 금강산 관광을 더욱 편리하게 할 수 있었다. 금강산 노선에는 스물여덟 개의 역이 있었으며 약 네 시간이 소요되었다.

– 〈경원선은 나의 고향〉

이 명승지 경원선의 "증기기관차가 용산을 떠나 원산역까지 가려면 중간지점인 연천역에서 물을 보충해야 한다. 그때 세워진 높이 23m의 급수탑이 전쟁을 겪으면서 수많은 총탄과 파편의 상흔을 간직한 채 지금도 쓸쓸하게 그 자리를 지키고 있다."

그러나 개통된 지 31년 만에 못난 민족의 손에 의하여 두 동강이 나고 말았다.

"6·25전쟁이 끝난 후 용산에서 신탄리간 88.8km를 운행하였으나 1978년에 성북역까지, 1986년에는 의정부역까지, 2006년에 소요산역까지 전철화 사업이 완료되어 동두천역에서 신탄리역까지 35.7km 구간만을 운행하고 있었다."

그 금지의 땅에 고향을 둔 사람들의 향수를 이 글은 듬뿍 담아낸다.

그러나 조현상 작가의 선조들의 원래 고향은 포천이었다. 그 지역에 "적지 않은 토지(참깨 삼백 석지기)와 재산을 소유하고 비교적 여유로운 생활을 해오다가 고조부(生家)께서 사이비종교 꼬임에 빠져 전 재산을 탕진한 뒤 이곳에 이주하여 살게 되었다."

타성바지 마을에서 증조할머님이 "어린 양자(養子)를 들인 후 가세를 일으켜 세우기 위해 밤낮을 가리지 않고 길쌈을 하시면서 허리띠를 졸라매는 내핍생활로 시나브로 농토"를 사들여 할아버지 대에서는 여유로운 집안을 이룩할 수 있었다.

이 가문의 중흥자인 증조할머니에 대한 작가의 효심은 각별하다. 〈증조할머니가 쌓은 성〉에서 "나는 증조할머니가 공들여 쌓은 성(城)

을 지키는 성지기로 살았다. 튼튼한 성을 쌓기 위하여 삼십여 년 간 걸으셨던 고난의 가시밭길을 떠올리면 성을 잘 지켜야겠다는 절실한 책임감에 어깨가 무거웠다. 큰 성을 쌓으신 일에 비할 바는 아니지만 성을 지켜내는 일도 녹록하지가 않았다.”고 고백한다.

그 성의 내력은 간단하다. 작가가 18세 때 할아버지로부터 상속받은 땅이 곧 증조할머니가 피땀으로 장만한 땅이다. 후손을 잇지 못하고 23세에 소년과부가 된 증조할머니는 “한 집안의 대(代)를 단절시킬 수 없다며 어떻게든지 돈을 벌어 집안을 일으키고 양자(養子)를 들이기로 결심”, 그걸 실현했다.

“6·25전쟁이 끝난 지 십여 년 만에 다시 찾은 그 땅은 말 그대로 폐허였다.” 이름난 지뢰탐지 기술자까지 동원하여 간신히 개간했는데, “소리 소문도 없이 군부대가 주둔해 버렸다. 토지 전체에 임시막사를 짓고 군인들이 북적거리고 있었다. 기가 막혔다.” 군사정권 시절이라 여간 어렵지 않았는데도 기어이 지켜 내고야만 작가는 “이 땅은 나의 네 자녀와 두 손자 그리고 그 뒤 후손 대에도 ‘분할 상속물’이 되는 것을 원치 않는다. 오로지 장손(長孫)의 몫으로 계속 이어지기를 바라는 나의 깊은 뜻을 후손들이 알아줬으면 좋겠다.”고 못 박는다.

유소년 시절의 추억담은 1940년대 출생 세대들에게는 거의 엇비슷하다.

페루, 칠레 등 안데스산맥이 원산지인 감자는 “우리나라에는 1824년경에 만주지방에서 들어온 것으로 추정하고 있다. 일명 북감저(北甘藷), 마령서(馬鈴薯), 하지감자 등으로 불리기도 한다.” 이 감자에 얽힌 추억담이 〈감자와 동침〉이다.

〈개구리참외〉 역시 궁핍한 소년기를 보냈던 이 연배들의 추억담에서 빠질 수 없는 무용담을 제공한다. 원두막, 참외서리 등은 우리 세대에게 너무나 낭만적인 청소년기의 추억담으로 회자되는데, 조현상 작가와 같은 모범 공직자가 될 소양이 있는 경우에는 아주 점잖게 참외에 대한 추억이 전개된다. 그러면서도 독자의 시선을 끌 수 있는 요인은 개구리참외가 우리나라에는 1850년경 중국을 통해 들어왔다는 역사적인 고증부터 아래와 같은 정보가 덤으로 등장하기 때문이다.

참외의 종류에는 강서참외, 감참외, 골참외, 꿀참외, 백사과, 청사과, 성환참외, 개구리참외, 줄참외, 노랑참외, 수통참외 등 수없이 많았다. 그러나 1960년대부터 멜론을 비롯해 춘향, 금천, 금싸라기참외 등의 새로운 품종이 보급되면서 개구리참외는 물론 재래종참외 재배가 급격히 줄어 단종(斷種) 지경에까지 이르렀다. 요즘 신토불이의 바람을 타고 성환(成歡)을 비롯한 일부 지역에서 이 추억의 개구리참외 재배면적을 늘리고 있어 다행히 향수를 달랠 수 있게 되었다.

– 〈개구리 참외〉

소년시절의 숱한 추억 중 〈끌겡이 타던 소년〉은 탈 것이 없었던 당시 우리 사회상을 엿보게 해준다.

3. 전쟁과 소년의 운명

여기까지는 비록 배고프고 고달프며 심심해도 행복하고 안온한 고향에서의 삶이라 할 만 하다. 그러나 1950년 한국전쟁이 발발하면서 소년의 삶은 송두리째 흔들리게 된다. 〈나를 살린 세 번의 실수〉는 6·25전쟁의 와중에서 간신히 생명을 구할 수 있었던 실수담으로 과연 인간에게 운명이란 게 있는가를 되새기도록 유도한다.

이어 〈톱질 전쟁〉은 한 소년의 체험기라기보다는 민족사의 참담한 삽화로 받아들여야 할만큼 처절한 작품이다. 후퇴, 전진, 또 후퇴와 전진으로 전선이 헷갈릴 지경이었던 6·25는 특히 38도선 부근이 고향인 사람들에게는 더더욱 가혹한 형벌이었다.

"밀고 당기는 혼전(混戰)이 거듭되는 동안 내 고향 연천은 전장의 중심에 있었다. 오십여 호의 농가가 농사를 천직으로 알고 오순도순 평화스럽게 살던 마을이 전쟁의 소용돌이 속에서 휘청거리고 있었다. 날카로운 톱날이 앞뒤로 밀고 당겨질 때마다 나무토막이 슬금슬금 잘려나가는 것처럼 톱질전쟁은 무서운 전쟁이었다."

바로 톱질전쟁의 정체이다. 적군과 아군이 번갈아가며 들이닥쳐 마을사람들의 두뇌를 혼란스럽게 만드는 그 와중에서도 부녀자들의 고통은 한층 더 가혹한 시련의 연속이었다. 밤에 들이닥쳤던 인민군이 아침 햇살과 함께 물러가자 연합군이 마을로 진격했다. "이들과 함께 온 보병부대 수색대원들이 긴장된 모습으로 사방을 두리번거리며 집집을 수색해 보지만 인민군은 한 명도 없고 촌로들과 부녀자들만이 집을 지키고 있을 뿐이었다."

이 일단에는 "세상에 태어나 처음 보는 서양 군인들"도 있었다. "소총을 옆구리에 끼고 빠끔하게 뚫린 총구를 이리저리 휘두르며 성큼성큼 마을을 헤집고 다니는 그들은 그야말로 공포의 대상이었다." 작가는 아래와 같이 말한다.

그들은 적군을 수색하는 긴박한 순간에도 부녀자만 보면 서슴없이 희롱하고 겁탈을 자행하려고 했다. 그렇기 때문에 그들이 마을에 들어오면 부녀자들은 나이에 상관없이 꼭꼭 숨는 게 상책이었다. 일부러 얼굴에는 숯검정칠을 흉물스럽게 하고 된장이나 간장을 몸에 발라 악취가 풍기도록 꾀를 써보지만 이 방법도 그들의 성적 욕구를 막아 낼 수 없었다.

어느 날 그들은 동네를 수색하다가 미처 몸을 숨기지 못한 중년 부인을 발견하고 광으로 끌고 들어가 겁탈을 하려고 했다. 너무 놀란 여인이 얼떨결에 똥을 싸는 바람에 극적으로 위기를 모면할 수 있었다. 봉변을 간신히 면한 그의 가족은 그 날 이후 영원히 고향을 버리고 떠났다.

중공군도 여러 차례 마을을 휩쓸고 지나갔다. 그들은 타고 온 말을 우리 집 외양간과 마루에 들여 매고 집에서 기르던 소, 돼지, 닭 등의 가축과 곡식을 식량으로 모두 약탈해 먹었다. 그러나 신기하게 여자들에 대해선 초연했다. 부녀자를 희롱하거나 농락하면 총살형에 처한다는 그들의 군율 때문인 듯했다. 그렇게 주야(晝夜)로 점령군이 뒤바뀌는 톱질전쟁이 반복되는 동안 그들의 갖은 횡포로 마을 주민들의 고통과 피해는 여간 큰 게 아니었다.

-〈톱질 전쟁〉

조현상 작가의 고향은 바로 그 톱질전쟁의 현장이었다. 간헐적으로 전개되었던 그 전장의 한가운데서 이 소년은 "어둠이 짙어지면서 점점 요란해지는 대포와 총소리에 불안감을 감출 수 없었지만 야간전투 광경을 보고 싶은 호기심이 생겼다. 나는 밤하늘을 수놓고 있는 크고 작은 불빛이 수평선과 포물선을 그으며 뻗어가는 신기한 모습에 홀린 듯 빠져 들었다."

나에게도 이런 체험이 있다. 밤길에서 보았던 빨갛고 파란 불길로 포탄의 포물선 비행은 요즘의 불꽃놀이처럼 아름답게 보였다. 그 현란한 불줄기가 사람을 죽이고 있었지만 별로 공포를 느끼지 않고 그저 멍하니 바라보았던 피난길. 조현상 작가는 이 장면을 이렇게 묘사한다.

달빛 한 점 없는 칠흑 같은 밤이어서 갖가지 무기들이 뿜어내는 섬광이 더욱 강렬하게 나의 눈을 현혹시켰다. 하얗다 못해 파랗게 질린 조명탄 불빛은 지글지글 수직으로 하강하며 주변을 대낮처럼 밝혀 주었다. 찢어지는 고음을 내며 포물선을 그린 뒤 팍팍 튀는 폭발음을 내는 박격포탄, 개미가 줄을 잇듯 불빛을 촘촘히 이어주는 기관단총, 도깨비불처럼 긴 불꼬리를 물고 가는 소이탄, 저마다 다양한 소리와 불꽃을 연출해 내던 그것들은 요즘의 불꽃놀이를 방불케 했다.

– 〈톱질 전쟁〉

전쟁의 공포 속에서도 소년은 자란다. 잡초처럼, 들꽃처럼, 날짐승처럼. 그 속에서도 인간들은 서로 미워하고 사랑하며 죽어가는 한편 새 생명이 태어나기도 한다. 바로 우주의 섭리다. 그 섭리의 세계를 그린 글들은 아름답다. 〈송진이 있어 소나무답다〉는 이 범주에 속하는 돋보이는 글이다.

이 작가 특유의 정보수집벽이 소나무에 대한 온갖 잡학을 글 모두부터 두루 동원된다. "우리나라의 지명에는 송산(松山) 송파(松坡) 송탄(松炭) 청송(靑松) 등과 같이 송(松) 자가 들어간 곳이 무려 700여 곳에 이르고 아호에도 송산(松山) 송당(松堂) 송담(松潭 : 필자의 호) 유송(愈松) 송죽(松竹) 같은 것을 즐겨 쓰고 있다. 무속에서는 소나무를 동신(洞神)이나 수호신으로 삼았으며, 아기가 태어나면 금줄에 솔가지와 숯을 매다는 것도 액운과 부정을 막아주는 신성한 상목으로 믿기때문이다. 그러므로 소나무는 고려 때부터 엄격하게 보호됐으며 조선조에서는 오백 년 동안 금송(禁松)을 법령으로 벌채를 금해왔다.”

이런 정보 수집식 수필 기법을 저어하는 분들도 있지만 그럴 일은 아니다. 문학의 고도의 기능 중 가장 중요한 것은 흥미와 정보이기 때문이다.

이 작가가 괜히 소나무를 찬양한 게 아니다. 1950년 10월, 외가에 피난살이할 때의 체험담은 모골이 송연해진다. “날이 갈수록 전쟁이 치열해지자 봉골 외가댁 마을에서는 15세 이상의 청소년과 청년들이 무슨 영문인지도 모르고 새벽에 불려나와 가족들에게 행방조차 알리지 못한 채 북한군으로 징집되었다.” 그 속에는 19세였던 작가의 큰 외숙도 끼어 있었는데, “남한에서 쏜 포탄이 지근거리에서 터지면서 칼날처럼 날카로운 파편이 오른쪽 턱을 파골시켰다.”

상처가 심해져 쓸모없어지자 귀가조처 당했는데, “얼굴을 식별할 수 없는 피투성이”가 되어 집에 돌아왔다.

오른쪽 아래턱이 절반은 떨어져 나가고 없었다. 미음을 대롱으로 간신히 넘기며 연명을 했다. 상처 부위가 썩으면서 구더기가 제 세상을 만난 듯 득실거렸다. 어머니는 놋젓가락 끝으로 턱 속에서 굼실거리는 구더기들을 일일이 파내며 저 세상 가신 외할머니 몫까지 펑펑 눈물을 쏟으셨다. 옆에서 그 광경을 지켜보던 나도 콧물을 훌쩍거리며 엉엉 울고 말았다.

-〈송진이 있어 소나무답다〉

그 상처를 송진을 따다 붙여서 완치시켰다는 추억담은 가히 그로테
스크 차원이다.

이런 피란 시절의 고난 이야기는 꺼내면 끝이 없다. 〈피란 시절의
설움〉, 〈팥밥 두 그릇 반〉, 〈참새도 싫어하는 돌피〉, 〈첫 여자친구〉,
〈내가 감춘 선녀 옷〉 등은 경기도 일대와 서울 지역을 떠돌던 끔찍한
피란살이 설움과 그런 중에도 싹텄던 사랑의 회고담이 구수하게 엮어
진다. 읽고 있노라면 우리 또래의 작가들이 쓴 6·25 체험 성장소설에
뒤지지 않는 박진감과 흥미를 가지게 되는데, 그 가장 큰 이유는 조현
상 작가의 고향이 38선 지역이란 점 탓이다.

휴전 직후를 다룬 〈폐허를 딛고 일어서〉에서 작가의 일가는 고향인
연천에 가지만 그 연천 중에서도 그의 고향(미산)은 여전히 미수복지
로 남는다. 이때 "미국이 원조하는 구호 재목이 집집마다 무상으로
배급되었다."며 전후 당시의 사회상을 피력하고 있다.

4. 공직자 생활의 애환

중학생이 된 작가의 삶의 모습은 〈삼형제 바위와 친구〉를 비롯한
몇몇 글에 그대로 드러난다.

조현상 작가에게 한국전쟁은 "북한치하에 있던 고향땅이 6·25전
쟁 후 남한 땅이 되었다. 그러나 정전협정이 이루어진 지 10년이 지났
는데도 고향은 수복될 기미가 도무지 보이지 않았다."

그러면서 소년은 자란다. 〈황산벌에 뿌린 땀방울〉, 〈병과 유감〉,
〈인내의 한계점〉 등은 입대(1964.3), 수송부 근무, 제대까지를 다룬
다. 이어 〈유선방송〉은 제대 후 라디오가 없었던 농촌에서 유선방송

에 손댔던 사업후일담이며 〈인연〉, 〈첫 출근〉은 공무원 채용 시험에 응시, 지방공직자로 신분을 바꾸는 저간의 회고담이다.

이후 긴 공직생활에 얽혔던 애환은 〈배급자루〉, 〈새마을운동의 태동〉, 〈영화 '팔도강산'〉, 〈쥐의 시련〉, 〈홍보의 전성기〉, 〈추곡수매 시말(始末)〉, 〈한탄강 굽이마다〉, 〈살갗이 벗겨지도록〉, 〈오토바이의 추억〉 등에 주마등처럼 흔들거리며 세월의 흐름을 장식한다. 이 가운데는 주민들에게 헌신적으로 봉사했던 바람직한 공직자의 자세도 있고, 지방 공직자들이 겪어야 했던 온갖 악조건 아래서 고심참담했던 애환도 등장한다. 특히 새마을운동에 얽힌 비화들은 그 역사적인 평가와는 상관없이 군 단위의 행정 실무자로서 겪었던 애환이 실감을 자아낸다.

공직자로서 공식적인 활동을 다룬 글과는 달리 그 속내를 드러낸 사람냄새 풍기는 글들이 독자의 시선을 끈다. 〈찬물도 위아래가〉에 그려진 공직사회의 위계질서 의식을 파헤친 글은 한국적인 유교문화 풍토가 뿌리 깊게 내린 불치의 병으로 진단된다. 작가는 굳이 이런 현상을 강하게 비판하진 않고 이렇게 결론 내려준다.

요즘 같은 글로벌 산업사회에서는 그 같은 서열 개념이 많이 희석되고 퇴화됐지만 아직도 그 틀에서 완전하게 탈피하지 못하고 있다. 어쩌면 정도의 차이는 있겠지만 그 굴레에서 벗어나지 못할지도 모른다. 서열 없인 질서가 깨지는 게 인간이나 동물의 세계이니까.

과연 위계질서가 무너진 평등사회가 살기 좋은 세상일지는 앞으로 두고 봐야 할 일이다.

– 〈찬물도 위아래가〉

〈만우절 단상〉은 경직화된 공직자 사회에서도 사람 사는 세상인지라 실수와 착각으로 폭소를 자아내기도 한다는 에피소드를 다뤘으며, 〈봄 불은 여우불〉은 산불에 대한 경종이다.

대개 여기까지가 공직자 초기의 작가의 모습이라면 〈불혹의 수험생〉부터는 공직생활 후반기, 즉 중견간부로서의 삶을 다루게 된다. 〈물은 강철도 꺾는다〉와 〈지독한 가뭄〉은 홍수와 가뭄이라는 한국 사회가 직면한 두 가지 고질적인 문제를 공직자의 시선으로 접근한다.

"계속되는 가뭄은 인심을 메마르게 하였고, 양같이 순한 사람들을 사나운 사자로 만들었다. 물싸움이 밥 먹듯이 벌어졌다. 물싸움은 대개 이웃 간의 싸움이다. 농토를 중심으로 옹기종기 모여 살며 조석으로 만나면 호형호제(呼兄呼弟)하는 친근한 사이지만 물꼬 다툼에는 한 치의 양보도 없다."

"그런데 (김대중)대통령이 다녀간 후, 군수가 거짓말 보고를 했다는 주민 여론이 봄바람 불 듯 솔솔 일기 시작했다. 물이 없어 까맣게 타들어 가는 그 넓은 벌판을 무슨 재주로 2주 안에 모심기를 하겠다는 건지, 되지도 않을 일을 허위로 보고했다는 것이다. 그 당시 실상을 본 사람들이라면 그렇게 생각하는 게 당연했다. 그만큼 상황이 좋지 않았다. 불가능한 일을 허위로 보고했다면 응분의 처분을 받아야 한다. 옛날 같으면 상감을 기만한 죄로 곤장 맞고 파직감이 아닌가."

이런 악조건 아래서 임무를 완수하기까지의 고심참담한 공직자로서의 심경을 쓴 글들은 시나 소설에서는 보기 어려운 산문문학의 수확이기도 하다.

"지방공무원에 발을 들여 놓은 지 33년 만에 정년을 일 년 반 남겨 두고 명예퇴직을 신청했다. 남은 기간 동안 공로연수에 들어갔다가 정년을 맞아도 되지만 좀 아쉬운 듯 할 때 후진을 위해서 자리를 비켜 주고 싶었다. 2002년 7월 5일, 많은 친지와 후배들의 환송을 받으며 퇴직을 했다."

조현상 작가가 공직을 청산하며 쓴 글 〈격랑의 33년 노를 젓다〉는 이렇게 서두를 뗀다. 그가 걸어온 인생행로는 "6,70년대의 농업선진화와 새마을운동을 통한 지역개발사업, 80년대의 민주화운동 그리고 90년대의 지방자치와 공직사회의 변화 그리고 2000년대의 정보화 사회로 진화하면서 나라의 선진화와 국민들의 의식과 생활수준은 몰라보게 향상되었다."고 평가 내린다. 그 숱한 역사의 격랑을 작가는 몇몇 사건을 들어 회억한다.

비상계엄 하에서 1972년 11월 21일 국민투표로 확정된 유신헌법이 12월 27일 공포되었다. "한국 사람은 한국 사람의 몸에 맞는 옷을 입어야 한다." 며 유신헌법의 필요성을 계도해야 했고, 어느 때는 "유신헌법은 악법이므로 폐지해야 한다."는 일구이언적 모순에 빠져야 했다. 그 시대를 산 공직자라면 누구라도 영혼이 없다는 비난을 피할 길이 없다.

– 〈격랑의 33년 노를 젓다〉

이후의 역사도 별로 달라지지 않았다.

"1980년 5월 18일, '광주민주화운동'이 일어났다. 당시에는 '광주소요사태'라고 했다. 그로 인해 193명의 사망자와 47명이 행방불명되는 큰 희생이 따랐다. 이는 한국 현대사의 치명적인 상처로 남게 되었다.” 이렇게 몇 줄로 축약된 현대사가 한 공직자의 시선에 그대로 반영된 이 글은 1995년 7월 1일 실시된 지방자치제에 대하여 일대 변화를 몰아왔다면서 이렇게 설파한다.

시 도지사와 시장, 군수 그리고 지방의원을 주민이 직접 선출함으로써 민의가 폭넓게 행정에 반영되고 주민의 행정참여 기회가 크게 늘었다. 그렇지만 부작용도 많았다. 일시에 과다한 예산이 투입되었고 출신지역별 선심성 예산이 편성되기도 했다. 절대 중립적이어야 할 공직자가 인맥을 따라 줄서기를 하는 폐단이 생겼고 자기 줄에 서주지 않았다 하여 벌목하듯 쳐내는 사례도 비일비재 했다. 그뿐 아니라 가장 심각한 사회적 병폐는, 같은 지역사회에서 호형호제하던 사람들이 선거를 치르고 나면 무서운 정적(政敵)으로 변해 서로 반목하며 원수처럼 지내는 일이다. 선거판에 발을 들여놓았다가 패가망신 아니면 영어(囹圄)의 몸이 된 사람은 또 얼마나 많은가.
－ 〈격랑의 33년 노를 젓다〉

지방자치제 이후 경력이나 능력과 인품으로 따진다면 아마 조현상 작가에게도 더 큰 야망을 갖고 무슨 무슨 선거에 도전해 보라고 권유 당했을 개연성이 있었을 거라고 유추해 본다. 그러나 어쩐지 그 분야보다는 도교적 인생론으로 귀의하여 성찰의 경지를 추구하는 게 오히려 적성일 수도 있다는 결론에 이르게 된다.

자신의 표현대로 “긴 세월동안 양 어깨에 짊어졌던 무거운 사명감과 높은 도덕적 기준에서 벗어나는 마음이 깃털처럼 가볍고 홀가분했다. 선배들이 떠날 때 스코틀랜드 민요 〈작별〉을 합창하며 눈시울을 적시던 틀을 깨고, 나는 큰 딸이 연주하는 피아노곡 〈마이웨이(my way)〉를 들으며 제 2의 인생길을 향해 환한 웃음으로 퇴임식장을 나섰다."

5. 맺는 말

조현상 작가는 이번 에세이집을 내면서 너무나 글이 많아 어떤 걸 뺄 것이냐고 고민을 많이 했다. 그러니 얼마나 열심히 창작활동을 해 왔는지 짐작되고도 남는다. 이 에세이집의 주제는 자전적인 작품으로 큰 줄거리를 잡았기 때문에 문예적인 작품은 아마 본의 아니게 이번에 실리지 못한 경우도 있을 것이다. 예를 들면 〈고향 우물〉, 〈땔감의 변천〉, 〈풋바심〉, 〈밥〉, 〈술〉 같은 작품은 그 수필적 향취가 돋보이는 글들이다. 이런 유의 많은 글들이 다음 저작을 기다리고 있을 것이다.

〈아! 잘도 간다〉에서 "이 세상에는 영원한 밤도 없고 그치지 않는 장마도, 폭풍도 없듯이 영원한 것은 아무 것도 없다."는 도교적 인생론을 거론한다.

짧은 인생을 정신없이 달려오다가 어느 정상에 서서 살아 온 지난 세월을 되돌아 볼 때 고관대작을 지냈으면 무슨 소용이며 돈을 많이 벌어 잘 먹고 잘 입었으면 무엇하나? 또한 지금 여기까지 오도록 가진 것 없이 아무것도 이루지 못했다고 땅을 치며 한탄한들 이제 와서 무슨 소용이 있겠는가? 어차피 우리 인생이 떠날 때는 아무것도 가지고 가지 못하는 것을….

– 〈아! 잘도 간다〉

　아무 것도 갖고 가지 않는다고 인생은 가치가 없을까? 오히려 그 반대일 것이다. 갖고 갈 수 없는 것을 세상 사람들에게 얼마나 유용하게 쓰도록 남기느냐가 인생살이의 결산이 아닐까.

　작가는 한 유대인 노인 이야기를 이 글에서 소개한다. 뜰에 묘목을 심고 있는데 나그네가 "언제쯤 그 나무에서 열매를 수확할 수 있습니까?" 묻자 노인은 "한 70년쯤 후에나…."라고 답했다. 당연히 나그네는 "노인장께서 그때까지 사실 수 있습니까? "고 반문했고, 노인은 "아닐세. 내가 태어났을 때 과수원에는 열매가 잔뜩 열렸었네. 아버지께서 심어두셨기 때문이지. 나도 그저 우리 아버지와 똑같은 일을 할 뿐이라네."라고 했다는 삽화가 곧 이 작가가 증조할머니의 성을 지키려는 정신과 통한다고 하겠다.

세월

2012년 6월 20일 1판 1쇄 발행

지은이·조현상 ㅣ 말행인·이선우
펴낸곳·도서출판 선우미디어
등록 ㅣ 1997. 8. 7 제300-1997-148호
110-070 서울시 종로구 내수동 75 용비어천가 1435호
☎ 2272-3351, 3352 팩스: 2272-5540 sunwoome@hanmail.net
Printed in Korea ⓒ 2012 조현상

값 10,000원

※ 잘못된 책은 바꿔 드립니다.
※ 저자와 협의하여 인지 생략합니다.

ISBN 978-89-5658-313-6 03810